D1390463

Indomptables

Cecily von Ziegesar

Indomptables

Traduction et adaptation
de l'anglais (États-Unis)
par Jean-Noël Chatain

Michel
LAFON

Pour Agnès, jamais sombre.

Prologue
Red

Je suis à l'agonie. J'ignore ce que j'ai bu, mais cela m'a rendu très, très malade. Le sol tangue et se dérobe sous mes sabots, tandis que je vacille dans le noir en quête de mon box. Impossible de le retrouver. Mes flancs palpitent et ma tête pend lourdement, presque jusqu'à mes genoux. Je sursaute à chaque hennissement, mais ne peux recouvrer mon état normal. C'est la fin.

J'ai quitté l'écurie à présent. La tempête s'est calmée et le ciel s'est dégagé. La terre évoque une immense tarte sortie du four qu'on a laissée refroidir. J'écarte mes longues jambes tel un poulain qui vient de naître, et de longues bouffées d'une vapeur suave entrent et sortent de mes naseaux dilatés. J'inspire, je souffle. J'inspire, je souffle.

Plus loin, sur la carrière[1] principale, les obstacles se profilent, gigantesques et sublimes au clair de lune. Dans quelques heures à peine, elle et moi sommes censés participer à cette épreuve. Et la remporter. Triomphalement. Cela paraît peu probable à présent. *Adieu mon rêve américain. Tu as embelli ma vie. Je suis au seuil de la mort*[2].

---

1. Espace à ciel ouvert pour l'apprentissage, les sauts d'obstacles, les courses. *(Toutes les notes sont du traducteur.)*
2. Clin d'œil à la chanson *American Pie*, Don McLean, 1971 (reprise et adaptée en français par Claude François en 1972, sous le titre *Feu de paille*).

Je trouve un carré d'herbe boueuse et m'y étends pour dormir et revivre mon rêve favori. Dans ce rêve nous sommes réunis, rien que nous deux, et personne ne nous dérange. Je l'ai pour moi tout seul et nul ne détourne son attention, fille ou garçon. Nous ne participons à aucune course. Nous sommes là ensemble, comme de vieux amis.

C'était un pur hasard si nous nous sommes trouvés dans le même champ en même temps, si nos regards se sont croisés, si nous avons oublié tout le reste et tous les autres. Je ne la cherchais pas, et je suis quasiment sûr qu'elle ne me cherchait pas non plus, mais j'ai senti – à cet instant précis – que tout allait changer, que tout avait déjà changé. La raison même de mon existence se tenait là debout devant moi. À vrai dire, je l'ai détestée au début – je détestais tout le monde – et elle me détestait. Puis je l'ai aimée. Elle ne m'intéressait pas et puis elle a compté pour moi… beaucoup, trop peut-être. C'est presque impossible à expliquer, surtout dans mon état actuel. Mais je vais essayer.

Première partie

Octobre,
l'an dernier

1.

Merritt

Il y a un truc que je fais quand je sais qu'on attend quelque chose de moi :
a) je m'enfuis,
b) je sème une pagaille monstre,
c) ou les deux à la fois.

Comme si, au lieu d'anticiper l'échec et la catastrophe et tâcher de les éviter au mieux, je fonçais tout droit pour les provoquer, pour avoir raison sur le fait que c'était bien un échec et une catastrophe. Et je vis la déception qui en découle comme une sorte de triomphe pervers. Genre, vous voyez ce que vous m'avez fait faire ? Je vous avais prévenus que j'allais tout foirer.

La cata d'aujourd'hui a commencé hier soir, quand j'ai décidé d'aller à une soirée plutôt que de dîner gentiment et sainement, puis de me coucher tôt. Mes parents étaient à la projection d'un film sur Pythagore, réalisé par un de leurs anciens étudiants. Ils m'ont commandé des sushis et fait promettre d'aller au lit à neuf heures.

Sitôt qu'ils étaient partis, je suis sortie.

Je ne connaissais même pas vraiment Sonia Kuhnhardt, la fille de terminale de Chace qui recevait, mais elle habitait près du Lincoln Center, ce qui était plus ou moins pratique. Toutes les écoles privées pour filles de l'Upper East Side comme Chace et Dowd sont si petites que tout le monde a l'impression de se connaître, même quand ce n'est pas le cas.

Sonia vivait dans une maison de ville, pas un appartement. Les filles étaient assises sur le perron et fumaient des clopes, tandis que la musique s'échappait par les fenêtres du rez-de-chaussée et de l'étage. La cuisine était immense et bordélique. Les cubis s'alignaient sur le plan de travail avec de vrais verres à vin. Ça faisait trop école privée chic de servir du vin à une soirée plutôt que de la bière, mais peu importe. Le vin, c'est plus fort.

J'ai attrapé un verre et un cubi, puis emporté tout ça vers le grand canapé transversal où j'ai investi un coin tranquille. Je n'étais pas venue là pour voir des gens. Mais pour oublier l'examen d'entrée en fac que je devais passer le lendemain matin. J'ai bu un verre de rouge cul sec en manquant m'étrangler à cause de sa douceur écœurante.

J'allais me payer une gueule de bois tellement colossale qu'il me faudrait lui donner un nom. Gunther. Voldemort. Lucifer. La Bête. *Désolée, j'ai foiré l'exam. À cause de la Bête.*

— Salut ! m'a lancé un blond, qui essayait de se faire pousser une moustache, en s'asseyant à côté de moi. Tu vas à Chace avec Sonia ?

J'ai hoché la tête, en me disant que ça suffirait. Je ne savais pas vraiment parler aux garçons. Je n'ai pas de frère et Dowd est réservée aux filles. J'y suis rentrée l'an dernier, vers la fin du troisième trimestre.

Le mec buvait de l'eau ou un truc qui y ressemblait.

— Je suis Sam, le frère de Sonia. On est jumeaux. Et toi, t'es qui ?

J'ai pris une nouvelle gorgée de vin à m'en faire vomir, avant de répondre :

— Merritt. Comme la Merritt Parkway.

– Tes parents t'ont donné le nom d'une route ? a gloussé Sam le jumeau.

J'ai encore hoché la tête.

– Ouais.

Et c'est la dernière chose que j'ai prononcée de la soirée jusqu'au moment où Sam m'a hélé un taxi, plusieurs verres de vin plus tard (avant que je « dégueulasse la moquette blanche »), et où j'ai donné mon adresse au chauffeur. Mes parents étaient toujours dehors quand je suis montée, alors j'ai dévalisé l'armoire à pharmacie et pris deux pilules d'antalgique, prescrit à papa pour sa déchirure musculaire. Puis je suis tombée dans les pommes. Mission accomplie.

* * *

– Tu voudras peut-être un peu de sel de mer, a dit maman en posant la salière près de mon coude.

Elle a touché ses orteils, et son legging violet en Lycra s'est tendu sur ses jambes musclées. Ses hanches ont craqué.

C'était le matin, le jour de l'exam d'entrée en fac.

– J'en connais une qui a besoin de s'échauffer ! a lancé papa, hilare, depuis le salon où il faisait des abdos.

Mes parents étaient tous les deux des fanas de la vie saine. Ils enseignaient à l'université Columbia et y allaient et en revenaient tous les jours au pas de course. Ils m'avaient eue dans la quarantaine bien sonnée, et c'était comme s'ils essayaient de battre l'horloge biologique en étant en meilleure forme et en meilleure santé d'une année sur l'autre. Deux ou trois ans plus tôt, ils couraient le semi-marathon ; à présent ils le couraient en entier. Moi je préférais marcher. Par ailleurs, j'aurais juré que tous ces exercices qu'ils effectuaient ensemble étaient une manière concertée de se réserver du temps rien que pour eux, en faisant d'une pierre deux coups. Mes parents étaient très pragmatiques : pourquoi ne pas se tenir en forme et passer du temps ensemble, plutôt que d'aller séparément dans un club de gym et de voir un conseiller conjugal ? J'ignorais si ça marchait vraiment, en revanche. On se forçait beaucoup à rire à la maison, et ça sonnait tellement faux que ça en devenait flippant. Mais qu'est-ce que j'en savais ? Mon deuxième prénom, c'était Rabat-Joie.

Les œufs et le chou frisé se tortillaient dans mon assiette. La Bête me vrillait la tête de toutes ses forces.

— Montre-leur qui tu es, championne ! m'a crié papa, tandis que je me traînais péniblement vers l'ascenseur.

— Tu n'iras pas au bout de l'examen sans aliments qui boostent ton cerveau, m'a grondé maman.

À ces mots, elle a glissé un sac de congélation rempli d'amandes fraîches dans la poche de mon blouson en similicuir. J'ai détourné la tête pour qu'elle ne sente pas mon haleine fétide de vin.

— Et ne stresse pas. Ce n'est pas si terrible.

Je détestais quand elle faisait ça. Comme si elle ne me mettait pas la pression, alors qu'elle avait vraiment peur que je pète encore les plombs et lui saute dessus façon *serial killer*.

C'était comme ça depuis la mort de ma grand-mère, mamie Jo, au printemps dernier. J'ai refusé d'aller en cours, ou même de quitter ma chambre, pendant trois semaines. Mes parents ont tenté de m'envoyer voir un psychologue, mais j'ai refusé d'aller aux rendez-vous. Finalement, on m'a transférée de mon énorme lycée public vers l'école Dowd Prep et je suis retournée en classe, même si l'année scolaire était quasi terminée. Mais même dans ce nouvel établissement, je suis passée de la bonne élève avec des tas d'amis à celle qui s'en sort à peine, n'a pas d'amis, préférant s'enfermer dans sa chambre et regarder des rediffs de téléréalités glauques comme « Les Radins de l'extrême » ou « Jersey Shore ». Mamie Jo était la personne qui comptait le plus dans ma vie et elle a disparu du jour au lendemain. Désolée si ça me rend triste.

– Je t'envoie un texto dès que j'ai fini, ai-je promis à maman, avant de m'en aller.

* * *

Dowd Prep est direct en bus depuis mon immeuble, de Riverside Drive jusqu'à Lexington Avenue, en passant par Central Park. J'ai acheté une cannette de Red Bull dans une épicerie et je l'ai bue sur le trajet, mais la Bête me vrillait toujours la tête. Mes mains tremblaient. J'avais des sueurs froides. Je grelottais et suffoquais. Mes genoux n'arrêtaient pas de jouer des castagnettes.

– Les téléphones et autres appareils électroniques doivent rester dans vos casiers avec vos affaires, a déclaré Mme T., notre surveillante, tandis que je m'asseyais au seul bureau inoccupé du gymnase de Dowd, avec deux crayons HB n° 2 à la main.

Cette prof avait un nom d'origine grec qui se prononçait quasiment comme « testicules », alors elle s'en tenait à « Mme T. » pour des raisons évidentes.

– Si vous avez besoin d'aller aux toilettes, allez-y maintenant, sinon attendez la première pause qui aura lieu dans environ une heure quinze minutes.

Je me suis levée. Mes crayons ont roulé sur le bureau et dégringolé par terre.

– Mademoiselle Wenner, vous devez y aller maintenant ? Tout va bien, ma petite ? demanda gentiment Mme T. Vous semblez un peu pâle.

J'ai hoché la tête, ignorant les regards accusateurs de mes camarades, notamment Amora Wells et Nadia Grabcheski, les filles les plus pénibles de la classe. Elles passaient leur temps à poster des selfies sur Instagram en exhibant les prix qu'elles avaient remportés à des concours hippiques lors des circuits d'hiver en Floride, ou encore la couverture à monogramme qui allait comme un gant à leur poney tellement racé. Juste après le décès de mamie Jo, j'étais d'ailleurs allée les voir lors d'une soirée pour parler équitation, mais elles m'avaient dévisagée en penchant la tête de côté, comme si je venais de la planète Mars. Peut-être que c'était le cas. La tristesse commençait à m'envahir et plus je devenais triste, plus j'avais envie de me saouler. Le lendemain de cette fête, Amora avait posté une photo floue de moi sur Instagram. J'étais affalée par terre, devant les toilettes – c'était juste avant que je m'en aille. Au-dessous, elle avait mis une légende bien mordante : « Dowd souhaite la bienvenue à une nouvelle élève prometteuse ! »

Nadia fut la première de ses followeuses à liker le post d'Amora. Inutile de préciser que je ne risquais pas de passer le week-end dans la maison de campagne de l'une ou de l'autre.

– Je crois que j'ai besoin d'un verre d'eau, ai-je dit à Mme T.

Ann Ware, ma meilleure amie, ou plutôt mon *ancienne* meilleure amie, m'a regardée en fronçant les sourcils, pendant que j'attendais la permission de sortir. Ann et moi étions allées ensemble à l'école primaire et au collège. En troisième, elle avait rejoint Dowd, c'est pourquoi mes parents avaient pensé que l'école pourrait me plaire.

— Très bien, filez, a dit Mme T. Mais dépêchez-vous de revenir.

Alors j'ai filé. J'ai couru vers mon casier, récupéré mon blouson et franchi la porte à toute vitesse.

* * *

On était en octobre, le week-end après Columbus Day[1], et il faisait encore doux. Certaines feuilles se teintaient d'or ou de bronze mais s'accrochaient encore aux branches et refusaient de tomber. Je sentais tout le poids de mon portable dans ma poche et j'avais envie d'appeler chez moi. Je pouvais dire que je ne me sentais pas bien, rentrer et me glisser sous la couette. Mais je n'avais pas envie de rentrer.

La 86ᵉ Rue et la ligne 4 n'étaient qu'à quelques minutes de marche. Peu de gens dans le métro ; c'était dimanche et encore trop tôt, même pour les touristes. Avec ma gueule de bois carabinée, la pénombre et le léger balancement de la rame m'auraient bercée et même endormie, si deux vieilles dames très chics n'avaient pas attiré mon attention. Blotties l'une contre l'autre, elles papotaient et riaient comme des écolières qui avaient grandi ensemble. La plus élancée portait des mocassins Gucci avec des mors de cheval sur le dessus. Elle a tendu à son amie un tube de rouge à lèvres, puis lui a tenu un poudrier ouvert pour l'aider à se maquiller.

---

1. « Columbus Day » ou « Le jour de Christophe Colomb » est un jour férié célébré le deuxième lundi d'octobre aux États-Unis, ainsi qu'en Amérique latine et en Espagne en commémoration de l'arrivée de Christophe Colomb en Amérique en 1492.

La rame s'est brusquement arrêtée à la 59e Rue et la plus grande des deux s'est levée d'un coup, oubliant qu'elle avait son sac ouvert sur les genoux. Le contenu s'est renversé de tous côtés.

– Dépêche-toi, a dit son amie en s'accroupissant pour ramasser les affaires éparpillées. C'est notre arrêt !

J'ai récupéré en chancelant un étui de lunettes qui prenait la fuite et je le lui ai tendu.

– Mes verres progressifs ! s'est exclamée la dame, en manquant s'étrangler. Merci, mon ange.

– Ce sont des Chanel, a murmuré son amie d'un air faussement moqueur.

Elles m'ont souri avec gratitude et ont détalé juste au moment où les portes se refermaient. Je les ai observées sur le quai alors que la rame s'éloignait ; elles s'éventaient et riaient avant de rejoindre l'Escalator en direction de Bloomingdale's.

Un objet roulait sous les sièges, de l'autre côté du wagon. C'était un petit flacon de comprimés, en plastique vert, tombé du sac de la femme. Je me suis baissée pour le ramasser.

Les cachets étaient blancs et d'aspect inoffensif. « Toutes les quatre heures pour les douleurs de hanche », disait l'étiquette. Le wagon était vide. J'ai ouvert le flacon, pris deux comprimés et glissé le flacon dans ma poche.

Si quelqu'un m'avait demandé à ce moment-là où j'allais et ce que je faisais, je n'aurais pas su répondre. J'étais sur pilote automatique. À la 42e Rue, je suis descendue à Grand Central Station. J'y passais beaucoup de temps quand je faisais les allers-retours chez mamie Jo, dans le Connecticut. Je n'y étais pas revenue depuis sa mort.

J'ai contemplé le plafond vert décoré d'étoiles dorées scintillantes jusqu'à en attraper un torticolis. Puis je suis descendue à l'Oyster Bar, l'un des anciens repaires de mamie Jo. Ça ressemble plus à la chambre forte secrète d'une banque ou aux catacombes d'une cathédrale qu'à un restaurant. Comme il n'était que dix heures et demie du matin, il n'y avait pas un chat. J'ai remonté la fermeture de mon blouson pour cacher mon tee-shirt Dowd Prep et je me suis assise.

— Que puis-je pour vous, mademoiselle ? m'a demandé subitement le jeune homme derrière le comptoir.

Occupé à enrouler des couverts propres dans des serviettes de table blanches en tissu, il ne prenait même pas la peine de lever la tête.

— Un Old Fashioned et deux huîtres Wellfleet, ai-je répondu tout aussi subitement, en commandant l'habituel cocktail amuse-bouche de mamie Jo avant de prendre le train.

Les huîtres, ce n'était pas mon truc, mais ça me paraissait malvenu de ne pas en prendre. Et puis j'aime bien la façon dont on vous les sert : telles quelles dans leurs coquilles, nacrées et gris-bleu à l'intérieur, rugueuses et d'apparence sale à l'extérieur.

Le mec a posé ma boisson et mon assiette d'huîtres sur le bar, puis est retourné rouler ses serviettes. Je me suis pincé le nez, j'ai englouti les Wellfleet l'une derrière l'autre en vitesse, en les faisant descendre avec le cocktail qui avait une saveur d'essence sucrée. J'ai plissé les yeux et avalé le tout en plusieurs fois pour m'assurer que rien ne puisse remonter. Mamie Jo devait avoir un estomac de plomb.

J'avais deux billets de vingt et ma MetroCard dans la poche de mon blouson. J'en ai posé un sur le comptoir, comme mamie Jo le faisait toujours, puis me suis esquivée du restaurant avant qu'un des employés ne remarque qu'on venait de servir à une mineure un grand verre de bourbon.

Les horaires du train n'avaient pas beaucoup changé depuis la mort de mamie Jo. Celui de 11 h 07 pour Stamford, avec une correspondance pour New Canaan, était toujours sur le quai 107, juste en face du grand hall de la gare. J'ai gravi l'escalier puis traversé le terre-plein en marbre où mes pas résonnaient, me laissant porter par mes jambes qui savaient où aller, parce que mon cerveau était plus ou moins en vrac.

Près du premier wagon, un vieux bonhomme avec un petit chariot vendait des pintes de bière dans des gobelets en plastique.

— Vous n'avez pas de Coca ? lui ai-je demandé.

— Uniquement de la bière, a-t-il répondu avec un accent marqué.

— Parfait.

Je lui ai tendu mon dernier billet.

Il l'a pris et m'a regardée par-dessus ses lunettes en plissant les paupières.

— Vous avez vingt et un ans ?

— Presque, ai-je menti.

Il a secoué la tête et m'a tendu une pinte de bière qui dégoulinait.

— Une seule.

Je l'ai prise et un sourire en coin, un peu bizarre, dont je ne me savais même pas capable, s'est alors reflété sur ses verres de lunettes.

— Gardez la monnaie.

« Le train à destination de Stamford va partir ; il desservira Greenwich, Cos Cob, Riverside, Old Greenwich et Stamford. Correspondance à Stamford pour New Canaan. En voiture ! » a annoncé le contrôleur, tandis que je m'asseyais sur un siège en vinyle près de la fenêtre.

Un bref coup de sifflet et, sans plus de cérémonie, les portes se sont fermées, puis le train a démarré, en avançant lentement vers le long tunnel sombre pour quitter Manhattan et s'engouffrer dans le Bronx. Seuls trois autres fauteuils étaient occupés dans mon wagon, tous par des hommes d'âge mûr qui semblaient épuisés. Toujours dans les vapes, j'ai regardé mon reflet déformé sur la vitre couverte de taches.

Lorsque le train est sorti du tunnel, mon portable s'est mis à vibrer et à biper quatre fois. Le premier texto provenait d'Ann Ware.

« Hé, T où ?? j'espère q tu vs bien. Fais-moi signe. »

Le deuxième provenait de maman :

« Tu rentres à pied ? On a des bagels encore tout chauds ! »

Puis un message sur ma boîte vocale :

« Allô ? Merritt ? Je ne sais pas pourquoi tu ne décroches pas. Ann Ware vient de m'appeler et m'a dit que tu avais quitté l'examen, et que ça n'avait pas l'air d'aller. Ce serait sympa de nous dire où tu es… Du calme, Michael, je lui laisse un message… Merritt, rappelle-nous, s'il te plaît. »

Et un autre :

« Salut, c'est Ann. J'espère que tu ne vas pas m'en vouloir, mais je viens d'appeler chez toi parce que c'est le seul numéro fixe que j'avais. Je voulais juste m'assurer que tu allais bien. L'exam n'était pas aussi dur que je le pensais. Je sais qu'on ne s'est pas vraiment parlé depuis un petit moment, mais rappelle-moi à l'occasion. »

Et puis un autre de papa :

« Merritt, c'est une journée magnifique. Ta mère et moi avons envie d'aller faire une balade à vélo, mais pas avant de savoir si tu vas bien. Nous t'attendons à la maison. »

Et c'était tout.

Par habitude, j'ai fait un tour sur mon compte Instagram. Je ne postais jamais rien moi-même, mais on pouvait m'accuser d'y espionner certaines de mes camarades de classe. C'était ma façon d'être là sans y être. De toute manière, je n'avais jamais l'impression de rater quoi que ce soit, puisque la plupart de leurs photos représentaient des cupcakes ou des selfies dans des cabines d'essayage chez Forever 21. En règle générale, je ne likais pas et ne laissais aucun commentaire sur leurs messages. Qu'est-ce que j'aurais pu dire ? *Waouh, je regrette à mort de pas avoir été là !!!* ?

Nadia Grabcheski venait de poster un truc une heure et demie plus tôt. Elle avait dû passer son portable en douce dans le gymnase, parce que c'était une photo de moi en train de quitter la salle, alors que toutes les autres filles étaient sagement assises, prêtes à attaquer l'exam. Sous la photo, une légende : « Faut que j'aille picoler. »

J'ai coupé mon téléphone et posé la tête contre la vitre.

* * *

— Mademoiselle. Nous sommes à Stamford. Puis-je voir votre billet, s'il vous plaît ?

Je me suis réveillée d'un bond en entendant la voix du contrôleur et je l'ai regardé en plissant les yeux.

— Je n'en ai pas.

J'ai glissé la main dans la poche de mon blouson, tout en réalisant, la mort dans l'âme, que j'avais dépensé mes quarante dollars. Je n'avais pas réfléchi au billet. Je n'avais pas réfléchi du tout.

— Désolée…

J'avais la langue toute molle et la tête tellement vide que j'étais à la fois paumée et terrifiée. Je me suis sentie rougir jusqu'à la racine des cheveux. D'un coup de pied, j'ai viré le gobelet de bière sous mon siège.

– Je n'ai pas du tout d'argent.

– Vous vous arrêtez à Stamford ? a demandé le contrôleur.

Il avait le visage grave et basané, des cheveux blancs soigneusement taillés, qui dépassaient de sa casquette bleu marine, mais la voix bienveillante.

J'ai secoué la tête en disant :

– New Canaan.

J'allais devoir changer de train.

– Si vous me donnez votre nom et votre adresse, je peux envoyer la facture. Sans supplément, a-t-il précisé.

– Merritt – avec deux « t » et deux « r » – Wenner – avec deux « n », ai-je aussitôt répondu. 300, Riverside Drive, New York, État de New York, 10024.

Il a fait quelques trous dans un billet papier avec sa poinçonneuse et me l'a tendu.

– Avec ça, vous pourrez aller jusqu'à New Canaan. Vous aurez besoin d'un autre billet pour le retour. Dépêchez-vous. L'autre train va partir.

– Merci !

J'ai pris le billet et suis sortie du wagon en trombe. Le train pour New Canaan attendait de l'autre côté du quai. J'ai sauté dedans, toute tremblante, juste au moment où la sonnerie retentissait et où les portes se refermaient en coulissant.

2.

Red

La vie d'un cheval se résume aux gens auxquels il appartient, mais je n'ai jamais appartenu à quiconque. Je n'ai même jamais rencontré mon propriétaire, jusqu'à ma première course.

Celle-ci avait lieu à Keeneland, ma piste natale, celle où je m'entraînais. Je n'aurais pas dû être agité, mais il y avait un monde fou dans les tribunes et tout ce que j'entendais, voyais et sentais pour la première fois me rendait nerveux, malgré mes œillères et mes bouchons d'oreille. Le jockey qu'on m'avait attribué était une fille. Aucune ne m'avait monté jusqu'alors. Elle me flatta d'abord l'encolure[1] et je balançai la tête et la mordillai au creux du bras. Elle me donna alors un coup de coude dans les naseaux et je secouai la tête si fort que je faillis m'écrouler sur elle. J'écumais déjà et, sitôt qu'elle fut sur mon dos, je la sentis tendue dans les rênes.

Vint alors le moment de quitter le paddock pour rejoindre les stalles de départ. Au loin, le ciel était noir et zébré d'éclairs. Seuls des trois ans comme moi participaient à la course, tous nouveaux sur la piste, et on piaffait et trépignait tandis que nos cavaliers respectifs tentaient de nous calmer. Mon jockey m'avait peut-être

---

1. Cou.

prodigué des paroles apaisantes, mais mes bouchons d'oreille m'empêchèrent de l'entendre. Elle me faisait l'effet d'une puce sur mon dos, une puce silencieuse, tandis qu'un robuste poney palomino et son cavalier cow-boy m'entraînaient vers la grille de départ.

J'étais le numéro 5 sur la liste mais le dernier à entrer. Sitôt que le portail métallique se referma derrière moi, celui de devant s'ouvrit brusquement.

« Et ils sont partis ! »

Tous sauf un.

Je restai figé sur place, fasciné par les éclairs en zigzag à l'horizon qui semblaient encore plus captivants dans mon champ de vision restreint. Tout mon corps tremblait. La sueur ruisselait le long de mes antérieurs[1]. Mon jockey fit alors claquer sa cravache devant mes yeux et je partis au galop comme un fou, en obliquant vers la corde[2], comme on me l'avait appris. Plus vite, plus vite.

Lorsque j'atteignis celle-ci, je ne m'arrêtai pas mais préférai sauter par-dessus. Je traversai ensuite la pelouse centrale, en passant tout droit par la mare aux canards et des plates-bandes pour atteindre la barrière de l'autre côté. Les éclairs se rapprochaient et la foudre fit vibrer le gazon sous mes sabots. Il y eut une autre vibration : celle de mon jockey qui s'affolait tandis que je m'élançais une nouvelle fois par-dessus la corde en fendant le peloton dans le virage d'en face.

Mon jockey tira sur les rênes et la partie métallique entama les tendres commissures de ma jeune bouche. *Que fait-elle ?* me demandai-je. J'étais en tête. Les autres chevaux mordaient littéralement la poussière qui ricochait

---

1. Pattes avant.
2. Barrière qui, dans un hippodrome, marque la limite intérieure de la piste.

sur mes sabots fougueux. Je croyais m'être plutôt bien tiré d'une très mauvaise situation. *Veut-elle gagner ou non ?*

Elle ne cessa de tirer et de s'affoler, mais je m'obstinai. Plutôt que de ralentir, j'accélérai encore. Une odeur familière envahit l'atmosphère. Une pouliche du troupeau de poulinières avec laquelle ma mère et moi avions brouté et gambadé quand j'étais un poulain. Elle me rattrapait. Je hennis et tournai la tête pour la saluer.

Ensuite tout se déroula très vite.

La pouliche me percuta de plein fouet et on bascula tous deux à terre. Nos jockeys volèrent de part et d'autre dans les airs, puis se posèrent sans encombre.

La foule de gens qui nous regardait rugit et se tut en même temps.

« Le numéro 1 et le numéro 5 sont tous deux à terre. Les jockeys nous ont fait signe qu'ils étaient sains et saufs. Pouvons-nous avoir une camionnette vétérinaire, s'il vous plaît ? Un vétérinaire au poteau des trois-quarts, s'il vous plaît. »

Les trois autres chevaux passèrent en trombe. Un de mes bouchons d'oreille s'était délogé et j'entendis quelqu'un crier :

– Sa jambe ! Sa jambe !

Je me tenais déjà debout. Mes jambes n'avaient rien. C'était mon épaule qui me faisait souffrir et ma mâchoire était bizarre. Je laissai pendre ma langue et secouai la tête. Les œillères avaient dû glisser sur mes yeux, car j'étais presque aveugle.

« Cette course vient d'être annulée. Les parieurs seront remboursés au guichet le plus proche. Merci pour votre compréhension, mesdames et messieurs. »

Le commentateur donnait l'impression de brailler plus fort qu'auparavant, et pas seulement à cause de mes bouchons d'oreille qui étaient tombés. Il semblait être la seule personne de tout le Kentucky à s'exprimer au-delà du murmure.

Non loin de moi, la pouliche se démenait et soufflait dans la terre. Un jeune palefrenier de notre écurie sortit du clubhouse et traversa la piste en courant pour venir s'agenouiller auprès d'elle. Les larmes ruisselaient sur ses joues, tandis qu'il lui chantait quelque chose en espagnol. La pouliche ne lui appartenait pas, mais c'était tout comme. Ils se regardèrent avec adoration, puis le tonnerre se mit à gronder dans le ciel et la pouliche s'agita de plus belle.

– Non, non, non !

Les cris du garçon d'écurie déchirèrent le silence de l'hippodrome, tandis qu'elle tentait de se relever au prix d'un énorme effort.

Nos deux jockeys aidèrent le garçon à la soutenir, mais en vain. La pouliche poussa un hennissement strident et retomba. Elle ne bougeait plus, mais je l'entendais toujours souffler péniblement.

Je restai seul à l'endroit où la pouliche et moi étions entrés en collision. Mon épaule m'élançait et les lanières de cuir de la bride enserraient comme un étau ma mâchoire enflée. J'entendis derrière moi le moteur de la camionnette du vétérinaire. Plusieurs autres véhicules arrivèrent en même temps. Un palefrenier vint vers moi et me tint la bride, tandis qu'un petit attroupement se formait autour de la pouliche.

– On va devoir l'achever, dit un homme. Sans tarder. Elle souffre le martyr.

– Sa première course, dit un individu en pardessus, tandis que le vétérinaire faisait une piqûre à la pouliche pour mettre un terme à son calvaire. Quel gâchis !

Je réalisai alors que c'était notre propriétaire. Je ne l'avais jamais vu d'aussi près.

Un grand homme l'accompagnait, vêtu d'un costume gris éclatant. Il dégageait une forte odeur d'oranges et de bois. Une petite femme, avec d'énormes lunettes de soleil et cramponnée à son bras, avançait à petits pas sur la pelouse dans ses chaussures à talons aiguilles. Ses lèvres étaient laquées de rouge vif et ses cheveux noirs coupés au carré miroitaient sous le soleil.

Quelques secondes plus tard, la pouliche rendit son dernier souffle. L'assistant du vétérinaire la recouvrit d'une bâche. Bientôt on l'enlèverait pour la vendre en morceaux, telles les pièces détachées d'une voiture accidentée.

– Pendant que vous y êtes, dit mon jockey en parlant de moi, vous devriez aussi détruire cet alezan[1]. Tout ça est sa faute. Il est cinglé.

– Complètement *loco*, approuva le lad qui me tenait par la bride.

– Allez-y, piquez-le aussi, dit mon propriétaire au vétérinaire sans même me regarder.

L'homme qui sentait les oranges et le bois prit la parole et se tourna vers le vétérinaire.

– Je vais le prendre. À moins que vous ne le considériez comme une cause perdue.

– J'étais une cause perdue, intervint la femme à son côté en s'exprimant d'une voix posée, avec un accent étrange. Tu ne m'as pas encore supprimée.

L'homme en costume éclata de rire sans sourire.

– Je me spécialise dans les causes perdues, je suppose.

Le vétérinaire s'approcha pour m'examiner.

– Mâchoire fracturée. Paupière déchirée. L'épaule semble le gêner, mais je ne connaîtrai pas l'étendue des dégâts tant qu'on n'aura pas fait une radio. Les jambes ont l'air en bon état. À l'évidence, il aime sauter et il

---

1. Cheval de couleur fauve tirant sur le roux.

est assez beau pour devenir un bel espoir du hunter[1]. S'il ne boite pas.

– Qu'il boite ou pas, ce n'est pas un cheval sûr, insista mon jockey. J'ai de la chance qu'il ne m'ait pas tuée.

Je grognai en l'éclaboussant de morve.

– Et c'est un roi de l'évasion, renchérit mon lad. Il sort de sa stalle. Renverse les barrières. Laisse s'échapper les autres chevaux aussi.

C'était vrai. Je portais une muselière à l'écurie, sauf quand je mangeais.

– Peut-être que les courses ne sont pas son fort, continua le vétérinaire. J'ai déjà vu des chevaux plus agités que des fauves. Un joli pur-sang comme celui-ci ? Monsieur de Rothschild, si vous lui donnez sa chance et le faites travailler, il pourra tout faire.

Mon propriétaire me considéra en fronçant les sourcils. Je l'observai à mon tour de mon œil valide.

M. de Rothschild s'approcha et passa sa grande main gantée sur mon encolure en sueur. Je sentais bien son parfum à présent. Le parfum de l'or.

– Peut-être qu'il plairait à Béatrice, dit-il d'un air songeur à sa compagne.

– Peut-être, dit elle dans un haussement d'épaules.

Elle commença à s'en aller à petits pas vers le bar à cocktails pour VIP au bord de la piste, déjà lassée par notre petit échange.

Visiblement, les chevaux – de course ou autres – n'étaient pas sa tasse de thé.

---

1. Issue de la chasse à courre, l'épreuve de hunter consiste à effectuer un parcours d'obstacles mobiles, associés à divers passages imposés ; elle privilégie la recherche de l'harmonie cheval-cavalier et la fluidité dans le parcours.

Je n'ai plus jamais participé à une course. On m'a castré et transporté vers l'est et mon nouveau foyer, afin de me remettre de mes blessures et attendre celle à laquelle j'allais appartenir, ma propre maîtresse... Béatrice.

3.

Merritt

« Terminus ! » cria le contrôleur.

Je me suis éveillée en sursaut. Il se tenait debout tout près de moi, son corps imposant dans l'allée centrale du wagon vide.

J'ai regardé par la fenêtre, mais je voyais tout flou.

– On est à New Canaan ?

– Tout à fait.

Le contrôleur a jeté un œil sur son petit carnet, puis l'a remis dans sa poche.

– Je suis certain que vous y êtes attendue. Dépêchez-vous, car c'est le dernier arrêt avant que nous ne repartions vers Stamford.

J'ai agrippé le dossier du siège devant moi et me suis levée. Le contrôleur s'est écarté pour me laisser passer et j'ai titubé vers les portes ouvertes. Il doit me confondre avec quelqu'un d'autre, me suis-je dit. Personne n'est censé me retrouver ici. *Personne ne sait même que je suis ici.* Le quai me paraissait incroyablement lumineux et étouffant, et j'étais morte de fatigue. Mais la maison de mamie Jo n'était pas très loin et je connaissais si bien le chemin que je pouvais m'y rendre les yeux fermés.

New Canaan est une ville complètement vieillotte, figée dans le temps, sans chaîne de magasins, fast-food ni même un cinéma. Ça n'avait pas changé du tout depuis la dernière fois où j'étais venue. J'ai tourné à gauche à la station-service. Quelques voitures ont ralenti en me croisant, pour me mater. C'était inhabituel de voir quelqu'un marcher sur la route à New Canaan. La plupart des habitants possédaient une BMW... voire trois.

Mamie Jo n'était pas aussi riche, mais assez aisée pour entretenir un cheval dans son jardin et payer un jardinier pour s'occuper de toutes les fleurs auxquelles elle était accro mais qu'elle ne savait absolument pas soigner. Elle vivait à New Canaan depuis plus de cinquante ans, dans la maison où son mari – mon grand-père – avait grandi. Ils y avaient élevé mon père, et elle y était restée après la mort de mon grand-père, en dépit de l'afflux de Mercedes tout-terrain et de grosses baraques style nouveau riche. Mamie Jo à New Canaan, c'était un peu comme moi à Dowd Prep : elle n'était pas vraiment chez elle, mais on peut s'habituer à tout.

Je suis arrivée à l'endroit où la route bifurquait. L'allée de mamie Jo montait sur la droite. Les gravillons étincelaient sous les semelles en caoutchouc de mes Converse grises. La maison de mamie Jo était rouge, mais le soleil tapait si fort que ça ressemblait plus à du corail rosé. Devant chaque fenêtre, des chrysanthèmes jaunes poussaient dans des jardinières blanches. Mamie Jo détestait ces fleurs, alors c'était bizarre. Elle aimait les roses parce qu'elles revenaient chaque printemps, s'épanouissaient tout l'été et étaient résistantes.

J'avais les paupières lourdes comme du plomb et je n'arrêtais pas de trébucher. Si le contrôleur m'avait laissée, je serais restée dans le train et j'aurais dormi jusqu'au lendemain matin. Entre l'alcool et les pilules que j'avais avalées, j'étais trop mal. Peut-être à cause de mon alimentation équilibrée depuis toute petite. Bref, je voulais juste entrer chez mamie Jo et m'allonger. Je me suis appuyée contre la clôture blanche qui bordait l'allée. Elle encadrait un grand paddock rectangulaire où mamie Jo gardait son cheval, Noble.

* * *

Noble était gigantesque, sublime et stupéfiant. Mamie Jo et lui vivaient ensemble depuis vingt ans et se disputaient la vedette. Un jour, pour le cours de socio, j'ai lu que certaines religions amérindiennes croyaient aux animaux totems : des esprits animaux faisant partie de vous, qui vous protègent et vous complètent. C'était un peu le cas de Noble pour mamie Jo. Un lien les unissait, d'une certaine manière. Et même si je les aimais tous les deux, j'étais toujours un peu jalouse de leur relation. Noble était un cheval bai[1] foncé avec une crinière et une queue noires et épaisses.

J'ai entendu hennir et j'ai levé la tête. Un cheval à la robe gris pommelé[2], l'encolure arquée et la queue blanche et fournie a trottiné vers la clôture où je tanguais de fatigue. Il m'a reniflé la main. J'ai passé les bras par-dessus la barrière du haut pour me hisser. Il a lâché son souffle chaud et fort dans mes mèches châtain clair emmêlées. J'ai fermé les yeux et inspiré profondément. L'odeur du cheval est celle que je préfère au monde.

— Désolée si je suis à côté de la plaque, ai-je dit à l'animal. Tu dois te demander : « C'est quoi son problème ? »

---

1. Cheval dont la robe est alezane, mais la crinière, la queue, le contour des oreilles et le bas des membres sont noirs.
2. Cheval dont la robe est couverte de taches arrondies.

J'ai redressé la tête et planté mon regard dans ses yeux mordorés. Il m'a dévisagée, comme s'il attendait quelque chose. Ça me manquait trop de faire du cheval.

– Personne ne te monte jamais, dis ?

Il n'a pas bronché. J'ai jeté un œil vers la maison. Elle semblait paisible et déserte. J'ai escaladé la clôture en tremblant pour m'asseoir sur la barrière du haut. J'ai dû faire des efforts pour rester là sans tomber à la renverse. J'avais l'impression d'avoir reçu des coups de matraque sur la tête et dans le ventre. Mais je ne regrettais pas ce que j'avais fait. J'étais contente d'avoir séché l'exam. Et d'être là chez mamie Jo avec ce cheval magnifique et sympa. Je retrouvais ce que ma grand-mère avait toujours représenté pour moi : l'évasion, la sérénité. Sauf que j'aurais préféré ne pas me sentir aussi mal.

Le cheval et moi étions maintenant en osmose. Il a tourné la tête, puis m'a regardée encore, à la fois captivé et pas intéressé. Sur ce plan, les chevaux sont un peu comme les chats. Noble avait l'habitude de dresser les oreilles et de nous accueillir en hennissant quand on apportait des céréales ou du foin dans son abri, ou bien quand on venait dans son paddock le panser[1] ou le monter. Mais une fois qu'on l'avait dessellé, bien brossé et qu'on lui avait bien nettoyé les sabots, il s'en allait gambader dans l'herbe et nous ignorait complètement.

« Je pense que j'ai plus besoin de lui que lui de moi », disait mamie Jo en soupirant.

Mais moi j'avais besoin d'elle et de Noble aussi. C'était vers eux que je me précipitais tous les week-ends et tout l'été – à chaque occasion.

Le cheval a baissé la tête et poussé ma cuisse de sa bouche. Ça faisait des siècles que je n'avais pas monté

---

1. Toiletter un cheval.

et il me paraissait si gentil et si facile à vivre. C'était trop tentant pour que je résiste. Quel mal y avait-il à ça ? Je resterais dans le paddock. Ça ne risquait rien et personne ne serait au courant.

Je me suis mise debout sur la barrière du milieu et j'ai saisi sa crinière à pleine main. Il a grogné mais pas trop bougé, comme s'il savait ce que je voulais. J'ai pris appui sur son garrot[1] et balancé la jambe droite par-dessus sa croupe en me hissant sur son dos large juste au moment où il s'éloignait.

— Bon cheval !

Je lui ai flatté l'encolure, incapable d'effacer ce sourire débile qui s'étalait sur mon visage. Un truc a dégouliné sur mon jean en s'étalant comme une tache, et j'ai réalisé que je pleurais. Je souriais et pleurais en même temps. J'étais franchement en vrac.

— Allô ? a dit quelqu'un un peu plus loin.

J'ai levé le nez. Un homme se tenait devant la maison avec un seau dans une main et un portable collé à l'oreille. Le cheval a grogné et trotté vers la clôture. Son corps tremblait sous mes jambes.

— Allô ? a répété l'homme en marchant vers nous.

Le cheval devenait fou, hennissant et caracolant à mesure que l'homme s'approchait. Je glissais sur son dos sans selle, tout en essayant de garder mon assise sans trop lui comprimer les flancs avec mes jambes.

— Holà… ai-je murmuré et empoignant à nouveau sa crinière.

L'homme avait franchi la clôture et traversait le paddock. Il avait un certain âge, avec une petite moustache blanche finement taillée, un pantalon de toile impeccable et une chemise bleu ciel boutonnée.

---

1. Zone saillante au-dessus des épaules, entre l'encolure et le dos.

– On vient d'appeler, m'a-t-il dit d'un ton mysté-
rieux. Ils sont en chemin.

Il a tendu le seau et le cheval a enfoui sa bouche
dedans avec avidité.

J'ai glissé de son dos en atterrissant lourdement sur
mes jambes flageolantes. Des gens arrivaient. Pour moi,
apparemment.

– Désolée, ai-je essayé d'articuler – ma voix sonnait
faux, comme si j'avais une langue en chiffon –, mais
vous parlez de qui ?

– Vos parents, a répondu l'homme en tenant toujours le seau pour son cheval. Le contrôleur à Stamford
a trouvé votre portable dans le train. J'ai cru comprendre que vous étiez la petite-fille de Joanne Wenner.
J'ai acheté sa maison.

Il a froncé les sourcils.

– Vous allez bien ?

J'ai collé mon front contre l'épaule du cheval gris.
Je n'avais pas envie d'être grossière, mais je me sentais
vraiment mal. Le cheval a sorti la tête du seau et a
grogné. Une Prius beige est arrivée en cahotant sur
l'allée de gravillons : mes parents.

4.
Red

Toujours aucun signe de « Béatrice », mais pourquoi je m'en plaindrais ? Dans mon nouveau foyer de South Hampton, je menais une vie cinq étoiles, première classe, grand luxe. Mon licol en cuir était doublé de peau de chèvre. Une plaque en cuivre gravée de mon nom complet, Big Red, était accrochée à la porte de ma stalle, laquelle était encore plus spacieuse que la stalle de mise bas où j'avais vu le jour. Ses murs étaient capitonnés de mousse recouverte de cuir. Mon râtelier était en laiton et rempli du foin le plus frais et le plus savoureux que j'aie jamais mangé. Quant au son, à l'avoine, à la mélasse et au maïs, tout était sans produits chimiques.

Mon eau était filtrée et versée à la demande par un système de distribution automatique. Il me suffisait de glisser les naseaux près de l'abreuvoir en Inox et elle se mettait à couler, bien fraîche, jusqu'à ce que ma soif soit étanchée.

Je passais le plus clair de mes journées oisives audehors, à brouter des hectares et des hectares d'herbe tendre que l'air de l'océan avait rendue salée. Après le petit déjeuner, on m'emmenait dans un champ avec un cheval de dressage appelé Mozart, qui se bornait à zigzaguer comme un névrosé devant la grille, dans l'attente de sa propriétaire. Elle venait le monter l'après-midi et passait des heures à lui parler, le cajoler et le nourrir de carottes. Tous les autres chevaux de l'écurie semblaient avoir des propriétaires comme elle, qui les chouchoutaient et les gâtaient, tous sauf moi.

Où était Béatrice ?

En fin d'après-midi on me ramenait à l'écurie pour me brosser, me peigner et me lustrer jusqu'à ce que je brille de mille feux et que vous puissiez manger à même ma robe alezane et mon chanfrein blanc immaculé. On me mettait ensuite dans ma stalle pour que je regarde le défilé des tout-terrain noirs avec chauffeur qui arrivaient dans l'allée. Puis l'écurie se remplissait d'adolescentes qui faisaient un câlin à leur cheval et leur poney, tout en bavardant entre elles en se préparant pour la leçon d'équitation. De chaque côté de mon énorme box capitonné de cuir, mes voisins étaient des chevaux à sang chaud et à la tête sculpturale, importés d'Europe et élevés pour leur parfaite anatomie et leur capacité athlétique. Ils appartenaient à deux grandes adolescentes qui les adoraient et leur donnaient des friandises à la menthe.

– Le pauvre, disaient-elles en ôtant ma muselière pour m'offrir un bonbon par compassion, avant de la remettre.

Mais ça allait, à vrai dire. Comme le vétérinaire d'hippodrome l'avait prévu, rien chez moi ne clochait après la chute à Keeneland hormis une mâchoire fracturée, une vilaine contusion à l'épaule et un œil amoché. Tout cela finirait par s'arranger, sauf mon œil, peut-être. Je m'étais déjà habitué à avoir une vision limitée de ce côté-là.

Bref, ça allait, mais je me sentais seul.

Pendant des mois, je n'ai rien fait d'autre que manger, dormir et me languir d'une fille que je n'avais pas encore rencontrée, tandis que mon corps guérissait. Béatrice était devenue une sorte de mythe dans ma tête. J'avais tellement hâte de la découvrir. Elle allait me donner des friandises, me parler et me cajoler comme toutes les autres filles, sauf qu'elle serait exceptionnelle, parce qu'elle serait à moi.

* * *

Cinq mois après mon accident sur la piste, une fille aux yeux marron rageurs sortit d'une petite voiture noire et s'avança vers ma stalle en tapant du pied.

— Parfait, dit-elle en examinant ma muselière en cuir. Papa m'a trouvé Hannibal Lecter, du *Silence des agneaux* !

C'était Béatrice... enfin. Mais sa voix et son rire n'avaient rien d'amical. Et elle ne me donnait pas de carottes, pas plus qu'elle ne me grattait le front ou me flattait l'encolure. Elle se bornait à me lancer des regards mauvais avec ses yeux marron si durs et tirait sur une espèce de cigarette inodore au bout rougeoyant. Elle ignorait aussi les autres filles. Celles-ci portaient de longues nattes dans le dos ou relevaient leurs cheveux en chignon avec un filet sous leur bombe d'équitation noire. Béatrice avait les cheveux coupés très court. Les autres filles arboraient des tee-shirts colorés, des culottes d'équitation beiges et de grandes bottes de cuir pour leur leçon. Béatrice, elle, n'était vêtue qu'en noir : tee-shirt noir, jean noir et grosses bottes noires à embouts d'acier.

— Vous voulez que je vous le selle, mam'zelle Béatrice ? proposa l'un des garçons d'écurie. Ça lui arrive d'être un peu barjo, dit-il en me regardant par-dessus la porte de mon box. Red ? Tu vas être sage ?

Béatrice se contenta de rire.

– Non, merci. Plus on met du temps à le préparer, moins il m'en reste pour le monter.

– Comme vous voulez, mam'zelle, dit le lad. Mais appelez s'il tente quoi que ce soit.

– Oh, je crierai, c'est sûr, dit Béatrice de sa voix rieuse qui ne riait pas.

C'était donc Béatrice. La fille à laquelle j'étais censé appartenir après des mois d'attente sans fin à jalouser mes semblables. Ma déception était si vive que j'en sentais toute l'amertume dans la bouche.

Je détestais cette fille.

Je découvris avec surprise qu'elle n'avait pas besoin de l'aide du palefrenier. Elle savait manier les brosses et les outils de pansage. Elle posa correctement la sellerie et rajusta même le montant de la bride à droite, trop serrée à cet endroit. À l'évidence elle avait beaucoup fréquenté les chevaux et connaissait son affaire, mais ça ne signifiait pas pour autant qu'elle aimait ça, ou qu'elle m'appréciait.

– Attention ! prévint-elle d'un ton brusque quand je reposai mon sabot trop près de sa botte, après qu'elle l'eut curé. Dégage, gros lard ! ordonna-t-elle ensuite en poussant mon arrière-train afin de pouvoir rajuster le tapis de selle.

Je grognai et piaffai d'un air agacé, tandis qu'elle me brossait, et je tentai de la mordre à l'épaule lorsqu'elle resserra la sangle, puis me cabrai à moitié quand elle tenta de me conduire dans le manège[1]. Ce qui la fit éclater de rire.

– Ça alors, papa. Tu m'as trouvé un champion, c'est sûr ! lâcha-t-elle.

---

1. En équitation, espace d'apprentissage couvert.

Personne dans la carrière couverte. Nous étions le matin, un jour de semaine. Cette Béatrice n'allait pas à l'école comme les autres.

– C'est un cheval magnifique, pas vrai, Bea ? lui cria M. de Rothschild depuis la zone réservée au public, près du manège.

Ses boutons de manchette en or étincelaient à ses poignets. Je sentais la même eau de toilette, où se mêlaient des fragrances d'agrumes et de bois, qu'il portait à l'hippodrome au printemps. Il tressaillit quand Béatrice donna un coup de talon sur mes flancs et je m'emballai.

– Attention, Béatrice ! On ne l'a pas monté depuis longtemps et il est très jeune. Je voulais faire venir Todd pour qu'il l'entraîne pendant quelques mois avant que tu ne rentres de pension, mais tu es arrivée à l'improviste.

– Je sais monter, papa ! répliqua Béatrice, sûre d'elle.

C'était une horrible cavalière. Je sentais bien qu'elle savait s'y prendre mais faisait tout le contraire. Elle sortait le ventre et laissait ses épaules s'avachir, en agitant les coudes et les genoux, lourdement plantée de travers. Ensuite elle tirait sur les rênes et se penchait au-dessus de mon encolure en criant :

– Holà ! Holà !

Je galopais bientôt de manière déséquilibrée autour de la piste, en décochant de temps à autre une ruade agacée. Béatrice s'agitait de haut en bas mais ne glissait pas. Puis, sans prévenir, elle me dirigea vers un vertical de un mètre cinquante.

Ce n'était qu'une barre blanche toute simple, avec un vide de un mètre cinquante au-dessous, plus basse que celles que j'avais franchies ce jour fatal à l'hippodrome. Mais on ne m'avait jamais demandé de sauter.

Juste avant de prendre mon élan, je m'arrêtai net en dérapant. Béatrice fut projetée par-dessus ma tête et s'écrasa contre la barrière.

– Aïe ! Merde ! Quel con, ce canasson !

M. de Rothschild se leva.

– Tu n'es pas blessée, non ? Je ne sais pas pourquoi tu insistes pour ne pas te faire aider. Si tu dois monter, tu as besoin d'un entraîneur. Tu devrais prendre des cours.

Béatrice en jean noir maculé de tourbe :

– Je sais monter, grogna-t-elle.

Je restai là près de l'obstacle, les rênes pendillant de la bride. Elle vint sur ma gauche et défit la sangle. Puis elle retira la selle et la jeta par terre. C'était une Hermès, qui coûtait très cher.

– Qu'est-ce qui te prend ? protesta son père.

Béatrice l'ignora. Elle retira ma bride et la lança sur la selle. Puis elle me donna une grande claque sur la croupe.

– Allez zou ! File ! me brailla-t-elle, avant de ramasser une poignée de terre pour la jeter sur mes jarrets[1].

Je partis en trombe et fis plusieurs fois le tour du manège, en profitant pleinement de la balade sans cavalière. Puis Béatrice se planta sur mon chemin en écartant les bras. Je l'esquivai et pris la diagonale au galop en sautant directement par-dessus un grand oxer[2]. Un autre obstacle en forme de poulailler se dressait deux foulées plus loin, alors je le sautai aussi.

– Merveilleux ! s'exclama M. de Rothschild.

Je ralentis et me mis à trotter en regardant Béatrice pour connaître la suite. Elle me tourna le dos et, sans

---

1. Partie postérieure du genou.
2. Obstacle composé de deux plans verticaux de barres parallèles, séparés par une distance variable.

dire un mot de plus à son père ou à moi, quitta le manège.

Je m'avançai vers les tribunes. M. de Rothschild tendit sa main manucurée pour me la faire renifler. Je dressai les oreilles et grinçai des dents. Il retira sa main.

– Qu'est-ce que je vais faire de toi ? De vous deux ?

On se contempla pendant quelques minutes. Son eau de toilette avait le parfum du désespoir. Finalement il se leva et me laissa parqué dans le manège, en oubliant combien j'excellais à ouvrir les portails. En quelques secondes, je fis sauter le loquet et gambadai à l'extérieur. Béatrice était dans sa petite voiture noire, vitres baissées et radio à fond. Elle donna un coup de Klaxon en me voyant. Je me cabrai et partis au galop vers l'océan.

Un lad me retrouva en train de brouter dans les hautes herbes sur une dune, près de la plage. Il me ramena vers un petit paddock avec un abri et me remit la muselière. Et j'y restai jour et nuit, plutôt qu'à l'écurie. Tous les deux ou trois jours, une nouvelle personne essayait de me monter – une des adolescentes les plus exercées, un homme plus âgé –, mais je m'en débarrassais toujours dans les minutes qui suivaient. J'étais en rage – contre moi-même et l'humanité tout entière. Béatrice ne m'aimait pas et je ne l'aimais pas non plus. Je n'étais même pas certain d'être capable d'aimer.

Quelques semaines plus tard, on nous renvoya tous les deux, Béatrice et moi.

5.

Merritt

— C'est tout à fait normal qu'elle soit perturbée en ce moment. Cela fait beaucoup à digérer. Sans parler de la surexcitation. Son échantillon d'urine laisse apparaître des niveaux élevés de caféine, d'alcool et de décontractant musculaire, un cocktail maison de tout ce qui était facilement disponible à la pharmacie ou dans votre armoire de toilette. Tout ce qui lui est tombé sous la main, en somme. C'est très courant.

Je regardais par la fenêtre de ma nouvelle chambre en ignorant la femme-qui-savait-tout. Elle s'appelait Dr Kami, d'après les infos que j'avais pu glaner. Et elle parlait de moi depuis mon réveil, comme si je n'étais pas allongée là. Je me sentais hyper mal, l'impression qu'on avait détaché mon corps de ma tête et qu'on l'avait vidé de toute substance.

— C'est un tel soulagement ! a dit ma mère. Au printemps dernier, le *Wall Street Journal* a publié un article sur la TAC, la thérapie assistée par le cheval, en citant l'établissement Good Fences, et je me suis dit : « Tiens, tiens… » Je regrette juste de ne pas avoir réagi plus tôt. Michael s'y opposait. Sa mère était une passionnée de cheval, voyez-vous. Leur relation a été… difficile. Selon lui, les chevaux ne sont rien d'autre que de jolis animaux de compagnie pour des jeunes filles gâtées. Et surtout avec l'association Rothschild. Mais je...

– Je ne m'y opposais pas, l'a interrompu mon père. Ça me paraissait juste un peu bancal.

Mes parents étaient champions pour parler de moi comme si je n'étais pas là. Ils adoraient particulièrement se disputer en public à mon sujet – ils devaient penser que c'était tout à fait acceptable de démontrer à quel point notre famille fonctionnait de travers devant de parfaits inconnus. Et j'avais pris l'habitude de me déconnecter ou de me casser ; je choisissais la solution la plus commode. Sauf que là, maintenant, impossible de me barrer. Je ne savais même pas où j'étais.

– Il n'existe pas de moment idéal, a dit le Dr Kami pour les rassurer. Et il n'est jamais trop tard. Quoi qu'il en soit, notre établissement est tout récent. Nous avons ouvert en mai.

Maman a adressé un sourire radieux au Dr Kami.

– En tout cas, lorsque j'ai appelé ce matin, j'étais vraiment soulagée que vous soyez ouverts. C'est tout à fait ce que nous cherchions.

Elle a décoché à papa un regard éloquent.

– Il est devenu évident que la situation ne va pas s'améliorer pour Merritt à la maison.

J'ai alors compris que Good Fences était une sorte de centre équestre pour jeunes cinglées. L'ironie du sort voulait qu'il se situe à deux pas de la Merritt Parkway, à environ une heure de route au nord de New Canaan. Mes parents m'avaient récupérée dans l'allée de mamie Jo et on était venus directement en voiture jusqu'ici. J'avais piqué un somme et, à mon réveil, je me suis retrouvée face au Dr Kami.

– J'espère que la présence de chevaux lui permettra d'avancer dans la vie, a ajouté maman. C'est exactement le genre d'endroit que sa grand-mère aurait dû fréquenter quand elle était jeune.

Mamie Jo et maman ne s'étaient jamais entendues. Maman était trop moderne, citadine et pragmatique. Elle portait des textiles extensibles dernière génération, faciles à nettoyer. Elle n'aimait pas les vieux trucs ou la pagaille. Elle mangeait beaucoup de saumon, du chou frisé et des noix, noisettes ou amandes crues. Elle ne buvait pas de cocktails, uniquement du vin avec modération. Un jour, elle avait dit que mamie Jo avait été « élevée par des loups », parce que mamie Jo était allée à douze ans dans une pension de Virginie où on pratiquait l'équitation, et qu'elle s'était ensuite enfuie avec le frère aîné de sa meilleure amie (mon grand-père) à dix-huit ans. Maman détestait me voir passer autant de temps avec mamie Jo et Noble à New Canaan. Elle ne comprenait pas que ça m'était nécessaire. J'en avais marre de regarder la télé pendant que mes parents se préparaient pour des marathons, corrigeaient des copies et achetaient du poisson issu de la pêche durable.

Mamie Jo et Noble constituaient la meilleure partie de ma vie. Mais tous deux étaient morts depuis plus d'un an…

* * *

— Quel est votre taux de réussite ? demandait à présent mon père.

— Eh bien, comme je le disais, nous n'avons ouvert qu'en mai, mais nos jeunes filles sont très heureuses pour la plupart, a répondu Kami.

Elle avait des cheveux bruns crépus et portait ses lunettes de vue sur le haut du crâne. Ses jambes trapues étaient sanglées dans un horrible bermuda en jean et une vieille paire de grosses chaussures de sécurité.

– Ici, à Good Fences, nous progressons à petits pas, a-t-elle continué. Nous appelons ça des « étapes ». Pour franchir à cheval une série de barres, la seule manière de vous y prendre consiste à les sauter l'une après l'autre. Je pense que Merritt sera énormément boostée dès lors qu'elle aura noué un lien avec l'un de nos chevaux. À son arrivée, chaque jeune fille a un amour-propre au plus bas, puis cet animal magnifique, ce gentil géant, la choisit comme amie et confidente. L'impact est immédiat. Et puis il y a les corvées quotidiennes à l'écurie. Toutes les responsabilités qui accompagnent l'entretien d'un cheval. Cela représente beaucoup de travail, mais procure aussi un bien immense.

J'ai de nouveau tourné la tête vers la fenêtre. À l'extérieur, des chevaux broutaient dans un champ verdoyant entouré d'une jolie clôture blanche. Orange fluo et tout rond, le soleil a plongé derrière un bouquet de conifères en embrasant leur feuillage. L'écurie avait un look original : toute rouge avec des bardeaux blancs. Exactement comme celle où mamie Jo rangeait mes chevaux en plastique quand j'étais petite. Si elle s'endormait sur le canapé après dîner, je jouais avec ces figurines jusqu'à ce que je tombe de sommeil à mon tour et que j'aille me coucher.

– Merritt, je pense qu'il serait peut-être mieux pour toi de dire au revoir à tes parents au plus vite afin de pouvoir te préparer pour le dîner, a dit le Dr Kami en s'adressant à ma nuque. Nous fonctionnons selon un planning serré ici. Plus tôt tu t'y habitueras, mieux ce sera.

Je me suis retournée d'un coup en mitraillant mes parents du regard.

– Attendez, vous partez là maintenant ? Mais je vais rester combien de temps ? Et mes cours ?

Maman a rejoint mon père à la porte. Elle lui a pris la main comme pour montrer leur solidarité. Tous deux portaient encore leur tenue de sport du samedi, avec chacun son bracelet connecté Fitbit au poignet.

Papa a toussoté en évitant mon regard.

– Docteur Kami ?

– Kami tout court, c'est parfait, lui a-t-elle assuré. Ne t'inquiète pas, Merritt. Nous offrons ici un équilibre harmonieux entre thérapie, travail scolaire, travail d'écurie et distractions.

J'avais aidé mamie Jo à s'occuper de Noble chaque jour en été et chaque week-end. On n'appelait pas ça du travail. Tout le reste était du travail, en revanche.

– Ça m'a l'air génial, a dit papa dans un sourire forcé, en pressant la main de ma mère.

Maman s'est détachée, a baissé les zips de cheville de son pantalon de running, puis lancé ses jambes en avant, l'une après l'autre, comme elle le faisait avant de courir. Elle s'est ensuite approchée du lit, puis m'a embrassée doucement sur la joue. Elle sentait la sueur. Je m'en voulais qu'elle n'ait pas eu le temps de se doucher.

– Rétablis-toi, a-t-elle dit brusquement.

Je l'ai dévisagée, trop en colère pour pleurer.

– J'en reviens pas que tu m'abandonnes là comme ça.

– Il y a les chevaux, a-t-elle répliqué avec une note suppliante dans la voix.

– Ce sera plus facile si on s'en va tout de suite, Susan, a ajouté mon père avant de m'embrasser sur l'autre joue.

Il sentait encore plus la transpiration que maman.

– Bonne chance. Tâche de…

Il a hésité et soupiré, comme si ce qu'il voulait dire, c'était vraiment trop demander. Puis il a repris la main de ma mère pour la conduire vers la porte.

– Tâche de te détendre un peu ! a-t-il enfin lâché par-dessus son épaule.

– Je vous tiendrai au courant, a promis le Dr Kami tandis qu'ils sortaient.

Je lui ai lancé un regard. Je me sentais quasiment nue sur mon nouveau lit tout simple, tout blanc, dans ma nouvelle chambre toute simple, toute blanche. J'ai replié les genoux contre ma poitrine et j'ai frissonné alors que je portais toujours mon blouson. Le Dr Kami avait des tas de rides d'expression autour des yeux et de la bouche, mais je pariais qu'elle faisait juste semblant d'être toute douce et abordable. Bientôt j'allais me retrouver en train de faire de la gym sur le crottin de cheval à trois heures du mat, pour m'être comportée en enfant gâtée et ingrate envers ses parents.

– Ta mère a déballé tes affaires. Tu les trouveras dans les deux premiers tiroirs du haut de la commode et sur la tringle de gauche de la penderie. Ton emploi du temps est posé sur ton bureau. Pourquoi ne pas y jeter un coup d'œil ? Je te retrouve au rez-de-chaussée dans la salle à manger d'ici un quart d'heure. On pourra discuter.

Je restai là sur le lit, les bras toujours autour des genoux. J'avais envie de me glisser sous les couvertures et de ne plus bouger jusqu'au lendemain matin, ou peut-être pendant toute une année. C'est clair que je n'avais pas envie de prendre un repas avec un tas d'inconnus.

– J'ai pas faim… ai-je marmonné.

Le Dr Kami a souri avec patience.

– Le dîner fait partie du programme. Aucune exception à la règle. Tu verras pourquoi quand tu seras sur place.

Elle s'est tournée pour sortir.

– Dans un quart d'heure.

J'ai glissé les pieds par terre et je me suis levée, en remarquant pour la première fois le deuxième lit, en diagonale dans le coin opposé de la pièce, derrière un autre bureau. Le lit était défait, avec un pyjama de satin crème en boule sur l'oreiller.

Je me suis hérissée.

– Attendez, j'ai une coloc ?

Kami s'est arrêtée à la porte.

– Ah oui. C'est Béatrice. Elle a réaménagé son coin. Elle est allée dans toutes sortes de pensions, elle a l'habitude de réaménager son coin.

Elle m'a alors décroché son sourire sympa, genre « tu ne m'échapperas pas ».

Je lui ai lancé en retour un regard noir. Je ne voulais pas partager ma chambre, surtout pas avec une fille qui portait des pyjamas en satin.

Kami a quitté la pièce et refermé la porte derrière elle.

– Je te vois au dîner…

6.
Red

Mon nouveau foyer était minable, comparé à l'écurie grand luxe des Rothschild dans les Hamptons. Là-bas j'avais un paddock et un abri pour moi tout seul, alors que les autres chevaux partageaient la petite écurie rouge et la grande pâture clôturée en bas de la colline où je me trouvais. Ici, les chevaux – dont certains très vieux – n'étaient jamais montés. Ils somnolaient bêtement au soleil, ou bien des filles en jogging et en bottes de caoutchouc les promenaient en main et les faisaient tourner en rond. Je ne cessais de les observer du haut de ma colline solitaire.

Seule Béatrice était responsable de mon entretien. Grâce à elle, j'étais toujours impeccable, je dois bien le reconnaître. Ma robe étincelait, mes sabots étaient entretenus, sans l'ombre d'un caillou, les copeaux sur le sol de mon abri, immaculés, mes seaux d'eau, briqués. Mais elle ne me parlait jamais, ni ne me grattait derrière les oreilles comme les autres filles le faisaient avec leurs chevaux. Sa voix était toujours dure et énervée. Quand elle ne me nourrissait pas, ne me pansait pas ou ne nettoyait pas mon abri, elle m'ignorait, assise contre la barrière, et lisait un livre.

Parfois elle jouait avec la clôture électrique.

La Merritt Parkway, la route panoramique, passait derrière mon paddock, par-delà un épais bouquet d'arbres.

Pour empêcher que moi ou un autre ne s'échappe ou se fasse renverser, on avait installé un fil électrique à très haute tension de l'autre côté du paddock.

Ce qui fascinait Béatrice. Nous n'étions là que depuis deux semaines et elle ne cessait de rôder du côté de cette clôture.

* * *

— Est-ce que ça fait si mal que ça ? dit-elle un soir à voix haute, juste après le coucher du soleil, en tenant son doigt au-dessus du fil électrique.

Elle me parlait ou s'adressait à elle-même ?

La clôture vibrait d'un air menaçant. Je savais que le courant était fort, mais j'ignorais à quel point. Je reniflai et agitai la tête comme mes naseaux captèrent une odeur de poil roussi.

— T'as la trouille ! s'esclaffa-t-elle.

Elle tint sa main encore plus près de la clôture. Ses ongles étaient laqués de noir et ses cheveux noirs étaient encore plus courts qu'à notre première rencontre. Elle les avait coupés elle-même. Je l'avais vue faire par la fenêtre de la sellerie de la petite écurie rouge, quelques soirs plus tôt, en utilisant une tondeuse qui servait d'habitude à raser les oreilles ou les vibrisses[1] des chevaux.

— Si je prends une super décharge, tu feras quoi ?

Elle m'a lancé un regard mauvais puis a grogné.

— Rien, probablement.

Une cloche retentit alors dans la grande maison en rondins où vivaient toutes les filles.

— C'est l'heure de dîner.

---

1. Longs poils sensoriels qui servent à transmettre des vibrations et détecter les obstacles

Béatrice retira sa main de la clôture électrique et traversa l'enclos en direction du portail.

Je piaffai et renâclai[1]. Elle souleva le seau de céréales qui attendait de l'autre côté et le versa dans la mangeoire de mon abri. Puis elle défit la muselière de mon licol.

– Ne te réjouis pas trop, me prévint-elle comme j'attaquais mon repas. Je vais revenir.

---

1. Vibration émise par les naseaux dans une situation de peur, d'inquiétude, mais aussi de curiosité ou de jeu.

7.

Merritt

À Good Fences, on servait le repas comme en famille. On attribuait aux « serveurs » la tâche de porter les plateaux de nourriture depuis la cuisine jusqu'à chacune des trois grandes tables rondes de la salle à manger. Les autres restaient assis. Comme j'étais nouvelle, on ne s'attendait pas que je serve. Je me suis installée à côté de Kami à une table de six, jusqu'ici inoccupée. Mon estomac était toujours bizarre, à la fois gonflé et vide. Tout ce que j'avais mangé ce jour-là se limitait à une bouchée d'œufs et deux huîtres. Un peu d'aliments solides me ferait peut-être du bien.

Un garçon très petit dans la vingtaine, qui avait l'air d'être mexicain ou sud-américain, posa un plateau de lasagnes baveuses sur la table. Il recula une chaise de l'autre côté de Kami et s'assit. J'étais étonnée de voir un mec, puisque Good Fences était réservé aux filles.

– Merritt, voici le stupéfiant Luis. Il s'occupe de la partie équitation du programme : l'écurie et les terres, et les chevaux. Luis sait tout sur tout. Il était jockey dans le temps, mais je pense qu'il est plus heureux sur sa tondeuse à gazon. Plus en sécurité, en tout cas.

Luis a souri jusqu'aux oreilles, sa peau basanée se plissant au coin des lèvres et des yeux.

— Je me suis cassé, genre, une quinzaine d'os, m'a-t-il dit. Ravi de faire ta connaissance, Merritt.

Kami a ensuite attrapé une cuiller de service qu'elle a plongée dans les lasagnes.

— Notre meilleur plat pour ta première soirée ici.

Elle a saisi mon assiette et m'a servi une énorme part.

J'ai contemplé celle-ci. Au moins, il n'y avait pas de chou frisé.

Une fille potelée à l'air renfrogné avec des bagues à tous les doigts a posé un saladier sur la table et s'est assise à côté de Luis. Une grande blonde très mince a pris place près de la petite boulotte, puis a poussé une assiette de pain à l'ail et un grand bol de boulettes de viande au centre de la table.

Kami a découpé une autre énorme portion qu'elle a collée dans sa propre assiette.

— Ce sont des lasagnes végétariennes. Nous essayons de vivre sainement ici à Fences, même si les cupcakes red velvet sont si atrocement délicieux qu'on devrait les interdire !

— Exact ! a couiné la blonde toute maigre. Je ne vis que pour ces gâteaux !

J'ai levé les yeux au ciel. À Dowd, toutes les filles étaient à fond dans les cupcakes. C'était leur nouvelle passion, de faire et de décorer des cupcakes, ou d'en acheter des super sophistiqués dans une de ces boutiques spéciales comme Baked by Belinda. À croire que les cupcakes représentaient bien plus que de simples petits gâteaux avec une tonne de glaçage. Comme si les cupcakes étaient magiques et vous donnaient des pouvoirs surnaturels. Je détestais les cupcakes.

La blonde a lorgné les lasagnes d'un sale œil. Elle était habillée genre Barbie Saint-Valentin, en minishort rose avec un tee-shirt rose recoupé au-dessus du nombril.

Ses ongles, son ombre à paupières, son blush et son rouge à lèvres avaient tous la même teinte rose layette. Elle était plus vieille aussi, dix-huit ans peut-être – trop vieille pour porter autant de rose. C'est clair qu'ici les filles étaient carrément à l'ouest.

Luis lui a servi une petite part, puis une portion normale à la boulotte aux mille bagues, avant de coller trois parts gigantesques dans sa propre assiette.

– J'adore être le seul mec ici. Personne ne mange, alors j'en ai plus pour moi.

Kami a ricané.

– Bonjour, monsieur Trente huit kilos… ?

Luis a rigolé et a pris la main de Kami.

– Cinquante-trois. Je me suis pesé ce matin.

J'ai alors remarqué, affolée, que toutes les personnes à table se tenaient par la main.

Kami m'a attrapé la main gauche. Oh non… Ils allaient se mettre à prier ? Dieu, ce n'est pas ma came. On ne m'avait même pas baptisée. C'est typique de mes parents, ça : oublier de demander si Good Fences avait la moindre affiliation religieuse. Ils voulaient juste se débarrasser de moi. Ils s'en foutaient qu'on m'oblige à prier, à me confesser, à tenir les gens par la main et à les serrer sans arrêt dans les bras.

– Merci pour cette super journée une fois encore, a dit Luis, la tête baissée. La bouffe a l'air géniale. Allez, bon appétit !

– Merci Luis ! ont répondu les autres en chœur.

Chacun a lâché la main de l'autre pour saisir sa fourchette.

Kami s'est éclairci la voix.

– Comme Merritt est nouvelle, profitons du repas pour nous présenter. Dites comment vous vous appelez et quel est votre but. Parlez-nous du cheval avec lequel vous travaillez. Ensuite, nous passerons au « mot du jour ».

Elle a regardé la chaise vide à côté de moi en fronçant les sourcils.

— Et peut-être que Béatrice se décidera à nous rejoindre à un moment donné.

J'ai balayé la pièce du regard. Il n'y avait qu'une autre table occupée. Deux employés que je n'avais pas encore vus étaient assis avec des filles plus jeunes. Et basta. Good Fences était une structure minuscule, ce qui voulait dire que ce serait impossible pour moi de m'échapper. Encore que ma coloc avait l'air de bien se débrouiller de ce côté-là.

— Je vais commencer, a dit la fille potelée qui s'était tue jusqu'à présent.

Elle avait le teint pâle, des yeux verts durs comme le marbre. Elle a repoussé son assiette de lasagnes avec ses doigts lourds de bagues en argent.

— Je m'appelle Tabitha. J'ai des problèmes pour maîtriser ma colère. Ici la bouffe est trop saine. J'arrive pas à dormir. Le lit de chez moi me manque, pareil que mon dragon de Komodo, Heyoncé. Il est très propre. Mon cheval dort dans son propre caca.

Elle s'exprimait d'une voix monocorde en fixant la table.

— Sur Instagram je postais des tas de photos de moi dans des poses où j'avais la rage, ou des trucs bidon mais trop zarbis, genre avec des lames de rasoir entre les dents. C'était marrant. Elle a soupiré. Mon portable me manque.

J'ai jeté un rapide coup d'œil dans la salle. En effet, pas un téléphone en vue. Mes parents avaient toujours le mien.

Au tour du garçon :

— Je m'appelle Luis. Je travaillais à Saratoga, tu sais, l'hippodrome ? J'entraînais les chevaux, mais je voulais devenir jockey, alors je m'affamais et je faisais tout le temps la fête pour éviter de prendre du poids, dit-il en frottant son ventre hyper creux. J'ai commencé à monter de plus en plus, et j'ai même remporté une course hippique. C'était génial. Et pis un jour j'étais encore genre défoncé et j'ai oublié de mettre la sangle, alors je suis tombé et je me suis cassé le dos. Fini les courses pour moi. J'ai beaucoup travaillé sur moi-même et après j'ai commencé le job ici. J'aime bien la façon dont ils se servent des chevaux pour aider les filles. Et comme dit Kami, j'aime ma tondeuse à gazon et j'aime manger.

Il a haussé les épaules, avant de réattaquer ses lasagnes.

Partager mon expérience, ce n'était pas mon truc. Je grignotai un bout de pain à l'ail en m'inquiétant déjà de ce que j'allais dire. C'était mon pire cauchemar, la raison pour laquelle j'avais refusé de consulter un psy.

La grande blonde a pris le relais :

– Moi, c'est Céline. J'ai dix-huit ans, donc je suis la plus vieille ici. Mon but, c'est de me sentir prête pour la fac, mais j'adore ma jument, Lacey. Elle est trop adorable, elle me fait craquer.

Elle a poussé un profond soupir, mais ses grands yeux bleus s'embuaient sous l'émotion.

– Je pense que je me plais un peu trop ici. Tout le monde est tellement gentil. Je resterais pour toujours si je pouvais, dit-elle en me lançant un regard souriant. J'étais la première fille quand ils ont ouvert. C'était censé être un camp d'ados pour l'été, mais on est maintenant en octobre et je suis encore là…

Sa voix s'est évanouie. J'ai senti une ombre derrière moi. Je me suis retournée. Une fille brune aux cheveux courts et à l'air mauvais, vêtue de noir de la tête aux pieds, a reculé la chaise vide sur ma droite. Elle s'est assise à cinquante centimètres de la table, les jambes écartées à fond.

— Bonsoir, Béatrice, l'a saluée Kami. Tu ne risques pas de manger grand-chose en restant assise aussi loin de la table.

Béatrice a rapproché sa chaise. Elle s'est penchée pour voir ce qui restait.

— Hé, c'est quoi ça ? Qu'est-ce que vous avez foutu avec le pain à l'ail ?

J'ai jeté un regard au centre de la table. Quelqu'un avait vidé le reste de tranches de pain dans le saladier de boulettes de viande.

Tabitha s'est mordu la lèvre.

— Mea culpa.

— T'es dégueu, a grogné Béatrice.

— De quoi avons-nous parlé un peu plus tôt aujourd'hui ? a demandé Kami d'un ton à la fois posé et enthousiaste. Traite les autres de la manière dont tu aimerais être traitée. Si tu souhaites dîner ici avec nous, je ferme volontiers les yeux sur ton retard, mais seulement si tu peux te montrer respectueuse et courtoise.

Béatrice a roulé des yeux. Elle s'est avancée d'un coup et a attrapé le saladier de boulettes et de pain à l'ail, y a planté sa fourchette et s'est mise à manger direct dedans.

— C'est le moment de partage ? C'est à mon tour ?

Kami m'a lancé un regard et j'ai vu le rouge de la colère sur ses joues. C'était la première fois qu'elle trahissait la moindre émotion, hormis sa compréhension patiente. À l'évidence, Béatrice savait comment la faire réagir.

Kami s'est donc retournée vers Béatrice.

— Vas-y. Nous t'écoutons.

Béatrice a bu une longue gorgée d'eau théâtrale, puis a reposé son verre. Elle s'est essuyé la bouche du revers de la main, avant de s'éclaircir la voix.

– Je tenais juste à répéter ce que je dis chaque fois qu'on doit partager notre expérience : cet endroit est trop nul. On nous laisse même pas monter les chevaux. C'est pas que j'adore l'équitation, en fait, dit-elle en me regardant de ses yeux marron très sombres et toujours pleins de rage. À la base, c'est une sorte de ferme pédagogique. Si je suis là, c'est juste parce qu'on m'a virée de toutes les autres, alors mon père a créé celle-ci. Attendez un peu qu'il neige, et là ça sera carrément craignos.

Kami a reculé sa chaise et s'est levée.

– Merci, Béatrice. Une fois de plus, je pense que tu serais mieux à la Petite École pour dîner. Je t'y conduis moi-même de ce pas.

Béatrice attrapa une tomate cerise dans la salade et l'avala tout rond.

– Super. Z'avez raison. J'adore y aller.

J'ai regardé Kami l'emmener loin de nous, angoissée à l'idée de revoir Béatrice en tête à tête, quand elle reviendrait dans notre chambre. Angoissée, mais elle m'intriguait un peu aussi.

– Cette fille est trop flippante. Tout le monde l'appelle « l'Ours », m'a expliqué Céline en réappliquant une couche de rose sur ses lèvres. C'est son père qui finance cet établissement. C'est genre un philanthrope dingue, mais sa fille est un vrai cauchemar. Sa fille adoptive, remarque. Ils n'ont pas de lien de sang.

– Je l'ai même vue cracher à la figure de Kami, a ajouté Tabitha. Trop marrant, en fait. C'était la première fois qu'ils l'ont mise dans la Petite École.

– C'est quoi, ce truc ? ai-je demandé en tapotant mes lasagnes du bout de ma fourchette.

Je pouvais peut-être manger du pain grillé tout bête ou des crackers, mais pas des lasagnes.

– L'isolement, a répondu Céline. C'est là qu'on te met quand tu t'es vraiment mal comportée, pour que tu puisses te détendre et te restructurer. C'est juste une espèce de cabane moderne, mais sans fenêtre. J'y suis jamais allée. Je déteste me retrouver seule.

– Moi, j'aime bien, a dit Tabitha. Je fais exprès de zapper mes corvées d'écurie pour aller là-bas. Il y a des fauteuils poires et plein de CD à écouter. La Petite École, c'est top.

Luis est intervenu :

– Vous savez que Béatrice est quand même drôlement douée avec les chevaux. Je l'ai observée. Elle sait ce qu'elle fait.

– Elle parle jamais à personne, a repris Tabitha. Et elle est total obsédée par ce poète qui s'est suicidé genre dans les années soixante-dix ou je sais pas quoi.

Je réfléchissais encore à la remarque de Béatrice sur le fait qu'on n'avait pas le droit de monter les chevaux. Qu'est-ce qu'on en faisait alors ?

Avant que je puisse poser la question, Kami est revenue avec une assiette de cookies aux pépites de chocolat.

– Je vous ai apporté le dessert. Bon, où en étions-nous ? a-t-elle demandé comme si rien ne s'était passé. Ah oui. Merritt. À ton tour.

J'ai posé ma fourchette. J'avais les mains moites. J'aurais aimé dire ce que je pensais comme Béatrice, leur dire de me foutre la paix, mais impossible de m'imaginer attirer autant l'attention sur moi.

– Je m'appelle Merritt, ai-je donc commencé, les yeux rivés à mon assiette. Euh... avant, je montais le cheval de ma grand-mère. Son cheval et elle sont morts il y a un peu plus d'un an. Ils me manquent vraiment...

alors mes parents ont dû se dire que je me plairais ici ? Ben, c'est tout, je pense.

Je n'avais pas relevé le nez de mon assiette.

– Merci, Merritt, a dit Kami après un silence un peu gênant. Maintenant, c'est à moi.

J'ai repris ma fourchette en main et redressé la tête.

– Je m'appelle Kami. Je suis une ancienne boulimique qui s'en est sortie. J'étais une assistante sociale qui aimait les chevaux. Alors j'ai passé un diplôme en thérapie assistée par le cheval et j'ai aidé au démarrage de Good Fences. Chaque fois que je parviens à former un binôme entre un cheval et une personne, ça me rend folle de joie.

Elle me lança un regard plein d'enthousiasme.

– Tu verras demain. C'est magique.

Il y avait une petite fiche cartonnée au milieu de la table avec le mot INTENTIONS soigneusement imprimé en lettres capitales bien noires. Kami prit une bouchée de lasagnes, puis saisit la fiche.

– J'avais l'intention de passer au « mot du jour » à présent – tout comme j'ai l'intention de ne manger qu'un seul cookie pour le dessert, a-t-elle annoncé en continuant à mâcher. Mais pourquoi vous n'emmène-riez pas toutes les deux Merritt à l'écurie, à la place ?

* * *

J'ai suivi Céline et Tabitha sur la pelouse, puis en bas de la colline jusqu'à l'écurie rouge à bardeaux blancs. Il faisait presque nuit et assez frisquet, mais c'était éclairé à l'intérieur. Petite et bien rangée, mais sans fioritures, avec dix grandes stalles : cinq de chaque côté de l'allée centrale cimentée. Au-dessus des box, un grenier où s'empilaient des balles de foin. J'ai respiré la douce odeur musquée des chevaux et du foin – celle que j'adorais et qui me manquait trop. Elle me nourrissait, en fait, comme un aliment essentiel dont j'avais été bien trop longtemps privée. J'ai pris une grande bouffée en remplissant à fond mes poumons. L'un des chevaux a agité son énorme tête marron et blanche dans ma direction.

– C'est qui ? ai-je demandé en tendant la main pour caresser son bout du nez massif et velouté.

– C'est Arnold. Un cheval de trait qu'on a sauvé de l'abattoir. Ce sont tous des chevaux sauvés ici, a expliqué Céline. Kami m'a dit qu'Arnie faisait partie de la caravane Budweiser quand il était jeune, puis on l'a utilisé pour transporter du bois dans les foires agricoles. Quand elle l'a acheté aux enchères, il était couvert de plaies et souffrait de fourbure[1]. Il n'a que seize ans mais se comporte comme s'il en avait trente.

J'ai hoché la tête comme si je comprenais, mais j'ai ensuite réalisé à quel point mon expérience des chevaux était limitée. Noble, un Irish Sport Horse bai élancé – entraîné au dressage et au concours hippique, avec sans doute une lignée bien plus chic que n'importe quel autre pensionnaire de Good Fences –, était le seul cheval que j'aie jamais connu. J'ai lissé le toupet marron foncé d'Arnie contre son large front tout blanc. Il a baissé la tête, les yeux mi-clos.

Près d'Arnie, un poney shetland femelle trapu a dressé l'encolure pour renifler ma main. Le bout de son nez duveteux couleur pêche atteignait à peine le haut de la porte du box.

– C'est Camomille, a dit Céline. Elle a mille ans et nous enterrera tous. Apparemment, elle travaillait dans une pommeraie amish, même si je sais pas trop ce qu'elle y faisait au juste. Et je pense qu'elle a eu des

---

1. Inflammation du pied du cheval.

petits aussi. Tu devrais la voir quand on les sort tous dans la prairie. Elle mène tout le monde à la baguette.

Je me suis penchée par-dessus la porte de Camomille et je l'ai grattée entre les oreilles. Elle a secoué la tête, puis a reculé pour aller chercher des brins de paille qui avaient dû tomber dans sa litière.

— Et voici Lacey, ma princesse, a dit Céline d'une voix enjouée en ouvrant la porte de la stalle voisine, avant d'y entrer pour étreindre la jument à la robe gris truité[1]. Lacey était spécialisée dans le saut d'obstacles. Drôlement douée, en plus. Elle a participé à tous les grands concours. Puis elle s'est fracturé les deux genoux lors d'une épreuve chronométrée avec barrage. Ses genoux ont toujours un peu d'arthrite, mais elle va BIEN !

Céline a collé son visage contre l'encolure de la jument. Lacey se tenait immobile, ses yeux marron doux et fixes. Elle n'avait pas l'air d'adorer Céline, mais celle-ci ne semblait pas la déranger non plus.

— Lacey sait tout de moi. Ooooh non !

Céline est sortie du box comme une flèche et a attrapé une fourche.

— Pauvre bébé. Tu ne peux pas dormir dans tout ce fouillis.

Elle s'est mise à ramasser des mottes de crottin qu'elle a ensuite vidées dans une poubelle posée dans l'allée.

— Va voir les autres, m'a-t-elle dit. L'appaloosa[2], c'est Cannelle. Elle appartient à Luis. Puis il y a Rex, le petit tout noir. Il est à Tabitha. Et les deux poneys gris dans le champ sont Greta et Ghost. Ils vivent à l'extérieur le soir. Ceux-ci sortent la journée.

---

1. Avec de petites taches foncées sur un pelage blanc.
2. Petit cheval de selle américain, caractérisé par sa robe tachetée.

J'ai avancé dans l'allée, en saluant les chevaux et en les caressant. Ils me regardaient avec un intérêt mitigé, et je voyais bien qu'ils étaient habitués à voir les filles aller et venir. Je n'avais rien d'extraordinaire à leurs yeux.

Dans la sellerie, Tabitha écoutait de la musique sur une vieille radio ; elle fredonnait en nettoyant une pile de licols en cuir. Elle avait utilisé tellement de savon que les licols semblaient recouverts de mousse à raser. « Point trop n'en faut », me disait toujours mamie Jo quand il fallait savonner le cuir. Trop d'eau le séchait. Elle avait l'habitude de séparer chaque élément de la sellerie de Noble et de disposer le tout par terre au salon. Assise dans son fauteuil, elle buvait du bourbon dans un verre en cristal et me surveillait de son œil de lynx pendant que je nettoyais et remettais tout en ordre.

Il faisait nuit noire maintenant et la lune était invisible. Quelques lumières extérieures s'allumèrent. Céline continua à passer au crible la litière de Lacey. Deux filles plus jeunes se tenaient près de la clôture et gloussaient comme des abruties en regardant brouter les deux poneys gris. Luis arrosait les plates-bandes devant la maison principale, ou le « Pavillon », comme l'appelait Kami.

Un éclair blanc a soudain capté mon œil en haut de la butte de l'autre côté de l'allée qui donnait sur les principaux pâturages. C'était un autre cheval, imposant, avec quatre balzanes[1] et une longue liste[2] sur le chanfrein[3]. Une sorte de muselière sanglait le bout de son nez. Il faisait un peu peur, comme sorti tout droit d'un film d'horreur.

---

1. Taches blanches sur les jambes.
2. Tache blanche sur la partie avant de la tête, entre le front et les naseaux.
3. Partie de la tête du cheval s'étendant de la ligne des yeux à la région nasale.

Une fille était assise par terre à proximité, le dos contre la clôture, un livre coincé sur les genoux. J'ai reconnu les cheveux foncés et les vêtements noirs. Béatrice.

Un objet rougeoyait dans sa main et produisait un minuscule halo de lumière. Céline s'est approchée de moi et a grimacé.

— Tu vois ? Elle s'installe là-haut et elle bouquine. Elle ne parle à aucune d'entre nous. Jamais. Elle lit et fume sa cigarette électronique débile. On n'a même pas le droit de fumer, mais ils ont fait une exception pour elle parce que l'établissement appartient à son père.

— Et le cheval ? Pourquoi il n'est pas ici avec les autres ?

— Oh, ça, c'est encore un cas social de M. de Rothschild. C'est un rescapé de la piste. Je pense qu'il était censé devenir le cheval de show de Béatrice.

— Vraiment ?

J'avais du mal à imaginer Béatrice à un concours hippique, à moins qu'elle y aille pour terroriser tout le monde.

— Eh ouais. Béatrice a été une grande cavalière sur poney. Elle raflait tout. Elle passait l'hiver en Floride et l'été à Saratoga et dans les Hamptons. À l'époque, elle était toute menue et adorable avec ses longues nattes noires et ses fossettes. Puis elle s'est mise à faire comme si elle ne savait plus monter et a refusé de concourir. C'est juste une enfant gâtée. Mais de toute manière Kami affirme que ce cheval a de gros problèmes. Il est effrayant, tout comme elle.

J'ai hoché la tête, nerveuse à l'idée de retrouver Béatrice dans notre chambre commune. Le couvre-feu était à neuf heures et il était déjà huit heures passées.

J'ai aidé Tabitha à bien rincer les licols pleins de mousse, puis on a donné du foin aux chevaux, pendant que Luis remplissait les abreuvoirs. En fait, ces corvées d'écurie m'ont plu, mais j'étais si fatiguée que j'ai sincèrement apprécié quand Luis a fini par éteindre et qu'on a tous regagné le Pavillon. Ma chambre était plongée dans le noir. J'ai allumé la lampe du bureau de Béatrice. Son lit était toujours défait, son pyjama en satin, intact. J'avais comme l'impression qu'elle n'était pas du tout revenue dans la chambre.

Je me suis changée et j'ai enfilé mon vieux pantalon de jogging recoupé et mon tee-shirt de l'OX Ridge Hunt Club vert préféré, puis je me suis couchée. Les draps tout blancs avaient l'air neufs et grattaient.

La lampe du bureau de Béatrice était toujours allumée. Peut-être qu'on pourrait faire un peu connaissance avant de nous endormir, je me suis dit. Comme ça, ça ferait moins bizarre de partager une chambre avec une parfaite inconnue. Sur l'oreiller plat en mousse, ma tête semblait lourde comme du plomb. Ce matin, j'étais allée à l'école passer mon exam d'entrée en fac. Hier soir, j'avais à peine dormi. J'avais l'impression de veiller depuis une année complète.

En quelques secondes, j'étais ailleurs.

8.
Red

Béatrice revint après dîner pour me rattacher la muselière au licol. Trois fois par jour, on me la détachait
afin que je puisse manger mes céréales, mon foin et
brouter. Puis on me la remettait.

Les journées raccourcissaient. La lumière avait quasiment disparu. Comme d'habitude, Béatrice s'asseyait
près de ma clôture pour aspirer son espèce de cigarette
rougeoyante et lire le livre qu'elle lisait toujours. Depuis
ma butte paisible et verdoyante, j'observais les autres
filles nourrir et abreuver leurs chevaux.

Béatrice restait avec moi sous le prétexte de me tenir
compagnie, mais elle se servait simplement de moi pour
éviter les autres. Le fait que je sois son cheval, que je
lui appartienne, n'était qu'une vaste plaisanterie.

Les lumières s'éteignirent dans l'écurie en contrebas
et les filles regagnèrent lentement la maison principale.
Béatrice jeta son livre par terre, puis se claqua le bras
avec la main.

– Il fait trop sombre pour lire, mais bien sûr il y a
encore des moustiques !

Elle tira sur sa cigarette électronique et tripota les
feuilles mortes qui jonchaient le sol.

À présent qu'on m'avait remis ma muselière, je ne
pouvais plus manger. Je commençai à somnoler. Seul le

sommeil me permettait de m'échapper. Heureusement pour moi, les chevaux peuvent dormir debout.

* * *

L'odeur de fumée me réveilla en sursaut.

Béatrice avait démonté sa cigarette électronique et se tenait accroupie.

– J'ai toujours voulu essayer ça. Je l'ai vu sur la chaîne Discovery.

Elle tenait un emballage de chewing-gum autour de la minuscule batterie qu'elle avait retirée de sa cigarette, et le papier d'aluminium se consumait lentement.

– Hé, ça marche !

Tout à coup, il prit carrément feu et elle le laissa tomber sur un petit tas de feuilles mortes. Puis elle s'empara d'un bout de bois qu'elle tint au-dessus de la flamme. Le bâton s'enflamma et Béatrice resta là debout en le gardant à la main. Je reculai.

Elle piétina alors les feuilles et éteignit le feu, tout en gardant le bout de bois enflammé à la main comme une torche. Je reculai encore davantage, le plus loin possible. Les chevaux ont le bon réflexe d'avoir peur du feu. Elle passa sous ma barrière et se mit à marcher avec le bâton enflammé en direction du petit abri, où elle avait passé beaucoup de temps. La porte était cadenassée, mais elle parvint à l'entrouvrir et lança la torche à l'intérieur.

– Ce soir, c'est le feu de joie !

Je grognai et grattai la terre, tandis que la fumée s'échappait par la porte de la petite remise. Comme le gardien, Luis, avait arrosé les fleurs tout autour, le sol était humide à cet endroit. En outre, j'avais flairé l'odeur de la pluie au crépuscule. Les nuages étaient déjà bas et lourds. Aucune étoile dans le ciel.

Béatrice repassa sous la barrière et continua à traverser mon enclos pour rejoindre la clôture électrique et la route au-delà.

Je la suivis, sans m'inquiéter. Seule la curiosité m'animait. Comme elle aurait pu le dire, j'observais « uniquement pour me distraire ».

Béatrice stoppa net devant la clôture.

– OK. Soit je grille direct en enfer, soit ça me fait rien. N'importe comment, je dégage, alors on s'en tape !

Je m'arrêtai à un mètre environ. Elle se tourna vers moi. Puis elle s'approcha et me défit la muselière.

– Pendant qu'on y est, autant leur en donner pour leur argent, hein ?

Pour la première fois depuis que je l'avais rencontrée, je me sentais heureux. Sans muselière, je pouvais faire tellement de choses. Je m'éloignai pour brouter des touffes d'herbe. Des flammes léchaient la porte du petit abri. Béatrice revint vers la clôture électrique et retira ses lourdes bottes noires. Ses bras avaient la blancheur d'une perle dans l'obscurité, alors qu'elle tendait ses deux mains en écartant les doigts. Elle s'accrocha ensuite au fil de fer qui grésillait.

L'air alentour se chargea d'électricité. Je pouvais renifler le courant. Il semblait la tenir et non pas l'inverse.

Une longue minute s'écoula, puis elle s'effondra.

– Aïe… gémit-elle. C'était génial !

Elle roula sur le dos et sortit sa cigarette électronique. Le bout de celle-ci rougeoyait.

Je m'éloignai en flânant vers le portail, sans cesser de brouter. De l'autre côté de l'allée, l'un des poneys gris hennit dans le pré et je lui répondis. Mes sabots paraissaient légers sur la terre fraîche. Il se mit à pleuvoir. La nuit serait splendide.

9.

Merritt

J'ai été réveillée par un boucan pas possible. Des sirènes à l'extérieur et des éclats de voix dans la maison. La lampe de bureau de Béatrice était toujours allumée et le lit intact, le pyjama en satin toujours en boule dans son coin. Je me suis agenouillée sur mon lit, puis j'ai soulevé le store de la fenêtre. Il était très tôt, la lumière du jour perçait à peine. Une sorte de brume bleutée flottait au-dessus du sol. Kami et Luis menaient les chevaux à l'écurie. Un camion rouge stationnait dans l'allée ; les gyrophares tournoyaient en silence. Les pompiers s'agitaient autour d'une sorte de remise qui devait être la fameuse « Petite École ».

J'ai plissé les yeux. La porte de ce hangar ressemblait à un toast grillé à moitié grignoté.

– C'est pas mon problème ! a résonné une voix de fille en colère dans le Pavillon.

Béatrice. À tous les coups.

Dehors, un moteur de voiture s'emballait. Une Cadillac Escalade noire, brillant dans la faible lueur du petit matin, est apparue derrière le camion des pompiers. Elle a filé en trombe dans l'allée.

Soudain le calme est revenu à Good Fences. J'ai deviné que c'était Béatrice, à bord de cette voiture. Je suis sortie de mon lit, j'ai marché à pas feutrés sur la moquette, puis entrebâillé la porte pour jeter un coup d'œil. L'étroit couloir était désert. Des bottes en caoutchouc s'alignaient par paires devant les trois portes face à la mienne. J'ai reconnu les rouge vif de Tabitha. Une couleur presque trop fun pour une fille comme elle.

La tête blond platine soyeuse de Céline a surgi dans l'embrasure de la chambre d'à côté. Elle portait une espèce de barboteuse en éponge rose avec des mules assorties. Seule trace matinale sur son visage : l'eye-liner légèrement étalé sous ses grands yeux bleus.

— Qu'est-ce qui s'est passé ? lui ai-je demandé.

Céline a froncé ses sourcils parfaitement épilés.

— Je pensais que tu le saurais. Puisqu'elle partage ta chambre. T'as rien vu ?

— Uniquement la voiture de Béatrice qui s'en allait. Enfin, j'imagine que c'était la sienne. Elle n'est pas revenue dans la chambre. Même pas pour dormir. Je me suis réveillée quand je l'ai entendue crier.

Céline a étiré ses longs bras osseux devant elle, puis fait tourner ses poignets jusqu'à ce qu'ils craquent.

— Bon, ben… il ne reste plus qu'une heure avant le petit déj. Je suis sûre que Kami va tout nous raconter.

*　*　*

Le petit déjeuner se déroulait façon self, avec des distributeurs de céréales alignés sur le plan de travail de la cuisine, des carafes de jus d'orange et de lait, du pain et un toasteur, un saladier de bananes, et un plateau de tranches de melon et de grappes de raisin vert. Tout en bâillant, j'ai rempli un bol de son aux raisins secs, sur lequel j'ai versé un filet de lait. Mes parents seraient trop fiers de moi. Ils avaient toutes sortes de théories sur le comportement et le régime alimentaire.

Tant que je m'alimentais correctement, affirmaient-ils, je me sentirais bien.

J'ai rejoint Kami et Tabitha à la table où j'avais dîné la veille. Amanda et Sloan, les deux filles de quatorze ans associées aux deux poneys gris, murmuraient tranquillement à la table près de la fenêtre.

Céline se trouvait juste derrière moi et tenait une assiette garnie de raisin et d'une tranche de melon.

– Béatrice s'est fait virer, a aussitôt annoncé Tabitha. Elle a essayé de mettre le feu à la Petite École, puis elle a fait sortir tous les chevaux.

– Pas du tout, a rétorqué Kami d'un ton grincheux.

Elle avait une mine affreuse, recroquevillée autour d'un mug de café noir, ses cheveux crépus dressés par paquets sur son visage aux traits tirés.

– Certes, elle a mis le feu, a repris Kami. Mais la pluie l'a quasiment éteint. C'est son cheval qui a créé le plus de problèmes. Il doit porter une muselière, sinon il s'échappe et libère tous les autres, dit-elle en poussant un énorme soupir. M. de Rothschild les a fait venir ici pour qu'ils se rapprochent l'un de l'autre, et voyez ce qui s'est passé.

Dans mon bol, les céréales devenaient toutes molles, mais j'attendais qu'elle finisse.

– Béatrice est partie et on nous a laissé son affreux cheval.

– Nos heures d'étude sont toujours doublées ? a demandé Tabitha.

Deux toasts aux raisins secs et à la cannelle, tartinés de Marshmallow Fluff, s'empilaient sur son assiette. Il faudrait que j'essaye ça demain.

– Pas d'étude aujourd'hui, a dit Kami, les yeux fermés.

Ses doigts se cramponnaient à son mug de café comme s'il soutenait tout son corps. Je ne crois pas avoir jamais vu quelqu'un d'aussi fatigué, sauf moi peut-être dans le miroir hier soir, en me brossant les dents. Je me demandais s'il n'y avait pas d'autres problèmes, en dehors d'un incendie mineur et de quelques chevaux en liberté. Elle rouvrit les paupières.

— Vous vous contenterez des corvées d'écurie, et sinon vous avez quartier libre jusqu'au déjeuner, entendu ?

— Yeaaah ! s'est écriée Tabitha.

Hier soir, avant le repas, j'en avais découvert un peu plus sur l'emploi du temps en jetant un œil sur les brochures et les dépliants laissés par mes parents sur mon bureau. À Good Fences, les journées étaient découpées en séances d'une heure et demie. On était censées effectuer deux sessions d'étude par jour, en faisant les devoirs que nos écoles respectives nous envoyaient par courrier. Les surveillants – Kami et deux autres adultes référents – devaient être dispos pour nous aider. Je n'avais même pas reçu mon premier paquet de devoirs de Dowd, alors j'étais contente de pouvoir sécher.

— Et Merritt ? a demandé Céline, en découpant sa tranche de melon en cubes, sans les manger. On ne l'a pas encore associée à un cheval.

— Elle peut faire mes corvées d'écurie, a proposé Tabitha.

J'ai repoussé mon bol de céréales à moitié consommé et j'allais regagner ma chambre pour me glisser à nouveau dans le lit, quand j'ai réalisé que Kami me regardait en fronçant les sourcils.

— Est-ce que je vais avoir une autre coloc ? lui ai-je demandé.

Ignorant ma question, elle m'a rétorqué :

— Comment te débrouilles-tu avec les chevaux ? Tu as dit que ta grand-mère en possédait un.

Ça m'a tout de suite rendue méfiante.

– Elle le gardait derrière sa maison. J'avais l'habitude d'y passer tout l'été et les week-ends. Elle m'a quasiment tout appris.

Kami a hoché la tête.

– Son cheval était-il expérimenté ? Est-ce qu'il se comportait correctement ?

Noble savait se tenir, sauf en présence de parapluies et de vélos. Et quand il neigeait, on devait le travailler à la longe[1] pendant une heure avant de pouvoir le monter.

– Il était assez vieux à sa mort, mais c'est sûr qu'il avait ses humeurs. Je suis tombée deux ou trois fois. Cela dit, je ne me suis jamais fait mal ou quoi que ce soit.

– Peut-être que nous devrions essayer… a dit Kami comme si elle réfléchissait à voix haute.

– Essayer quoi ?

« Essayer » n'était pas l'un de mes mots préférés. « Essaye ce délicieux saumon et ce burger de chou frisé. » « Essaye de mieux faire pour ta prochaine interro de maths. » « Essaye de sourire davantage. » « Essaye de te faire plus d'amis. » « Essaye de ne pas penser autant au passé et de te concentrer sur l'avenir. » « Essaye de ne pas bâiller autant. » « Essaye de t'impliquer dans de nouvelles activités. »

– Eh bien, maintenant qu'elle est partie, quelqu'un va devoir s'occuper de son cheval, a repris Kami lentement.

– Le cheval de qui ?

– De Béatrice. Il s'appelle Red.

– Il a son propre paddock, c'est ça ? Je l'ai vu hier soir, en haut de la colline.

---

1. Longue corde ou lanière de cuir pour mener un cheval à la main, le faire tourner dans une carrière, un manège.

– Ne fais rien avec lui avant que j'y aille, m'a prévenue Kami comme si j'avais déjà accepté. Ce cheval n'est pas facile. Je peux te présenter à lui cet après-midi.

Elle a repoussé ses lunettes sur sa tête et m'a fixée de ses yeux gonflés de fatigue qui me faisaient penser à ceux d'une grenouille.

– Promis ?

– Ouais. Pas de souci.

– Bien.

Kami a reculé sa chaise.

– Je vais m'allonger un peu et peut-être prendre une douche. Je vous revois toutes au déjeuner.

* * *

Les promesses, ça n'a jamais été mon fort.

– Je vous retrouve dans une minute, les filles ! ai-je crié aux autres qui se dirigeaient vers l'écurie.

Ignorant les recommandations, j'ai quitté le Pavillon et traversé la pelouse couverte de rosée, puis le chemin de terre. C'était une belle matinée. Le soleil brillait et aucun nuage ne troublait le ciel. De grands arbres bordaient la voie d'accès pour les voitures, des oiseaux gazouillant dans leurs feuilles jaunies.

J'ai gravi la butte en passant devant la Petite École. Elle était détrempée et calcinée, mais tenait toujours debout. Béatrice devait être déçue de ne pas l'avoir réduite en cendres.

Red est sorti tranquillement de son abri alors que je m'approchais de son paddock. Toujours cette muselière en cuir sanglée à son licol, qui l'empêchait de brouter. Il se tenait près de la clôture, la tête et les oreilles dressées, comme s'il m'attendait.

– Salut ! T'as l'air d'un tueur en série avec ce truc.

Le grand alezan m'a regardée en agitant les oreilles. Ses yeux avaient une superbe nuance ambrée, brun orangé avec des paillettes d'or. Il se révélait encore plus impressionnant que je ne le croyais. Et surtout, il était magnifique.

Il a reniflé ma main comme il a pu avec sa muselière, puis a grogné et s'est éloigné, comme si je le saoulais. Tout en secouant la tête pour chasser les mouches, il a regagné son abri, restant à moitié dedans, à moitié dehors, sa croupe tournée dans ma direction.

– Ravi de faire ta connaissance, moi aussi !

Je ne sais pas trop ce que j'attendais. Noble avait toujours été tellement sympa. J'ai balayé son paddock du regard. L'herbe de l'enclos était taillée très court. Il devait avoir le droit de brouter à certains moments sous surveillance. J'étais tentée de lui retirer sa muselière, juste pour voir comment il réagirait. Il n'y avait personne en vue. Je suis passée par-dessus la barrière et j'ai marché vers l'abri. Mamie Jo m'avait appris à ne jamais approcher un cheval par-derrière sans lui parler.

– Je vais juste te retirer ce truc pour que tu puisses brouter.

J'ai touché sa croupe pour lui indiquer où j'étais et que je ne représentais aucune menace.

Red a redressé la tête, couché les oreilles. Puis fouaillé de sa queue rousse et soulevé la jambe gauche. C'était un avertissement. Si je m'approchais davantage, il me lancerait une ruade.

10.

Red

J'aurais pu lui donner un violent coup de sabot, après tout, les autres ne regardaient pas, ces crétins.

– Parfait, dit tranquillement la fille en s'écartant. Comme tu veux.

Je l'entendis s'éloigner, mais elle ne se dirigeait pas vers l'écurie ou la maison. Elle partait dans la mauvaise direction, vers la route qui longeait le parc et la clôture électrique. Qu'avait donc cette clôture de si extraordinaire ? Ma curiosité l'emporta. Je sortis à reculons de mon abri et jetai un coup d'œil.

C'était une jeune fille comme les autres. Les cheveux blond châtain, ni grande ni petite, jean, tee-shirt gris, baskets. J'en avais croisé des millions comme elle dans l'écurie chic des Hamptons. Parfois elles m'offraient des carottes. Deux d'entre elles tentèrent même de me monter quand Béatrice refusa de le faire, mais c'était toujours impossible. Je basculai sur l'une, forçai une autre à lâcher la bride. Bref, je les faisais toutes fuir.

Elle tendit les mains au-dessus de la clôture électrique en se mettant au défi de la toucher.

– Ils ne doivent vraiment pas te faire confiance. Hé ! Regarde ça ! s'exclama-t-elle, en passant la main sous le fil pour saisir une belle poignée de trèfles en fleur, qu'elle me tendit ensuite. Laisse-moi défaire cette muselière pour que tu puisses en profiter.

Je grognai et fouaillai de la queue. Je connaissais la musique. Elle semblait peut-être gentille – plus que Béatrice en tout cas – mais elle ne tarderait pas à me crier dessus et à s'enfuir.

– Parfait, dit-elle en laissant tomber le bouquet de trèfles, avant de se retourner vers la clôture. Je pense qu'elle n'est même pas branchée.

Elle tendit de nouveau les mains au-dessus du fil électrifié.

Je trottai vers le petit tas de trèfles et le poussai du bout de mon nez muselé. Il exhalait un délicieux parfum. Je hennis. Si elle voulait bien me retirer ma muselière, ce serait fabuleux.

Elle éclata de rire.

– Oh, maintenant t'as envie de dire bonjour !

Elle me tournait le dos, les mains toujours en suspens au-dessus de la clôture. Je hennis à nouveau. À présent que j'avais reniflé le trèfle, j'en avais vraiment envie. J'avançai derrière elle et la poussai fort dans le dos.

– Hé !

La fille virevolta aussitôt pour me faire face.

Encore une braillarde. Les filles… toutes les mêmes.

J'exécutai alors une figure de dressage sophistiquée, un semi-cabré avec déplacement latéral. Puis je plantai mes sabots dans le sol, les oreilles couchées, les naseaux dilatés, et je roulai des yeux en avançant la tête brusquement vers elle.

– C'est quoi le problème ? murmura-t-elle.

On s'est dévisagés quelques instants. Ses yeux étaient gris terne et cernés, et sa peau dégageait une odeur douceâtre que je ne parvenais pas à reconnaître. J'attendis qu'elle recule, effrayée, mais elle n'avait pas peur. Elle fit un pas en avant. Je ne bronchai pas. Elle en fit un autre et tendit la main vers ma tête. J'aurais pu rester là tranquillement et la laisser agir à sa guise, mais j'en avais assez de ces filles. Pourquoi ne pouvait-elle pas me fiche la paix ? Je poussai un hennissement aigu pour la mettre en garde et me cabrai en reculant, jusqu'à ce que ma queue et ma croupe percutent la clôture électrique.

– Hé, fais attention ! hurla-t-elle.

La décharge fut intense, insoutenable. Impossible d'y échapper. La clôture ploya sous mon poids en grésillant. Je perdis l'équilibre et m'écroulai à terre comme une masse.

11.

Merritt

Le cheval de Béatrice était non seulement inexpérimenté, mais totalement fou. J'ai attendu qu'il se relève, mais il restait là par terre à me regarder d'un air effrayant, en soufflant poussivement par ses naseaux muselés. Je n'étais même pas censée me trouver là avec lui. J'avais envie de redescendre illico à l'écurie et de retrouver les autres, faire comme si de rien n'était, mais peut-être qu'il souffrait.

— Reste là, lui ai-je dit, avant de tourner les talons pour filer au Pavillon, en bas de la butte.

Kami était dans la salle commune. Ouf ! Je n'aurais pas eu le courage de l'arracher à sa petite sieste.

Elle a levé le nez quand j'ai poussé la porte, puis est revenue à sa pile de fiches. J'ai attendu qu'elle finisse de noter « Instants privilégiés » sur l'une d'elles et la remette sur le tas.

— Tu as déjà terminé les corvées d'écurie ? a-t-elle demandé sans redresser la tête. Impossible de dormir, pour ma part. Et à quoi bon prendre une douche quand je vais passer la journée au milieu des chevaux et du crottin ? Dès que j'ai fini, je peux t'emmener voir celui de M. de Rothschild.

— Euh… ben, justement…

Je me suis arrêtée net. J'étais à Good Fences depuis même pas vingt-quatre heures et je m'attirais déjà des ennuis.

Kami a reposé les fiches et m'a regardée par-dessus ses lunettes de lecture.

– Que se passe-t-il ?

– Je suis allée le voir là-haut. Je me promenais dans son paddock, il a couru sur moi et percuté la clôture électrique. Il est tombé. Je pense qu'il est blessé.

Kami s'est levée et a sorti son portable de sa poche arrière. Elle a pressé quelques touches, puis m'a prise par le bras en m'entraînant vers la porte.

– Montre-moi !

* * *

De loin, Red donnait juste l'impression de somnoler au soleil. Alors qu'on s'approchait, j'ai vu son regard fixe et ambré. Debout au-dessus de lui, on a regardé les mouches se poser sur sa peau, chassées d'un mouvement convulsif, avant de repasser à l'attaque. Sa grosse cage thoracique se soulevait et s'abaissait chaque fois qu'il reprenait longuement et lentement son souffle. Il n'avait pas l'air de vouloir se redresser.

– Je lui parlais, c'est tout, ai-je expliqué à Kami. Je voulais seulement voir à quoi il ressemblait. Et puis il m'a chargée, disons, et s'est plus ou moins cabré en reculant direct dans la clôture.

Kami a contemplé Red en fronçant les sourcils, puis elle a ramené ses lunettes sur sa tête.

– Eh bien, au moins, il t'a évité de te faire griller. Cette clôture est drôlement solide. Le comté nous a obligés à l'installer, à cause d'un règlement sur le bétail quand il est trop près de la route du parc. C'est le même type de barrière qu'ils mettent dans les prisons et les grandes exploitations bovines. Je ne comptais pas utiliser ce pré pour les chevaux, mais Red est du genre roi de l'évasion, dit Kami en secouant la tête. J'ai pensé que la clôture nous faciliterait la vie.

Je me suis accroupie et j'ai touché l'encolure cuivrée de Red. Peut-être qu'il avait juste besoin d'un coup de pouce. Ensuite il se remettrait debout et tout irait bien. Il a couché les oreilles et grogné d'un air méfiant. J'ai retiré ma main.

— Sois prudente, m'a prévenue Kami. Il est imprévisible.

Les oreilles de Red s'agitaient. Ses yeux ambrés papillonnaient, somnolents, sous le soleil.

— Tu sais que M. de Rothschild, le père de Béatrice, finance toute cette structure ? a repris Kami. C'est uniquement grâce à lui si Good Fences a vu le jour. Je soupçonne qu'il avait surtout Béatrice en tête, a-t-elle soupiré. Le coup de fil que je lui ai passé ce matin n'était pas facile, crois-moi. Béatrice et Good Fences, ça ne pouvait pas coller, voilà tout.

Je n'ai pas réagi. Je craignais que Kami cherche à trouver le courage de me demander un grand service. Les gens se confient toujours avant de vous réclamer un truc. Genre, je te donne ce cadeau que tu n'as même pas demandé, et maintenant, tu ferais bien de me donner quelque chose en échange. Mais je ne devais rien à Kami.

Elle a continué :

— Au final, on prévoit de construire de nouveaux bâtiments et d'engager pas mal de professeurs, de thérapeutes, et de vraiment se développer. À terme, la vision que j'ai de Good Fences, c'est celle d'une véritable pension avec thérapie assistée par le cheval et un vrai programme d'équitation, pas uniquement un endroit réservé à une poignée de filles. Mais je ne peux rien faire sans M. de Rothschild.

Une camionnette blanche a alors déboulé dans l'allée et s'est arrêtée en bas de la colline. Une petite femme aux cheveux blonds décolorés, tirés en queue-de-cheval, en est descendue d'un bond. Elle a fait signe à Kami, puis a gravi la butte pour venir vers nous.

– C'est le Dr Mitchell, la vétérinaire, m'a précisé Kami. Elle est géniale.

Je me demandais si je pouvais m'en aller à présent. J'avais fait ce que je devais faire. J'étais allée chercher de l'aide et l'aide était là. Je pouvais m'installer devant l'un des ordis de la salle commune, peut-être me trouver un livre ou un exemplaire de *People*. J'ai fourré les mains dans les poches de mon jean et pris la direction du portail blanc du paddock de Red.

– Merritt ? m'a crié Kami d'une voix sèche. Où vas-tu ?

– Dans ma chambre ?

– Pas question ! Tu vas rester là, répondre à toutes les questions du Dr Mitchell, écouter tout ce qu'elle aura à dire, et faire tout ce que tu peux pour aider Red.

– Quoi ? Moi ?

Kami a souri.

– C'est ton cheval désormais. Je viens de l'associer à toi. M. de Rothschild sera tellement content !

Elle parlait avec enthousiasme, comme pour s'en convaincre elle-même autant que moi.

– Good Fences n'a pas fonctionné pour sa fille, mais je lui ai promis que je ferais bon usage de ce cheval.

– M'enfin, il est cinglé ! ai-je protesté. Vous l'avez dit vous-même. Vous l'avez traité d'« affreux cheval » au petit déj. Et le cheval de trait, alors ? Ou Camomille ?

– Qui est *cinglé* ? a demandé le Dr Mitchell en nous rejoignant.

Elle était bronzée, souriante et respirait la santé, le genre de personne vers laquelle mes parents gravitaient.

– Lui... ai-je marmonné en désignant Red d'un hochement du menton.

Toutes les trois, on s'est mises à regarder le grand alezan qui somnolait toujours dans l'herbe.

Kami a secoué la tête d'un air rêveur.

– Vous n'aimeriez pas savoir ce qu'il pense, là maintenant ?

12.
Red

J'aurais apprécié un semblant de compassion. Une carotte, une main qui me gratte derrière les oreilles, quelques mots gentils. Je pensais que cette fille voulait se faire des amis, mais elle avait déjà changé d'avis et se mettait à dire du mal de moi. Elle ne différait pas de Béatrice. En tout cas, je connaissais son nom maintenant. Merritt, comme la Merritt Parkway qui longeait le parc.

La vétérinaire ouvrit son sac qui tenait par des attaches Velcro. On ne croirait jamais qu'un cheval puisse être en contact avec autant de velcro, mais pourtant si. Il y en a partout, sur ma muselière, les bandes de protection et les guêtres dont on enveloppe nos jambes, les couvertures qu'on porte en hiver, les vestes et les gants de nos cavaliers. Il ne se passe pas un jour sans que j'entende ce bruit… *Scriiiitch*. Peut-être que je suis un peu sensible, mais cela fait partie des nombreux bruits dont je pourrais me passer. Comme celui des sacs en papier, le crissement des pneus, le tonnerre et la foudre.

J'étais toujours allongé. Le Dr Mitchell se tenait debout près de ma tête et me jaugeait.

— Pourquoi porte-t-il une muselière ?

— Il s'échappe en ouvrant les verrous avec sa bouche. Entraîne les autres chevaux. Un véritable emmerdeur, expliqua Kami.

– Il mord ?

– Oui, aussi.

– Ma foi, je vais la lui retirer pour l'instant. Vous savez qu'on trouve des muselières pour brouter, avec des découpes en bas ? J'essayerais l'une d'elles, histoire de voir comment il se comporte. Ce truc-là lui évite peut-être de s'attirer des ennuis, mais il sera moins agité s'il peut brouter.

Scriiitch. Elle défit la chose et me la retira. Mon soulagement fut instantané. Toujours allongé, j'agitai la tête et grignotai quelques touffes d'herbe. Le Dr Mitchell me palpa les grassets[1] et les jarrets. Je ne bronchai pas. J'étais comme abasourdi et fébrile. Béatrice avait qualifié la clôture électrique de « géniale ». Quel monstre !

– Il n'est pas tombé bizarrement ? Tu n'as pas entendu craquer ou grincer, dis-moi ? demanda-t-elle à Merritt, cette fois.

Merritt secoua la tête. Elle me lança un regard mauvais. Je le lui rendis.

Le Dr Mitchell me prit par le licol en le tirant vers le haut.

– Allez, debout. Vous avez une longe sous la main ? Je vais avoir besoin que tu le fasses trotter pour voir s'il va bien.

– Sa longe se trouve sur le piquet de clôture près du portail, dit Kami à Merritt.

Merritt ne bougeait pas.

– Va la chercher, ordonna Kami.

Merritt revint l'instant d'après avec la longe, et la vétérinaire me l'accrocha.

– Allez, faut se lever à présent. Allez ! brailla la vétérinaire en tirant si fort sur mon licol que j'eus envie de la mordre.

---

1. Articulation entre le fémur et le tibia.

Finalement, j'étirai mes antérieurs et me redressai. Je m'ébrouai ensuite, en tentant de prendre un air digne et lassé par mon petit auditoire.

– Il ne force pas sur un pied en particulier. Il est d'aplomb. Vas-y, fais-le trotter.

Kami se tourna vers Merritt.

– Tu sais faire trotter un cheval en longe, non ?

– Oui, j'imagine, répondit Merritt qui prit la corde et tira dessus. Allez !

Je décidai d'être un brave petit. Je partis vivement au trot.

Elles avaient oublié que j'étais un pur-sang, un grand pur-sang.

– Hé ! protesta Merritt comme je l'entraînais avec moi et l'obligeais à courir pour garder l'allure. Attends-moi !

– Houlà ! s'écria Kami derrière nous. Passe devant lui ! S'il le faut, penche l'épaule vers son poitrail. Fais-le revenir au pas !

Mais Merritt n'avait pas besoin des instructions de Kami. Elle savait ce qu'elle faisait.

– Rien ne cloche chez ce cheval, observa le Dr Mitchell, tandis qu'on revenait. Peut-être qu'il a juste été sonné ou un truc comme ça.

– Ou peut-être qu'il est juste cinglé, marmonna Merritt.

La vétérinaire braqua une petite lumière dans mes yeux, mes oreilles et mes naseaux. Avec les dents, elle déchira le plastique d'un thermomètre jetable, me souleva la queue et fourra celui-ci dans mon arrière-train. C'était pire que le Velcro.

– Ne t'avise pas de ruer ! me prévint-elle.

On attendit que le thermomètre indique ma température. Merritt fixait le sol. Elle était quand même différente, cette fille. Étrange. Comme blessée par la vie, mais pas pourrie ou dépravée comme Béatrice. Ou moi.

Finalement le Dr Mitchell retira le thermomètre.

– Trente-sept, sept. Tout à fait normal. Mais j'aimerais que vous le surveilliez avec soin pendant une heure ou deux. Assurez-vous qu'il s'alimente et s'abreuve. Peut-on le laisser sans muselière si quelqu'un le surveille ?

Kami hocha la tête.

– Bien sûr. Je déteste ces trucs-là. On nous l'a amené comme ça, alors on s'est bornés à suivre les instructions. La nuit dernière, il a vidé toute l'écurie. Les poneys avaient filé dans les bois.

– Il doit sans doute s'ennuyer, dit le Dr Mitchell.

Oh, vous croyez ?

– Pour ma part, j'installerais quelques gros ballons et une radio. La musique, ou même des conversations, ça peut le calmer. En outre, il a besoin d'exercices quotidiens. Quelqu'un le monte, au fait ?

Merritt leva la tête et me regarda pour la première fois depuis que j'avais fracassé la clôture. Elle fronçait les sourcils et respirait toujours la mélancolie, mais au moins elle me regardait.

– Personne n'en est capable, répondit Kami. Son propriétaire ne savait pas quoi en faire. C'est pour cette raison qu'il est ici.

Le Dr Mitchell rouvrit son sac – *scriiitch* – et y rangea ses instruments.

– Quelqu'un devrait au moins le faire tourner en longe. C'est un jeune pur-sang. Si on ne le travaille pas, son comportement va empirer.

Kami hocha la tête, mais l'idée ne semblait pas l'enchanter.

– Je vais voir ce qu'on peut faire.

La vétérinaire rassembla ses affaires et s'en alla. Merritt tenait toujours ma longe.

– J'ai des coups de fil à passer avant le repas, lui dit Kami. L'expert de l'assurance. Notre entrepreneur. Pourquoi ne pas rester ici et garder un œil sur lui, histoire de faire plus ample connaissance ? Veille à ce qu'il s'alimente et s'abreuve comme l'a dit la véto. Ça te va ?

Merritt hocha la tête d'un air sombre.

Kami suivit la vétérinaire qui descendait la butte. Je me remis à brouter. Mon agitation se dissipait. Merritt marchait à côté de moi en traînant les pieds et en poussant de longs soupirs épuisés.

Je cessai de manger un instant et tendis le bout de mon nez pour la renifler sous le bras. Elle ne recula pas d'un bond, pas plus qu'elle ne bougea ou fit le moindre geste. Elle me gratta simplement le front d'un air absent.

– Alors maintenant, tu veux qu'on soit amis ? me demanda-t-elle calmement.

Et ce fut le déclic. Cela ne m'était jamais arrivé auparavant. J'avais effectivement envie de devenir l'ami de cette fille. Sincèrement.

13.

Merritt

En regagnant ma chambre après le déjeuner, j'ai vu qu'on avait enlevé les affaires de Béatrice, retiré les draps et couvertures de son lit, et remis les meubles à la bonne place, contre le mur.

Il y avait un e-mail de maman sur mon oreiller. Voilà comment le monde extérieur communiquait avec nous, via des e-mails imprimés. On ne pouvait y répondre qu'en écrivant de vraies lettres manuscrites qu'on postait avec des timbres, ou en attendant notre coup de fil du dimanche.

Chère Merritt,

Je ne peux pas dire que c'est calme ici depuis ton départ, parce que tu as toujours été très calme, mais c'est différent et tu nous manques. Ton père et moi avons été très occupés par nos stagiaires et nos interminables réunions à la fac. Bla-bla-bla. Désolée de t'ennuyer avec ça.

Le Dr Kami nous a dit qu'on t'avait associée à un cheval. Ça doit être formidable pour toi. Elle nous a aussi confié que ta camarade de chambre avait quitté Good Fences, mais que tu en aurais bientôt une autre. J'ai demandé que tu ne sois pas en solo, comme tu as passé beaucoup de temps seule dans ta chambre à la maison. Nous voulons que tu te fasses des amies, et le Dr Kami nous approuve.

Écris-nous, s'il te plaît, une lettre par « courrier normal ». Je pense que le Dr Kami t'a dit que tu trouverais du papier, des enveloppes et des timbres dans la salle commune. Par ailleurs, tu savais que toutes les deux semaines il y avait une sortie au centre commercial ? Sympa !

Le mois prochain, ton père et moi allons participer à notre premier ultramarathon de quatre-vingts kilomètres. Il pense que ce sera bien pour nous de le faire ensemble et, comme tu es partie, on a beaucoup de temps pour s'entraîner. Demain matin, on va courir jusqu'à Coney Island, aller et retour.

J'espère que tu t'intègres bien. Fais un câlin à ton cheval de ma part.

Avec tout notre amour,
Maman et papa

J'ai froissé la lettre en une petite boule que j'ai lancée dans la corbeille. Le *Dr* Kami ? Désolée, mais aux dernières nouvelles un diplôme d'assistante sociale, ça ne fait pas de vous un « docteur ». L'air sombre, j'ai tourné la tête vers la fenêtre. Red se tenait près de la clôture, sa muselière en cuir sanglée autour du nez ; on aurait dit un condamné à mort qui attendait son dernier repas.

* * *

Ma toute première séance de thérapie de groupe avait lieu dans un petit jardin d'hiver vide, en face de la salle commune. Une énorme baie vitrée donnait sur la pelouse. Les autres filles étaient toutes là quand je suis arrivée : Tabitha, Céline, Amanda et Sloan assises en tailleur et en cercle sur un tapis persan rouge et bleu.

Kami est entrée juste derrière moi.

— Installe-toi.

Comme toujours, il y avait une place vide à côté de Tabitha – les autres semblaient avoir peur d'elle –, alors je me suis assise là. Kami s'est glissée entre Amanda et Sloan – carrément dépitées, du coup.

– Je ne peux quand même pas vous laisser bavasser toutes les deux en javanais, si ? a dit Kami en plaisantant.

Amanda et Sloan ont échangé un regard en pouffant. Elles avaient l'air parfaitement normales ; des préados bien dans leur peau. Je n'arrêtais pas de me demander ce qu'elles pouvaient bien fabriquer à Good Fences.

– Un grand cercle, les filles, a repris Kami. Écartez-vous jusqu'au bord du tapis.

Elle a sorti un ballon de latex rose de la poche arrière de son pantalon, puis a commencé à souffler dedans, son visage devenant rouge et ses yeux, exorbités sous l'effort.

– Voilà.

Elle a noué l'extrémité du ballon, puis l'a pris entre ses mains.

– Maintenant, je veux que vous vous le passiez de l'une à l'autre. Comme il est léger, vous devez le renvoyer en smashant, un peu comme au volley. Faites-le juste circuler dans n'importe quel sens. Jusqu'à ce que vous éprouviez l'envie de dire quelque chose, auquel cas vous l'attrapez et on vous écoute. S'il s'agit d'une question qui m'est destinée, je n'y répondrai qu'ensuite. Je veux que ça ressemble davantage à l'alternance chœur-soliste en musique ou à une conversation, et non pas que vous me mitrailliez de questions. Bref, vous le faites circuler, vous l'attrapez et vous parlez. Si vous avez le ballon en main, à vous la parole. Et tâchez de rester assises, s'il vous plaît. Je n'ai pas envie que quelqu'un se blesse.

Elle a lancé le ballon et il a volé dans ma direction. Je l'ai renvoyé. Je ne me sentais pas d'humeur à parler, même si j'avais un bon millier de questions à poser à ce brave « docteur », surtout au sujet de Red, et concernant l'éventualité d'avoir ou non une nouvelle coloc à la place de Béatrice.

Céline a tendu le bras et attrapé le ballon.

– Quand on ira au centre commercial samedi prochain, je vais utiliser mes points Bath & Body Works pour acheter à tout le monde un miniflacon de gel désinfectant pour les mains. Ils proposent des tas de parfums géniaux comme « Marshmallows-chocolat » ou « Tarte au citron vert », et aussi ces porte-flacons qu'on peut accrocher à sa ceinture ou à la lanière de son sac à main.

Elle a souri de ses dents nacrées et parfaitement alignées.

– Chacune peut choisir son propre parfum.

Elle a renvoyé le ballon en l'air.

Tabitha l'a claqué dans ma direction et je l'ai chassé comme une mouche. Amanda a fait un smash et Sloan l'a chopé.

– Où est-ce qu'on va aller pour, genre se détendre, faire griller des bagels et écouter de la musique s'il n'y a plus de Petite École ? a-t-elle demandé en lançant le ballon vers le plafond.

Amanda l'a attrapé au vol.

– Ouais. Et est-ce que Merritt va avoir une autre coloc ou bien Béatrice va revenir ? a-t-elle demandé en envoyant le ballon au centre du cercle.

Je me suis jetée dessus.

– Euh… je ne voudrais pas avoir l'air ingrate ou quoi, mais est-ce que vous n'avez pas dit que j'aurais le choix de l'animal avec lequel m'associer ou un truc comme ça ? Camomille, par exemple, elle est libre ?

J'ai gardé le ballon plaqué contre ma poitrine.

– Et puis ça me va super bien d'avoir ma propre chambre. Je ne vais pas passer tout mon temps seule ici, c'est promis. Je fais juste ça chez moi parce que j'ai une télé. Ici, j'irai dans ma chambre seulement pour dormir.

J'ai lancé le ballon au hasard et Tabitha l'a attrapé, cette fois.

— Je peux être la coloc de Merritt ? a-t-elle demandé avec un sourire carnassier.

On aurait dit qu'elle voulait me découper en petits morceaux et me stocker sous son matelas, histoire de me grignoter chaque fois que la rage ou une autre envie tordue la prenait. J'avais l'impression que son côté effrayant était bidon, mais c'était quand même flippant.

Céline est intervenue en croisant les bras d'un air un peu coincé :

— Hé, les filles. On n'était pas censées poser des questions à Kami, vous vous rappelez ?

Tabitha a relancé le ballon et c'est Kami qui l'a attrapé.

— Je m'en occupe, merci Céline. Vous n'êtes que cinq ici pour le moment, je n'ai pas besoin d'une assistante.

Elle a inspiré un grand coup, puis remonté ses lunettes sur son nez. Tout à coup, elle m'a fait de la peine. Elle était agaçante, OK, mais on était franchement pires.

— Voilà ce qui se passe quand je saute le déjeuner avec vous, les filles, s'est-elle excusée. Désolée de ne pas avoir été là pour répondre à toutes vos questions.

À travers la baie vitrée, je voyais Red dans son paddock baigné de soleil, en train de longer la clôture. De temps à autre, il s'arrêtait et contemplait l'horizon.

Kami a suivi mon regard.

— Sur les conseils de la véto, j'ai commandé la muselière spéciale pour brouter chez SmartPak Equine. Elle devrait être livrée demain. Et j'ai dit à Luis de prendre quelques ballons au magasin de sport pour que Red puisse s'amuser. Il va aussi acheter une radio bon marché pour l'abri de Red. Espérons que ça facilitera les choses.

— Comment ça se fait que son cheval ait le droit à tous ces trucs sympas ? a pleurniché Sloan. C'est pas juste.

— La vétérinaire a dit que Red devait s'occuper pour éviter l'ennui, a expliqué Kami. Et, pour répondre à tes autres questions : je n'ai pas encore pris ma décision concernant une éventuelle coloc remplaçante pour Merritt. Béatrice ne va pas revenir, pas si j'ai mon mot à dire. Et, désolée, Merritt, cette fois-ci, j'ai choisi le cheval pour toi. Croisons les doigts en espérant que ça marche.

Kami s'est tapoté le menton, puis :

— Quoi d'autre, sinon ? Oh... la Petite École. Je suis toujours en discussion avec les experts de l'assurance, mais on la fera réparer sitôt qu'on recevra leur chèque. D'ici là, on peut s'en passer, non ?

Personne n'a répondu.

Elle a balayé du regard nos têtes lugubres, puis a souri.

— Vous savez quoi ? J'ai une idée. On va aller dehors. Il fait doux, le soleil brille, et ça ne va durer longtemps. On peut combiner la thérapie de groupe avec les corvées d'écurie d'après-midi.

Céline, Amanda et Sloane ont poussé des cris de joie en se ruant vers la porte. À côté de moi, Tabitha a gémi avec une lassitude de diva, tout en se levant.

J'ai suivi la bande, tandis que Kami nous faisait traverser la salle commune pour sortir en direction de l'écurie.

— Il a fait très chaud et les chevaux sont tout sales. Je vais vous surveiller pendant que vous panserez chacun d'eux, a-t-elle annoncé.

D'autres cris de joie ont fusé. Tabitha a gémi encore plus fort.

J'ai lancé un regard noir et sceptique au « Dr » Kami, dans son dos. Elle croyait sérieusement que Red me laisserait le panser ?

Elle s'est arrêtée et tournée juste à l'entrée de l'écurie.

– Merritt, tu vas retirer la muselière à Red et tu prends sa longe, pendant que je lance le pansage avec elles. Je te retrouve là-haut dans un moment et on pourra décider de la façon de procéder.

J'ai hoché la tête et gravi la colline menant au paddock de Red. Il se tenait à moitié dans son abri, la tête basse, les oreilles tombantes sur le côté, ce qui signifiait qu'il était détendu, voire somnolent. Mais quand j'ai récupéré sa longe et ouvert son portail, il a redressé la tête et les oreilles.

– Je suis censée te donner un bain maintenant, lui ai-je annoncé.

Il m'a regardée droit dans les yeux, mais semblait aussi méfiant et sceptique que moi.

Je me suis approchée, j'ai défait sa muselière et accroché la longe à son licol. Il a grogné et a cogné sa grosse tête contre mon épaule, pas violemment, mais assez fort pour me déséquilibrer.

– Ça suffit, ai-je dit d'un ton ferme.

Puis j'ai tiré sur la longe d'un petit coup sec et ai commencé à l'entraîner vers le portail.

– Tous les dimanches, mamie Jo et moi on donnait le bain à Noble et on lui taillait les vibrisses, lui ai-je dit en marchant avec lui.

Ma grand-mère m'avait appris que parler doucement était le meilleur moyen de calmer un cheval nerveux. Peu importe ce qu'on lui disait, en fait.

– La journée filait pendant qu'on faisait ce genre de trucs, et on s'en rendait même pas compte.

C'était vrai. Tout le temps passé avec mamie Jo à panser Noble et à le soigner, à apprendre comment avancer au pas, au trot, au galop, sauter, c'étaient les seuls moments qui avaient l'air de filer, ceux qui me manquaient tellement. Le reste de ma vie – l'école, les devoirs, les repas avec mes parents qui me parlaient ou parlaient de moi –, c'était comme une sorte de méli-mélo lent et monotone.

– Au moins, il n'y a que trois heures de cours ici, ai-je continué, l'air absent, en ôtant des brins de paille de l'épaisse robe alezane de Red. Remarque, c'est saoulant aussi…

– Dis donc, ça ne fait pas vingt-quatre heures que tu es parmi nous, m'a interrompue Kami. Désolée si on te saoule…

J'ai levé la tête. Téléphone en main, elle se tenait au portail du paddock de Red. Depuis combien de temps ?

Elle a enchaîné :

– C'est sympa de voir que tu es à l'aise quand tu lui parles. Et il a l'air de vouloir écouter.

Kami m'agaçait trop avec toutes ses petites observations.

– Je ne lui parlais pas vraiment. Je parlais, c'est tout.

– Pas besoin de te justifier. Tout va bien. J'étais juste en train de discuter avec M. de Rothschild – le propriétaire de Red – et il me disait que tu n'as normalement rien à craindre avec ce cheval si tu te contentes de le laver, l'étriller ou le longer. Il a ajouté qu'il était très heureux. Il ne supporte pas l'idée de gâchis et que ce cheval de valeur ne fasse rien. Et il a dit aussi que tu avais bon goût.

– J'ai pas franchement eu le choix…

Red a secoué vivement la tête pour éviter une mouche, manquant me renverser dans la foulée. J'ai tiré d'un coup sec sur la longe.

– Arrête ça. Tiens-toi bien.

Kami m'a souri d'un air approbateur.

– Voilà. Bravo. C'est toi qui commandes. Amène-le jusqu'à l'écurie, et on verra s'il te laisse le laver.

J'ai sorti Red de son paddock. Kami me suivait de près. On a traversé le chemin de terre et les sabots sans fers de Red ont éraflé les gravillons et projeté des cailloux.

Tout à coup, sa tête s'est redressée et il s'est mis à tourner en manquant me déboîter l'épaule. Luis et Cannelle, la petite jument appaloosa aux yeux vairons, remontaient l'allée au trot dans notre direction.

Cannelle était harnachée avec une selle anglaise. Luis l'a arrêtée, sourire aux lèvres. Il était si petit que ses jambes recouvraient à peine les flancs de la jument, pourtant pas bien grande.

– Il te plaît, ton nouveau copain ? m'a-t-il demandé.

Beaucoup de filles auraient tué pour être en contact avec un cheval, n'importe lequel. Je n'avais pas envie de passer pour une pourrie gâtée, alors j'ai juste flatté l'encolure de Red en haussant les épaules.

– On leur donne le bain, lui a dit Kami en passant devant moi pour gagner l'écurie. Dépêche-toi de la desseller pour pouvoir te joindre à nous.

Luis est descendu de sa jument et a remonté ses étriers. Je ne pouvais pas m'empêcher de l'envier.

– Cannelle est très âgée, genre vingt-neuf ans ou un truc comme ça, a-t-il expliqué. Je la fais marcher pour éviter qu'elle s'ankylose trop. Dans le temps, elle ouvrait le défilé avant les courses hippiques.

Red a dressé les oreilles et s'est mis à encenser[1] en direction de la vieille jument.

— Hé, c'est pas gentil, ça, lui ai-je dit.

Luis a éclaté de rire.

— Il est juste jaloux. Il veut attirer toute l'attention. Mais maintenant il t'a, *toi*. C'est bien.

J'ai eu envie de protester : Red ne m'avait pas, on me l'avait collé. Mais Luis a continué à marcher en menant Cannelle dans l'allée centrale de l'écurie. J'ai suivi avec Red en gardant une bonne distance. Les autres chevaux étaient déjà attachés le long de la clôture derrière l'écurie. Cet espace était conçu pour le bain, sur une pente douce pour une évacuation des eaux usées, avec des tapis en caoutchouc par terre et un tuyau d'arrosage enroulé sous le robinet. Chaque fille se tenait près de la tête de son cheval, avec un seau noir rempli d'eau savonneuse et une grosse éponge naturelle. Un autre seau et une autre éponge étaient posés dans un coin resté libre, sur l'un des tapis en caoutchouc, près de la clôture.

— Je te l'ai déjà rempli, m'a indiqué Tabitha en montrant l'endroit qui m'était réservé.

Visiblement, elle n'avait pas abandonné son idée de cohabitation avec moi.

— Merci, ai-je marmonné en approchant Red du seau.

— Je veux vous voir parler à votre cheval, nous a dit Kami en me regardant attacher Red avec un nœud coulant très souple, facilement dénouable s'il faisait une bêtise. Dites-lui chaque fois au préalable ce que vous allez faire. Comme ceci.

Elle a pris l'éponge dans mon seau, l'a pressée pour enlever le surplus d'eau, avant de la tenir au-dessus du garrot de Red.

---

1. Baisser et relever la tête de manière saccadée.

– Je vais vous donner un bon petit bain chaud et moussant, jeune homme.

Red a fait un pas de côté en roulant des yeux. Kami a secoué la tête et laissé tomber l'éponge dans le seau.

– Attends un moment avant de faire quoi que ce soit avec lui, m'a-t-elle chuchoté.

Je suis restée près de la tête de Red, pendant que Kami allait aider Amanda avec son poney gris.

– Ne sois pas débile, ai-je murmuré à Red. T'es sale. Et cette eau ne te fera rien de mal, au contraire.

– J'aimerais bien qu'on me fasse une toilette à l'éponge, s'est plainte Tabitha en frottant doucement à l'eau savonneuse les genoux tachés d'urine de son cheval. Depuis que je suis arrivée, tout ce que je respire, c'est la pisse et le crottin.

– C'est toi, pas ton cheval, a répliqué Céline.

Cette dernière a repris son éternel sourire figé en pressant son éponge sur le front de Lacey. La jument grise a fermé les yeux et détendu sa longue encolure : visiblement, elle appréciait.

– T'adores ça, ma belle ? a roucoulé Céline.

Lacey a retroussé les naseaux d'un air comique en révélant une rangée d'énormes dents jaunes.

– Tu vois, ça n'a pas l'air si terrible, hein ? ai-je dit à Red.

J'ai plongé la main dans le seau et attrapé l'éponge mouillée.

– Je vais juste faire couler un peu d'eau le long de ton encolure.

J'ai ensuite fait goutter l'éponge en la pressant au-dessus de sa crinière, ce qui l'a rendue plus foncée. Red n'a pas bronché.

– À ta place, j'éviterais ça ! m'a braillé Kami. Je croyais t'avoir dit de ne rien faire !

Je l'ai ignorée, lâchant le licol de Red pour pouvoir me tenir à côté de lui. J'ai pressé l'éponge au-dessus de son garrot. Noble adorait ça. L'eau s'est mise à couler sur les épaules massives de Red. Il a redressé le bout de son nez et s'est mis à claquer des lèvres en souriant de toutes ses dents, comme un âne de BD.

— Tu vois ? Je t'ai dit que ça te plairait, lui ai-je murmuré en retrempant l'éponge dans le seau.

— Bien, bien, bien… a soufflé Kami en s'avançant vers nous, les mains sur ses hanches généreuses. As-tu remarqué un truc qui pourrait légèrement clocher dans ce tableau ?

J'ai froncé les sourcils, reculé d'un pas, l'éponge toujours dégoulinante à la main. Red a tourné la tête dans ma direction, comme pour dire : « Hé, pourquoi tu t'arrêtes ? » Son licol était par terre, sa longe, toujours accrochée à la clôture.

— Merde !

J'ai lâché l'éponge et je me suis penchée pour récupérer le licol.

— J'en reviens pas, a dit Kami en restant là à regarder.

Je me suis énervée avec le licol en essayant de le démêler pour pourvoir le repasser sur la tête de Red avant qu'il ne s'enfuie. Quel chieur, bon sang ! Comment il avait pu ôter ce truc aussi facilement et rapidement, alors que j'étais debout juste à côté de lui ?

Kami nous observait toujours.

— Quoi ? ai-je lâché, de plus en plus agacée.

— Ce cheval ne m'a jamais laissée le mouiller. Et maintenant, il reste là sans son licol ou quoi que ce soit, pendant que tu l'asperges à qui mieux mieux.

J'ai remis le licol sur la tête de Red, en le serrant plus fort, cette fois. Je ne savais pas trop quel genre de réaction elle attendait de moi et c'était le cadet de mes soucis, en fait.

— J'imagine qu'il aime ça, ai-je dit.

Elle a arqué les sourcils.

— Ça, je l'ignore. Je sais une chose, en revanche : il t'apprécie.

Elle a secoué la tête, sorti son portable de sa poche et pris une photo.

— À écouter la façon dont son propriétaire le décrit, on dirait qu'il parle d'un terroriste. Mais avec toi, Red est comme un gros toutou.

— Pas tout à fait, ai-je nuancé en resserrant le nœud coulant de la longe sur la clôture.

— C'est un cheval totalement différent, a continué Kami.

J'ai haussé les épaules et passé la main sur l'encolure alezane humide de Red.

— Bon cheval… lui ai-je dit calmement.

14.
Red

Bon cheval.

Ce n'étaient pas seulement les paroles. C'était aussi la sensation de sa main sur ma robe et la manière quasi distraite dont elle me félicitait, alors que je ne le méritais même pas. Sans raison particulière, je m'étais débarrassé de mon licol, mais sans m'enfuir pour autant. Je n'ai rien cassé. Je ne suis pas parti au grand galop en emportant la clôture dans mon sillage. Parce que je n'avais pas envie de la quitter.

Bon cheval.

La vie d'un cheval se résume aux gens auxquels il appartient. Jusqu'à présent, j'étais persuadé d'avoir tout raté – à savoir que je n'avais jamais appartenu à quiconque. Pourtant, à cet instant précis, je suis devenu *à elle*. Bien sûr, théoriquement j'appartenais toujours à Béatrice, ou au père de Béatrice, disons, mais je me fichais de qui pouvait bien payer les factures. J'appartenais à Merritt, entièrement à Merritt. J'appartenais *enfin* à quelqu'un !

Après mon bain, Merritt et Luis me ramenèrent à mon abri pour mon foin de l'après-midi. Elle étala les brins de foin sur l'herbe, devant le petit hangar, afin que je puisse manger et me sécher sous le soleil qui déclinait déjà. Tout en me tenant par la longe, elle me frotta avec une serviette douce et me peigna la crinière et la queue, complètement absorbée par sa tâche. Et moi je m'abandonnais complètement. Luis lança quatre ballons de foot dans mon paddock. Puis, à l'aide d'une ficelle, il accrocha une radio à une poutre de mon abri.

– La seule qu'on capte correctement, c'est la station Classic Rock, annonça-t-il.

Une chanson au rythme marqué, avec une voix d'homme haut perchée et saccadée, se mit à résonner dans mon petit hangar.

Another bye-bye the dust-ah[1]...

C'était un vieux titre, mais je l'aimais bien. J'aimais bien le tempo qui vibrait dans ma tête et dans l'atmosphère de mon abri. Écouter de la musique s'apparentait un peu à faire quelque chose sans rien faire. Merritt continua à me peigner la queue. Je continuai pour ma part à manger et à écouter, totalement aux anges. Un ballon de foot me passa sous le nez. Je grattai du pied en renâclant fort.

– Hé ! s'écria Merritt. Tu lui as fait peur !

– Il n'a pas peur. Il est curieux, répliqua Luis. Lâche-le et voyons comment il réagit.

Je dressai la tête, tremblant déjà en imaginant la suite. Merritt détacha la longe de mon licol.

– OK, dit-elle calmement. Va t'amuser.

Je baissai la tête et m'éloignai en trottant, la queue en panache. Je plantai ensuite mes sabots quelques instants, renâclai, puis repartis au galop vers le ballon, avant de m'arrêter brusquement devant lui. Il s'éloigna de moi en roulant et je le poussai du bout de mon nez, encore et encore, jusqu'à m'en débarrasser complètement. Luis se mit à courir et, d'un coup de pied, envoya le ballon

---

1. *Another One Bites the Dust*, album « The Game » (1980), Queen.

à l'autre bout de mon pré. Je hennis comme un fou et galopai pour le rattraper, ma queue fouettant l'air.

– Regarde-le filer ! s'écria Luis en riant.

Bye-bye the dust ! continuait l'étrange chanson. À coup sûr, je devais comprendre les paroles de travers, mais quelle importance ? Mon état d'esprit s'en accommodait à merveille.

Hello, ballon ! Je le renvoyai du bout de mon nez, puis trottai derrière. *Bye-bye, ballon !*

– Il aime bien le foot, observa Luis.

– Il est cinglé, corrigea Merritt.

Pardon ?

– Mais il bouge bien. Son trot est magnifique, ajouta-t-elle.

Magnifique en tous points.

La chanson s'acheva et une nouvelle débuta. Celle-ci parlait de voyages sur un tapis volant. Je pourchassai la balle en trottant et l'envoyai dans l'herbe à coup de nez.

Well, you don't know… where… we will climb… chantait une voix rauque.

Une fois de plus, je devais mal comprendre le texte, parce que je n'écoutais pas correctement, mais seul le rythme comptait. Je sentais la frénésie me gagner. Je me roulai dans l'herbe – impératif après un bon bain –, puis me redressai d'un bond pour filer en lançant des ruades, en lâchant des pets et en agitant la tête. Voilà des semaines, des mois que je n'avais pas gambadé comme ça ! Et pourquoi pas, après tout ? J'étais un pur-sang de quatre ans. J'avais besoin de me dépenser !

Je ne sais pas si c'était la musique qui m'avait donné une telle fougue, les éclats de rire de Merritt et de Luis, ou l'espoir que Merritt commence à m'apprécier juste un petit peu, mais en tout cas je ne pouvais plus m'arrêter de courir. Mon paddock ne mesurait qu'environ cent cinquante mètres de chaque côté. Je galopais, vif comme l'éclair. Je faisais le tour de l'enclos, encore et encore, mes flancs effleurant la clôture. D'un seul coup, je ruai et virevoltai, puis traversai le paddock en diagonale, tout en allongeant mes foulées en direction du portail. Cinq, quatre, trois, deux, un ! Je passai par-dessus la clôture blanche et déboulai avec fracas dans le chemin d'accès.

– Red !

Je m'arrêtai en dérapant, puis fis volte-face. Merritt se tenait au portail.

– Reviens ici, Red.

J'hésitai, tremblant de tout mon corps. Puis je partis au galop pour la rejoindre. J'étais en haut de la butte à présent. Quatre, trois, deux, un et hop ! je franchis la clôture dans l'autre sens. J'étais essoufflé à présent. Je trottai vers elle et renâclai. Une fois à l'arrêt, je m'ébrouai violemment, tel un chien mouillé, comme pour chasser toute cette folle énergie qui m'avait consumé. D'un claquement, elle raccrocha la longe à mon licol, puis se pencha pour examiner mes jambes. Elles allaient bien. J'allais bien.

– Je ne dirai rien à personne, promit Luis en arrivant derrière nous avec le ballon de foot sous le bras. Il va bien, dis ?

– Oui, je pense.

Merritt me palpa les genoux de ses doigts osseux. Elle se redressa et lissa mon toupet, en me contemplant de ses yeux bleus, d'ordinaire si pâles. Ils brillaient à présent. Elle n'avait pas l'air si fatiguée qu'auparavant.

– Il sait sauter, en tout cas.

Je la regardai. *Bien sûr que je sais sauter !* avais-je envie de lui dire. *Je peux faire tout ce que tu me demandes. Il suffit simplement que tu me le demandes.*

15.
Merritt

C'était samedi, jour de sortie au centre commercial.
Je n'étais pas aussi emballée que les autres filles par
cette balade. Je n'avais pas besoin de fringues ou de
produits de beauté. Et on n'avait pas droit aux appareils
électroniques. Je mangeais plus à Good Fences que chez
moi, parce que la bouffe était comestible, en fait. Alors
qu'est-ce que j'allais faire dans la galerie marchande
d'une ville paumée du Connecticut ?

– S'il te plaît, ne fais pas de bêtises en mon absence,
ai-je demandé à Red, pendant que je finissais de nettoyer son abri.

Il était tellement plus heureux avec sa muselière spéciale pour brouter. Il avait déjà défoncé tous ses ballons
de foot, à force de jouer avec. Et la radio semblait
le distraire, aussi. Sauf que j'en avais vraiment marre
de *Free Bird*. C'est le morceau rock classique le plus
demandé de tous les temps – et le plus saoulant.

* * *

L'Apple Store du centre commercial était étincelant de
propreté, avec des tablettes et des portables tout minces,
présentés sur des tables élégantes et immaculées. Je portais
le même jean que celui que j'avais pour décrasser le box de

Red ce matin-là. Je me sentais dégueu et pas à ma place, et réalisais qu'il me manquait. Est-ce que j'avais pensé à remplir son seau d'eau ? Est-ce qu'il s'était sauvé, malgré sa muselière, en entraînant les autres chevaux ? Anton et Matthias, les deux cuisiniers et adultes référents de Good Fences, resteraient sur place pendant tout le temps où on serait absentes, mais ils n'étaient pas habitués aux chevaux. Sans compter qu'on oubliait facilement Red, tout seul sur sa colline, comme un prisonnier en isolement.

— Enfin ! a soupiré Tabitha en fonçant sur les iPhone.

— Je me demande si je peux avoir accès à mon compte Forever 21. Je pourrais commander des trucs par PayPal et les faire livrer chez Good Fences, a dit Céline en attrapant un ordi portable avant de se mettre à pianoter dessus comme une malade.

Je me suis emparée d'un iPad et j'ai aussitôt ouvert une session sur mon compte Instagram. Tout en haut est apparue une photo d'Ann Ware avec une tonne de maquillage. Au-dessous il y avait toute une série de smileys et de notes de musique, avec en légende : « Écoutez ma chanson #rasleboldesexams – 500 000 vues sur YouTube, et c'est pas fini ! »

J'ai pressé la touche « accueil » sur l'iPad, cliqué sur l'appli YouTube et cherché le titre *Ras le bol des exams*.

Ann est réapparue, avec notre uniforme de Dowd Prep et la cravate de l'école, du rouge à lèvres et de l'eyeliner noir, assise sur un tabouret avec un banjo dans les bras. J'ai appuyé sur « play ».

« J'ai pas besoin de prouver que j'suis intelligente / Je sais que je le suis », a chanté Ann en grattant son instrument, le regard fixé sur l'objectif.

J'ai monté le volume et je me suis penchée au-dessus de la table-présentoir pour mieux entendre.

Cartonne à l'exam d'entrée
Pour aller dans une fac cotée
Moi, je les connais, mes amis
Et on ira loin, oui, oui...

Votre questionnaire débile m'a saoulée
A, b, c, d, e – aucun de ces choix
Qu'est-ce que ça veut dire sur moi ?
Pourquoi pas venir me le demander ?

L'exam d'entrée en fac m'a grave saoulée
J'ai juste envie d'être moi, moi, moi
Quittons tous cet exam à la noix, noix, noix
Laisse les loseurs cocher leurs p'tites cases
Aucun de ces choix, merci, c'est pas pour moi...

Hé !

Si vous avez un peu d'cran, suivez-moi, moi, moi
Hé !
Saisis ta chance, baby, suis-moi, moi, moi...
Hé !
Ou pas... Ou pas... Ou pas.

J'étais interloquée. Pas terrible, la chanson. Ann avait toujours aimé chanter, jouer des instruments zarbis et faire des vidéos pour rigoler. Certaines fois, j'avais même tenu la caméra pour ses clips, quand on était plus jeunes. Mais ce n'était pas Ann qui avait quitté l'exam. Elle avait même suivi un cours pour s'y préparer. Elle allait à coup sûr entrer à Oberlin ou Julliard. C'était *moi* qui avais séché. Et je n'allais nulle part. La chanson me visait *moi*.

Je ne savais pas trop ce que j'éprouvais. Je lui en voulais qu'elle se soit inspirée de moi pour sa chanson ?

J'étais flattée ? Est-ce qu'elle tentait de me transmettre un message ? Est-ce qu'elle me trouvait courageuse de gâcher mes chances d'entrer en fac ou carrément nulle ?

Tabitha s'approcha pour voir ce que je faisais.

– Oh, trop marrant ! Je viens juste de l'écouter, genre y a deux secondes ! Ça cartonne sur Twitter et Instagram en ce moment.

– Franchement pas ma came.

J'ai éteint l'iPad et je l'ai poussé sur le côté, sans vraiment savoir pourquoi j'étais aussi furax. Mon ex-meilleure amie avait une chanson sur moi qui faisait le buzz, et alors ?

– C'est une chanson débile.

Tabitha réappliqua le gloss rouge foncé qu'elle avait acheté chez Sephora et frotta ses lèvres ensemble. Elle semblait tellement plus heureuse à la galerie marchande qu'à l'écurie.

– Je sais pas. J'aime bien. Enfin, je veux dire, j'ai vraiment détesté passer le test d'entrée en fac.

Je me suis dirigée vers Céline, à la table-présentoir des ordis portables. Elle avait des écouteurs dans les oreilles et agitait sa tête blonde de haut en bas. J'ai regardé l'écran et vu Ann Ware à nouveau dans son uniforme de lycéenne, articulant les paroles de sa chanson. Incroyable. Pour la première fois de ma vie, je comprenais vraiment ce que voulait dire « faire le buzz ». Ce morceau était un vrai virus et tout le monde était infecté.

– J'ai cru que tu faisais ton shopping en ligne, ai-je grogné.

Je me suis détournée en lançant un regard mauvais aux murs étincelants de blancheur et aux conseillers Apple avec leurs gueules de geeks et leurs horribles polos bleus.

– Waouh, t'as entendu ça ? a roucoulé Céline d'une voix horripilante, en m'offrant un de ses écouteurs. Viens écouter avec moi !

J'ai secoué la tête et rejoint l'entrée pour attendre Kami. J'avais pourtant commencé à me dire que les filles de Good Fences n'étaient pas aussi nulles que celles de Dowd. Mais en fait elles étaient pareilles, voire pires. Ou peut-être que c'était *moi* le problème. Comme mon père l'avait dit en me laissant à Good Fences, il fallait que j'essaye de me détendre un peu.

* * *

Sur le trajet du retour, je n'ai pas dit un mot ; j'avais toujours les boules alors que les autres comparaient leurs achats. Je n'avais rien acheté et je ne pouvais pas m'empêcher de me faire du souci pour Red, me disant qu'il s'était peut-être sauvé en saccageant tout sur son passage. Le soleil s'était couché quand on a obliqué dans le long chemin de terre, et les lumières extérieures étaient allumées. Je discernais à peine la tête toute blanche de Red dans la pénombre, qui attendait près de la clôture. Il n'était ni estropié ni mort, et les autres chevaux étaient toujours à l'abri dans l'écurie.

En sortant de la voiture, j'ai poussé un long soupir de soulagement. Comme si j'avais retenu mon souffle, ne serait-ce qu'un peu, depuis qu'on était parties. Les autres sont rentrées se changer, mais moi, j'ai gravi direct la colline pour rejoindre Red, pressée d'attaquer mes corvées d'écurie du soir. Le gravier de l'allée crissait sous mes pieds. Red a henni doucement et dressé les oreilles à mon approche. Ses yeux luisaient dans l'obscurité. Il avait l'air heureux de me voir.

– Je t'ai manqué ? lui ai-je crié.

Il a henni plus fort en guise de réponse. Sans doute qu'il avait simplement faim, mais ça m'a quand même fait plaisir.

16.
Red

Le lendemain du jour où Merritt était partie quelque part en camionnette avec les autres filles, on tenta quelque chose de nouveau.

Kami et Merritt me menèrent en bas de la butte, dans le petit enclos circulaire situé derrière l'écurie, l'endroit le plus ennuyeux du monde. Pas d'herbe. Pas de foin. Pas de ballons. Pas même de la musique. Rien d'autre à faire hormis rester là et chasser les mouches avec ma queue. Les chevaux des dernières stalles de l'écurie nous observaient, quand Merritt détacha la longe et me libéra. Je baissai la tête et grattai un peu le sol, puis finis par m'écrouler et me rouler par terre.

– Tu sais pourquoi ce cheval n'a participé qu'à une seule et unique course ? demanda Kami pendant que je prenais du bon temps à me salir.

Merritt me regardait m'ébattre, les lèvres pincées et les yeux froids comme l'acier. Elle devrait ensuite me nettoyer. Mais je ne me sentais pas coupable pour autant. Rien de tel qu'une longue roulade dans la terre.

– Il est issu d'une bonne lignée, continua Kami. Il y a du Seattle Slew[1] en lui. Et on ne peut pas nier

_____
1. Seattle Slew (1974-2002) est un célèbre pur-sang anglais américain. Il est à ce jour le dixième et avant-dernier lauréat en date

qu'il est bâti pour courir. Mais sitôt le départ lancé, la première chose qu'il a faite, c'est de filer en diagonale et de sauter par-dessus la corde. Ensuite il a traversé la pelouse au milieu du champ de course, avant de franchir la clôture dans le dernier virage pour revenir sur la piste. Les autres chevaux l'ont percuté de plein fouet. L'un d'eux – sa demi-sœur, en réalité – a dû être achevé sur-le-champ. Son propriétaire allait aussi le faire abattre. Les gens des courses hippiques sont très superstitieux, comme les joueurs de base-ball. Dieu merci, M. et Mme de Rothschild ne le sont pas.

Je me redressai et m'ébrouai en créant un nuage de poussière autour de moi. Je renâclai et gémis, puis pliai les genoux et m'affalai pour me rouler à nouveau par terre. Un délice !

– Gros bêta, murmura Merritt, sans pour autant avoir l'air en colère.

Elle me souriait, comme si elle m'appelait par un surnom affectueux.

– Il s'est blessé ? demanda-t-elle à Kami. Pendant la course ?

– Oh, son œil droit a été drôlement amoché. Tu as remarqué comme il tient parfois sa tête, un peu penchée sur le côté ? Il ne voit pas très bien de l'œil droit. Et je pense qu'il s'est fracturé la mâchoire et salement contusionné l'épaule. Mais c'est tout. Physiquement, il est d'aplomb sinon.

Elles restèrent au centre de l'enclos, tout en m'observant pendant que je me relevais et m'ébrouais encore. Je tournai la tête pour regarder Merritt. Étais-je censé faire quelque chose ?

de la Triple Couronne (Derby du Kentucky, Preakness Stakes et Belmont Stakes) des courses américaines, et le seul à avoir remporté ce trophée invaincu.

– Gros bêta, répéta-t-elle en tendant le bras.

Je reniflai l'air. Il n'y avait rien dans sa main, mais peu importe. J'avançai quand même vers elle et fourrai le bout de mon nez dans sa paume. Elle caressa la longue liste sur mon chanfrein et lissa mon toupet. Puis elle se mit à me gratter derrière les oreilles. Je renâclai et la contemplai de mon œil valide.

– T'es tout crade, dit-elle – mais ça n'avait pas l'air de la déranger.

– Tu sais, Merritt, si je te raconte son histoire, reprit doucement Kami, c'est parce que j'aimerais que tu essayes de lui raconter la tienne.

Merritt cessa de me gratter et fourra les mains dans les poches arrière de son jean.

– Comment ça ?

– J'ai envie que tu confies à Red, pas à moi, les raisons qui t'ont amenée ici. Ce qui t'est arrivé. Tu sais tout de lui. À présent, c'est à ton tour. C'était il y a plus d'un an, non ? Quand ta grand-mère est décédée ? Tu peux raconter à Red ce qui s'est passé ?

Merritt se mit à donner des petits coups de pied nerveux dans la terre.

– J'aimerais autant pas le faire là maintenant, marmonna-t-elle.

Mais Kami ne lâchait pas prise.

– Red ne peut pas t'aider si tu ne l'y autorises pas.

Merritt leva les yeux au ciel et passa les doigts dans ma crinière emmêlée. Puis elle céda.

– OK. Red n'écoute pas. Mais je vais lui dire quand même.

Elle prit une profonde inspiration.

– J'ai passé les vacances de février chez mamie Jo à New Canaan. On n'était que toutes les deux, comme d'hab. Il a neigé presque non-stop et il y avait beaucoup de travail ; il fallait dégager la neige à la pelle et s'assurer que Noble reste bien au chaud.

Tout en parlant, elle continua à démêler ma crinière avec ses doigts. Et elle se trompait. J'écoutais.

– Noble était le cheval de mamie Jo, poursuivit Merritt. Il était drôlement vieux, mais elle avait tout fait avec lui. Concours de saut d'obstacles, dressage, hunter. Bai sombre avec la queue et la crinière noires.

Elle passa la main tout le long de mon encolure. Je ne bougeai pas, sauf peut-être mes oreilles.

– Le seul jour où il a fait beau, je l'ai monté, mais le reste du temps il neigeait et faisait trop froid. De toute manière, Noble n'était pas vraiment dans le mood quand je l'ai monté. On a décidé de lui envelopper les jambes et on l'a mis dans son box avec toutes ses couvertures ; on le faisait marcher deux fois par jour dans l'allée du garage. On a regardé *Autant en emporte le vent*, qui doit durer genre dix heures, et j'ai tenu à ce que mamie Jo revoie avec moi *L'Étalon noir*, parce que c'est mon film préféré depuis toujours. On faisait du pop-corn, et elle buvait ses cocktails et moi, du chocolat chaud. Tout allait bien, aucun problème, et puis je suis rentrée chez moi.

Merritt inspira encore un grand coup.

– Après, pendant un mois environ, j'ai eu des trucs à faire avec ma copine Ann le week-end, et ma mère m'a emmenée faire du shopping, et je ne suis pas allée voir mamie Jo. Mais je lui ai parlé au téléphone et, quand je lui demandais des nouvelles de Noble, elle me répondait juste qu'il allait bien, que tout était OK.

Elle entremêla ses doigts avec ma crinière, plaqua son front contre mon encolure et resta plus ou moins dans cette posture. Je ne voulais pas lui faire mal ou l'effrayer, alors je demeurais immobile, en regardant avec mon œil valide Kami qui nous observait.

– Et puis il y a eu les vacances de printemps. J'ai pris le train pour aller voir mamie Jo, comme je le faisais toujours. Elle est venue me chercher à la gare en voiture et on est rentrées chez elle. Quand on s'est garées dans l'allée, je n'ai pas vu Noble dans son paddock. Ni dans son abri. Et mamie Jo n'est pas descendue tout de suite…

Merritt tremblait, toujours cramponnée à ma crinière, le front collé contre mon encolure.

– Continue, l'encouragea Kami. Tu te débrouilles bien.

Nouvelle grande inspiration.

– Mamie Jo ne sortait pas de la voiture et se comportait bizarrement. J'arrêtais pas de lui demander : « Où est Noble ? » Finalement, elle m'a avoué qu'elle avait dû le faire abattre. Elle n'avait pas voulu me l'annoncer par téléphone.

Le souffle court, Merritt tremblait comme une feuille, à présent. Mon encolure était humide de ses larmes.

– J'étais tellement en pétard. Je n'avais jamais été en colère contre mamie Jo, mais j'arrivais pas à croire qu'elle ne m'ait pas tenue au courant. Elle aurait pu me prévenir qu'elle allait le faire, et j'aurais pu venir dire au revoir à Noble. C'était aussi mon cheval et elle ne m'a jamais laissée lui dire au revoir.

Merritt pouvait à peine articuler maintenant. J'avais l'encolure trempée.

Kami tendit la main et la posa sur le dos de Merritt.

Merritt la repoussa.

– J'ai pas terminé…

Nouvelle inspiration, entrecoupée de sanglots, et elle reprit :

– On n'est même jamais descendues de la voiture. Mamie Jo avait un drôle de comportement. Elle ne me regardait pas, elle s'était trop parfumée et suçait des pastilles à la menthe. J'avais plus envie de rester là, pas sans Noble, alors je lui ai demandé de me ramener à la gare. Mais elle conduisait vraiment mal. Elle n'arrêtait pas de freiner comme une dingue. J'étais inquiète, je pensais qu'elle était saoule. Je lui ai demandé de s'arrêter pour que je puisse continuer à pied, et mamie Jo a pété un câble. Elle a dit que je parlais comme ma mère. On est arrivées à la gare, je suis descendue de la bagnole et j'ai claqué la portière. Je suis allée direct sur le quai. Je ne me suis même pas retournée. Et quand elle a quitté la gare…

Merritt s'interrompit en poussant une sorte de râle. Kami lui a tapoté le dos.

— Pas de problème, ma belle. Tu n'es pas obligée de…

— Elle est sortie de la gare du mauvais côté et un camion l'a percutée. Elle est morte sur le coup. Juste derrière mon dos. Je ne me suis même pas retournée ! hurla Merritt.

Je tressaillis, mais me débrouillai pour garder les sabots fermement plantés dans le sol, tandis qu'elle luttait pour reprendre son souffle.

— C'était ma faute, parce que je lui ai crié dessus, et elle était tellement déboussolée qu'elle savait même pas ce qu'elle faisait. Je ne l'ai plus jamais revue. Je ne les ai plus revus ni l'un ni l'autre… murmura Merritt.

Elle me lâcha la crinière et s'affala contre moi de tout son poids. Je dus reculer pour éviter de tomber. Kami s'approcha de l'autre côté et me frotta la tête. Je ne lui prêtai pas attention. Je veillais à garder l'équilibre.

— Merritt ?

Merritt ne réagit pas. Elle continuait à sangloter sur mon épaule. Je pense qu'il y avait plus de morve que de larmes sur mon poil.

– Red a faim maintenant, dit doucement Kami. Il lui faut son repas. Attrape sa longe et conduis-le dans son abri.

Merritt s'écarta de moi et s'essuya le nez du revers de sa main. Elle avait le visage tout rouge et gonflé. Elle me regarda en battant des paupières.

– OK, dit-elle machinalement.

Le soleil brillait sur la cime des arbres comme une énorme tache jaune. Merritt s'approcha du portail et récupéra ma longe. Je la suivis pour lui éviter de revenir me chercher.

– Je pense qu'on a tous sous-estimé ce cheval, observa Kami alors que Merritt m'entraînait avec elle.

17.

Merritt

Les autres filles avaient raison. Les dimanches, ça craignait. Ce jour-là, ma séance avec Red était la dernière des cinq de « thérapie assistée par le cheval » et il faisait déjà presque nuit.

J'ai gravi tant bien que mal la butte en le menant à la longe vers son abri, puis j'ai rempli son seau de céréales. Adossée contre le mur, j'ai attendu qu'il finisse avant de lui remettre sa muselière pour brouter. À la radio braillait une espèce de rock bizarre avec de la flûte. J'avais un peu de mal à respirer. Comme si quelqu'un m'avait perforé les poumons avec une fourche, et je manquais d'air. J'avais juste envie de me blottir dans mon lit et de m'endormir, ou de regarder en boucle des épisodes de « Survivor[1] ». Mais il fallait encore partager avec les autres filles.

Le dîner dominical avait lieu une heure plus tôt qu'en semaine. Il était suivi par un deuxième groupe de parole, où on devait réagir à tout ce qu'on avait partagé au cours de notre session de thérapie équestre. Ensuite, on était censées se sentir un peu vidées et fiévreuses d'avoir échangé autant les unes les autres, et crever d'envie de boulotter des gourmandises qui

---

1. Équivalent de « Koh-Lanta » en France.

réchauffent le cœur, parce que le dimanche s'achevait toujours par des brownies sortis du four et de la glace devant un film, dans la salle commune.

Et bien sûr, c'était aussi le jour où on pouvait appeler chez soi. Après le petit déj et les corvées d'écurie matinales, pendant que les autres étaient à leur séances de thérapie par le cheval, nettoyaient leur chambre ou faisaient leur lessive, on allait à tour de rôle téléphoner sur la ligne fixe du centre, dans la salle de réunion. Ça durait toute la journée. Mon tour est tombé après le déjeuner.

* * *

Comme personne ne répondait quand j'ai appelé chez moi, j'ai composé le numéro du portable de ma mère.

— Merritt ? a-t-elle hurlé. Je suis vraiment désolée, je ne t'entends pas très bien. On est au Dick's Sporting Goods dans cet affreux centre commercial qui donne sur la New York State Thruway. Une idée de ton père. Je déteste les galeries marchandes.

— J'appelle juste pour faire un coucou, ai-je dit sans hausser la voix.

Bizarrement, je voulais vraiment lui parler de Red, lui expliquer que c'était un cheval catastrophique qui effrayait tout le monde, mais aussi que Kami pensait que je pourrais le gérer ou le remettre d'aplomb ou je ne sais pas trop quoi. Mais je n'avais pas envie de gueuler. Je détestais ça. Et puis ce n'était pas le genre de truc qu'on pouvait brailler à tue-tête.

— Argh... Michael, tu as l'air d'un toréador, a dit ma mère. Merritt, ton père vient de sortir de la cabine d'essayage avec cette combinaison de running en tissu coupe-vent qu'il trouve spectaculaire. Il veut que j'en prenne une aussi. Mais je me fiche que ce soit le textile le plus performant du monde. Pas question qu'on me voie là-dedans.

Il y a eu un petit bruit, comme si elle tâtonnait ou farfouillait je sais pas quoi.

— Excuse-moi… Merritt ?

— Tu préfères que je rappelle ? ai-je dit en regardant par la grande baie vitrée.

Red était dans son paddock, son nez muselé sous la dernière barrière de la clôture, et tentait de brouter les dernières touffes d'herbe haute qui bordaient le chemin de terre.

— En fait, je sais pas si j'ai le droit de rappeler. Je te reparlerai dimanche prochain si tu préfères.

— Navrée, mon cœur. On essaye juste de se préparer pour cet ultramarathon auquel on s'est inscrits. Je pense l'avoir mentionné dans un de mes e-mails ? Ton père en a marre des courses classiques, alors il veut essayer les ultra-marathons et des distances plus longues. Le week-end prochain, on va participer à une course de quatre-vingts kilomètres dans le Massachussetts. Avec tout ce temps libre en plus, je me suis dit qu'on pourrait tenter le coup.

Je n'étais pas certaine d'avoir bien compris.

— Du temps libre ? ai-je répété.

— Tu sais bien, maintenant que tu n'es plus à la maison. Ton père pense que ce sera bien pour nous, en tant que couple, de passer davantage de temps ensemble, à faire du sport et à voyager. Désolée, je crois que je vais devoir essayer cette tenue horrible. Sinon, tu te débrouilles super bien, paraît-il ? Le Dr Kami et moi avons longuement discuté au téléphone et elle me tient au courant de tes progrès au jour le jour. Elle m'a dit aussi qu'il n'y avait aucune camarade de chambre convenable de dispo pour l'instant, ce qui me déplaît un peu, mais ton père a dit que je devais la laisser faire son boulot...

— Elle n'est pas vraiment médecin, ai-je répliqué en lui coupant la parole.

Je me demandais de quoi Kami et ma mère avaient bien pu parler « longuement ». Le fait de savoir que mes parents et Kami discutaient de moi dans mon dos me foutait carrément les boules.

— Oh... et j'ai aussi parlé à M. de Rothschild, a enchaîné ma mère, sans faire gaffe à ma réaction ou au ton de ma voix. Un homme si charmant. Il semblait tout connaître de toi. Il est si enthousiaste à l'idée que tu saches comment diriger ce cheval. Apparemment, il ne savait plus quoi en faire.

Donc, M. de Rothschild — un homme que je n'avais jamais rencontré — savait tout de moi. Ma main tremblait tellement que le combiné me cognait l'oreille.

— Embrasse papa de ma part, ai-je brusquement conclu, avant de raccrocher.

* * *

Je chipotais dans mon assiette — de nouveau des lasagnes, je commençais à deviner la fréquence des plats — et j'appréhendais la réunion, tout en me demandant comment Kami s'était débrouillée pour me faire cracher l'histoire lamentable de la mort de mamie Jo et Noble. Peut-être qu'en ayant parlé « longuement » avec mes parents elle avait noté qu'ils n'écoutaient jamais. C'était comme si elle savait qu'après mon coup de fil avec eux je serais prête à desserrer les dents. Je devais bien lui reconnaître ce talent : elle était drôlement douée, même sans être médecin. Mais j'avais ma dose de tchatche pour la journée. Franchement.

— Un problème avec les lasagnes, ce soir ? a demandé Matthias, qui se tenait debout avec Anton près de notre table.

Ils s'étaient recoiffés et avaient enlevé leurs vestes de cuisine tachées. Les deux cuisiniers-adultes référents de Good Fences venaient de Suisse. Grands tous les deux, ils avaient des cheveux blond vénitien et des yeux bleus étincelants. Mais Matthias était très lourd et ne faisait jamais d'exercices, alors qu'Anton se maintenait en forme : il faisait du CrossFit et de la muscu.

— Merritt, tu es peut-être douée pour les maths mais pas pour manger, a dit Anton en montrant mon assiette que j'avais à peine touchée.

— C'est juste que j'ai pas très faim, ai-je marmonné.

Les autres filles s'étaient disputées à propos du film qu'elles voulaient regarder. Kami leur avait donné le choix entre *La Reine des neiges* et *Moi, moche et méchant*. J'imagine qu'elle les jugeait trop instables émotionnellement pour des films plus difficiles.

Kami a tiré mon assiette au centre de la table.

— Et ton pain à l'ail ? Pas question de le gâcher.

J'ai hoché la tête.

— Servez-vous.

Matthias a attrapé une fourchette qu'il a plantée dans une boulette de viande. Il allait la glisser dans sa bouche, quand Anton l'en a empêché en lui donnant une claque sur le bras.

— Ah non, pas d'accord… On est sur le point de sortir au restaurant et tu manges des boulettes ?

— C'est pour moi, a dit Luis en tendant la main par-dessus la table pour saisir la fourchette.

— Tous les dimanches, on sort manger des sushis et boire du saké, m'a expliqué Matthias. Lundi, on fait la grasse matinée. Il a baissé la voix. Surtout Anton, à cause du saké.

Il a pris son collègue par les épaules et l'a éloigné de la table.

— Amusez-vous bien, les filles. Ne veillez pas trop tard !

Heureusement, il n'y avait pas de « mot du jour » le dimanche. J'ai aidé Céline et Tabitha à débarrasser la table et à vider les assiettes dans l'énorme poubelle de la cuisine. Puis j'ai ouvert le lave-vaisselle et commencé à le charger, sans vraiment faire gaffe à bien disposer les plats.

— J'en connais une qu'est de mauvais poil, a observé Céline comme je collais n'importe comment les assiettes et les bols, avant de planter les fourchettes pleines de sauce tomate et de fromage dans le panier à couverts.

J'avais envie de lui en enfoncer une dans sa joue de Barbie en porcelaine.

— Je t'ai prévenue que le dimanche était merdique, a dit Tabitha. Le premier que j'ai passé ici, j'ai vidé une brouette pleine de crottin devant la porte de la chambre de Kami. Heureusement qu'elle la ferme à clé, sinon j'aurais tout déversé sur son lit.

— C'est pourquoi Béatrice était de si mauvaise humeur le soir où t'es arrivée, tu te souviens ? a dit Céline. On n'a pas eu de films ni de groupe de parole, ce soir-là. On t'a emmenée voir les chevaux à la place.

J'ai mis le lave-vaisselle en route, puis je les ai suivies dans la salle de réunion. Je pouvais toujours écouter, mais je n'avais pas envie de parler, c'est tout. Et peut-être que je pourrais sauter le film et filer au lit à la place. Je n'avais plus rien d'autre à dire. Juste envie que la journée soit finie.

Sloan et Amanda sont entrées ; elles gloussaient, chuchotaient et se bousculaient comme d'hab, suivies par Kami. On s'est assises en cercle par terre.

— Alors, quel est le verdict ? *La Reine des neiges* ou *Moi, moche et méchant* ? a demandé Kami en nous décochant son sourire sympa, comme si elle ne venait pas de passer la journée à nous torturer et à envoyer des e-mails en douce à nos parents.

— *Moi, moche et méchant*, ai-je répondu avec Tabitha.

— *La Reine des neiges* ! se sont écriées Sloan, Amanda et Céline à l'unisson.

Kami a éclaté de rire.

— Intéressant. J'allais moi-même voter pour *Moi, moche et méchant*. On chargera Luis de nous départager après le groupe de parole. Maintenant, revenons à nos moutons. Qui souhaite parler de sa séance avec son cheval ou de son coup de fil à ses parents ? Laquelle est pressée de dire ce qu'elle a en tête ? Allez, lancez-vous, les filles !

— Tu te rappelles quand je te disais que les dimanches, c'était dur ? a demandé Céline en me regardant.

J'ai hoché la tête.

— Ben, le premier dimanche où j'étais là, je me suis écorché les phalanges avec une cuiller à pamplemousse… exprès.

— C'est quoi, une cuiller à pamplemousse ? a demandé Tabitha.

— C'est une petite cuiller pointue avec des petites dents sur le rebord, a expliqué Céline. J'en ai apporté une avec moi. J'adore les pamplemousses. C'est l'aliment idéal.

— M'enfin, t'as pas besoin d'une cuiller spéciale pour en manger, s'est moquée Tabitha en levant les yeux au ciel.

— Du calme, les filles ! a prévenu Kami.

— J'ai mis du temps à joindre mes parents, a dit Sloan. Ils sont en train de préparer notre maison de plage. Celle qui se trouve à la sortie de Sydney, en Australie. Là où on met notre yacht à quai.

— En fait, j'ai parlé à ta mère cet après-midi, a déclaré Kami du même ton sympa. Elle se trouve chez elle à Montclair, dans le New Jersey, là où elle est toujours.

Sloan l'a regardée en battant des paupières. Peut-être que c'était ça, son problème. Jusque-là, je n'arrivais pas à mettre le doigt dessus. Elle ne pouvait pas s'empêcher de mentir ; c'était pathologique.

Amanda est intervenue :

— Je déteste mes parents.

— Disons que tu es en colère contre eux, a suggéré Kami.

— Non, a insisté Amanda, je les déteste.

— Moi aussi, je suis en colère contre eux, a repris Tabitha en imitant la tournure de Kami, tout en se curant les molaires avec l'ongle long de son petit doigt récemment laqué de noir.

— Je suis juste en colère, me suis-je entendue dire, en le regrettant aussitôt.

Tabitha a éclaté de rire.

— Si jamais on m'autorise à revenir dans le monde réel et que j'obtiens mon permis, je veux un autocollant sur mon pare-chocs qui proclame : « Je suis juste en colère. »

Le sourire de Kami s'est évanoui ; elle n'était visiblement pas très heureuse de faire face à un demi-cercle de filles furax, mais elle ne nous a pas interrompues.

— Je ne suis jamais en colère, a dit Céline, songeuse, en tripotant la couture de son jean rose moulant.

— C'est peut-être ça ton problème, a répliqué Tabitha d'un ton sec, tout en balançant au milieu de la pièce ce qu'elle avait trouvé entre ses dents.

— T'es carrément dégoûtante, a observé Céline.

— Ça suffit ! les a houspillées Kami. Merritt, peux-tu nous dire pourquoi tu es en colère ?

Je l'ai dévisagée. *Laisse-moi le temps de faire la liste…* Kami s'est éclairci la voix, puis :

— Je trouve que je me mets parfois en colère plutôt que de m'autoriser à éprouver d'autres sentiments. Comme le chagrin, par exemple… ou la culpabilité.

Je me suis hérissée. Elle sous-entendait que tout ça était ma faute ? Alors que mes parents m'avaient répété un millier de fois, encore et encore, après la mort de mamie Jo, histoire de m'aider à me ressaisir : « Mamie Jo est morte dans un accident. Ce n'était pas ta faute. »

Mais Kami n'avait rien dit de tout ça et c'était une professionnelle. Soi-disant.

— Oh, alors vous voulez que je me sente coupable, c'est ça ? me suis-je mise à hurler.

J'étais en colère, c'est sûr, peut-être encore plus que je ne l'avais jamais été de ma vie. Les poings serrés, j'ai enfoncé mes phalanges dans le tapis.

— Mes parents se régalent à la maison sans moi ; ils s'achètent des combinaisons de running d'enfer et s'entraînent pour des ultramarathons. Pendant ce temps, vous leur débitez ces conneries comme quoi je me débrouille comme un chef, alors que je me sens complètement minable parce que vous avez raison, tout ce qui s'est passé, c'était *vraiment* ma faute !

Kami a hoché la tête.

— Vraiment ? a-t-elle demandé d'une voix calme.

Le souffle court, je la fusillais du regard.

Fallait que je fasse le tri dans ma tête. C'était atroce, mais tout ne pouvait pas être ma faute.

— Le matin de mon arrivée ici, j'ai bu et avalé des médocs au hasard. J'ai quitté mon exam d'entrée en fac. Tout ça, j'en suis responsable, aucun problème. Mais mamie Jo…

Je me suis arrêtée net, en réalisant une fois de plus que Kami m'avait piégée. Elle me tendait la perche pour que j'admette que je ne croyais pas réellement être responsable de la mort de ma grand-mère. C'était un accident. Ou peut-être que c'était ma faute ? J'ignorais quoi penser. Je savais, en revanche, que j'en avais marre de la guerre des nerfs que menait Kami. Le but, c'était qu'on ait vraiment l'impression d'avoir accompli quelque chose, en mangeant des brownies devant un bon film, mais pas question de donner à Kami cette satisfaction.

— « Quittons tous cet exam à la noix, noix, noix / Laisse les loseurs cocher leurs p'tites cases / Aucun de ces choix, merci, c'est pas pour moi », chantèrent en chœur Amanda et Sloan.

Les trous dans mes poumons avaient grossi. Impossible de respirer. Par la fenêtre, je voyais Red qui m'attendait près de la clôture, sous le halo jaune d'un réverbère.

— Faut que je sorte, ai-je lâché, poussive, en me levant, avant de trébucher sur Céline pour atteindre la porte.

18.
Red

Le soir était tombé, mais c'était le même jour où elle s'était cramponnée à mon encolure en la trempant de ses larmes. Elle gravit la butte avec une selle dans les bras. Je l'attendais près de mon portail.

– J'ai envie d'essayer un truc, dit-elle.

Voilà des mois qu'on ne m'avait pas monté. Jusqu'à l'arrivée de Merritt, j'avais décidé que personne n'aurait jamais le courage de me chevaucher. Je rompais les brides, sautais par-dessus les clôtures qu'on n'était pas supposé franchir, m'affalais sur les gens, galopais quand j'étais censé avancer au pas et stoppais net quand j'étais supposé galoper. J'étais l'anti-cheval.

Merritt ignorait peut-être tous les détails de mon passé sordide ou, dans le cas contraire, elle s'en moquait. Elle semblait pressée. On allait agir en secret, supposai-je. Et cela me convenait parfaitement.

J'avais besoin d'un rembourrage de garrot en mousse pour mon épaule sensible, mais elle n'avait qu'un tapis de selle en coton sale. La bride et le mors étaient vieux et mal ajustés, avec une muserolle[1] basse et un filet en caoutchouc épais – pas du tout ce à quoi j'étais habitué.

---

1. Partie de la bride du cheval qui passe sur le chanfrein, servant à empêcher l'animal d'ouvrir la bouche.

Néanmoins je la laissai me seller avec les moyens du bord ; je restai docile, tandis qu'elle défaisait la sangle, l'ajustait et la réajustait.

Finalement elle descendit les étriers, me fit avancer vers la clôture, grimpa sur la barre transversale du bas et se mit en selle.

C'était si étrange de la sentir sur mon dos que je me figeai. Je restai immobile quelques instants comme un bon cheval est censé l'être. Puis j'avançai de quelques pas. Elle se révélait plus pesante que prévu et s'asseyait bien au creux de la selle. Parfait. Je n'ai jamais apprécié la manière dont les jockeys avaient l'habitude de se percher sur mon garrot, avec leurs étriers haut placés, en basculant tout leur poids sur l'encolure et rien sur la croupe.

Merritt avait de longues jambes de part et d'autre de la sangle qui, d'une certaine façon, m'enveloppaient et me sécurisaient, un peu comme ces manteaux antistress pour les chiens agités. Elle tenait les rênes à la boucle, aussi souples que possible, afin qu'on s'habitue l'un à l'autre. C'était également une première. Normalement, quand les cavaliers ont peur que le cheval parte au galop, ils se cramponnent aux rênes et tirent encore et encore. Elle, au contraire, me disait qu'elle me faisait confiance, ou avait envie de me faire confiance.

J'en avais envie, moi aussi. Je cessai de gambader pour marcher d'un pas plus régulier.

Ma radio était allumée – elle l'était toujours. *Don't Feed the Reaper* par Blue Oyster Cult passait à nouveau[1]. La station n'avait pas cessé de la diffuser pour

---

1. Le titre exact est *Don't Fear the Reaper* (« Ne crains pas la Grande Faucheuse/ la Mort ») et date de 1975. Red croit entendre *feed* (« nourrir ») : « Ne nourris pas la Grande Faucheuse ».

Halloween. Je me concentrai sur le solo de clarine et entrepris de comprendre les paroles pour retrouver mon calme.

Seasons don't feed the Reaper... la la la la...

Merritt me montait !

On fit le tour de mon paddock au pas. Le ciel était constellé d'étoiles. Je me tenais sur mes gardes ; j'avais presque peur de moi-même, car j'étais habitué à tout faire de travers et je voulais tout faire correctement. Après avoir marché quelques minutes, je me sentais libre et détendu. Merritt raccourcit à peine les rênes et resserra les mollets sur mes flancs.

Je me mis à trotter, en pointant le bout du nez comme j'aimais à le faire et en pliant à peine les genoux. Dès lors que j'ai trouvé mon rythme, j'ai l'impression de flotter au-dessus du sol – si tant est qu'un animal de cinq cent cinquante kilos puisse flotter.

Elle exécutait un trot enlevé comme une professionnelle ; les mains souples, elle m'aidait en exerçant une légère pression sur la sangle. On fit deux fois le tour par la droite, puis on prit la diagonale pour changer de direction. À mi-parcours sur la gauche, elle recula sa jambe extérieure et me demanda de galoper. J'obtempérai en me balançant en arrière – un-deux-trois, un-deux-trois, un-deux-trois. Elle se redressa sur le deuxième temps et me laissa allonger mon encolure. Un-deux-trois, un-deux-trois.

C'était fabuleux. J'aurais galopé ainsi à tout jamais.

Elle lâcha les rênes d'une main, pour me flatter l'encolure tandis qu'on continuait à galoper. Puis elle prononça les paroles que j'aimais tant.

Bon cheval.

On galopa encore et encore en faisant le tour du paddock et je sentais la pluie sur mon encolure. Mais ce n'était pas la pluie – Merritt pleurait. Je ralentis et revins au pas, et elle sortit ses baskets des étriers en s'affalant sur mon encolure ; elle m'entoura alors de ses bras et sanglota dans ma crinière, comme elle l'avait fait plus tôt dans la journée. Je m'arrêtai, conscient que sa posture était dangereuse. Si je trébuchais dans le noir, elle risquait de tomber et de se faire très mal. Elle ne portait même pas une bombe.

Romeo and Juliet... Don't feed the Reaper...

Au bout d'un petit moment, ses sanglots cessèrent et elle se redressa.

– On va essayer autre chose maintenant.

Sa voix chevrotait mais était déterminée.

Je m'étais déjà promis d'accomplir tout ce qu'elle demanderait. J'avais même deviné ce qu'elle souhaitait et je m'exécutai avant qu'elle me sollicite. Ses désirs étaient des ordres. Elle reprit les rênes en main et me lança de nouveau au galop ; on se remit à faire le tour du paddock jusqu'à ce qu'on trouve un rythme régulier. Je pouvais tout faire désormais. Tout. On continua à tourner encore et encore, puis, sans prévenir, elle tendit la rêne extérieure et me dirigea aussitôt vers la clôture blanche qui séparait mon paddock du chemin d'accès.

J'aurais dû revoir des images de ma première course. J'aurais dû douter de sa santé mentale et de la mienne. Mais je ne doutai de rien. Je conservai simplement le même galop, j'évaluai ma distance et je sautai.

– *Bon cheval !* lança-t-elle dans un éclat de rire, cette fois.

On continua à galoper. Les chevaux étaient tous rentrés pour la nuit, sauf les deux poneys gris, mais ils étaient si vieux qu'ils nous remarquèrent à peine.

Merritt me dirigea vers la clôture qui encerclait le plus grand pré. Les barres blanches luisaient sous la lune. Je gardai un galop constant. Cinq, quatre, trois, deux, un… hop ! On décolla à nouveau. Cette fois, elle me fit faire une grande boucle, puis revenir vers la clôture.

On franchit de nouveau celle-ci, avant de traverser le chemin d'accès pour gravir la colline. Du coin de mon œil valide, je vis qu'un public s'était formé devant la maison en rondins. Mais on les ignora. Hop ! On sauta par-dessus ma clôture et on revint dans mon paddock.

— Bon cheval, me susurra Merritt en m'invitant à tourner en un cercle plus restreint.

Je ralentis pour revenir au trot, puis au pas. Elle lâcha les rênes et se laissa choir sur mon encolure en m'étreignant. Si je n'avais pas été à bout de souffle, je l'aurais moi aussi serrée très fort.

— Merritt ?

C'était Kami. Et Luis. Et toutes les autres filles. *Hé, la prof, fiche-nous la paix !*

Merritt ne m'arrêta pas. On continua à marcher. Elle savait que j'avais besoin de revenir au calme.

— T'es une sacrée bonne cavalière ! s'écria l'une des filles les plus jeunes.

— Tu nous as fait une de ces peurs ! a dit la grande blonde. Pas vrai, Kami ?

— T'es une bonne cavalière, Merritt, approuva Luis. Genre bonne qui fout la trouille.

— Tu peux refaire ça ? demanda la grosse. Sauter par-dessus la clôture ?

— Non, elle ne peut pas, répliqua Kami, visiblement agacée. Elle ne porte ni bombe ni bottes adéquates. Si elle se blessait, on pourrait nous faire fermer le centre. Je pourrais être poursuivie en justice.

Elle sortit son portable de sa poche.

– Toutefois, c'était impressionnant. Je ne dis pas le contraire.

Merritt me dirigea vers la clôture et s'arrêta. Je me sentais imposant et majestueux sous la lune. Génial. Merritt ne disait rien, mais j'espérais qu'elle se sentait géniale aussi.

– Laisse-le se calmer, donne-lui à boire et remets la selle de Luis en place, ordonna Kami. Puis file dans ta chambre. Ne te lève pas pour les corvées matinales d'écurie. Ne viens pas au petit déjeuner. Ne bouge pas tant que je ne viens pas te chercher.

Merritt se raidit sur la selle, mais garda le silence. Manifestement, elle avait des ennuis. On en avait tous les deux.

– Venez les filles, dit Kami aux autres. Allons lancer votre vidéo. Manque de chance, je suis bonne pour *La Reine des neiges*, mais j'ai des coups de fil à passer.

19.
Merritt

Je me suis déshabillée lentement, les bras et les jambes endoloris d'être montée à cheval après si longtemps. J'entendais les autres filles claquer leur porte et s'interpeler en enfilant leurs pyjamas, puis descendre à la cuisine pour se servir en brownie et glace. J'avais vu *La Reine des neiges* suffisamment de fois et je n'avais pas faim, alors ça m'était égal.

Debout dans la douche, je levais la tête en plissant fort les yeux et laissais dégouliner l'eau chaude sur mes joues. J'arrivais tout juste à réfléchir, tellement j'étais fatiguée – sur le plan autant émotionnel que physique. Je me dispensai même de shampooing. Ça exigeait trop d'effort.

Après m'être séchée, je me suis enveloppée dans mon énorme peignoir de bain rouge et suis allée dans la partie « Béatrice » de la chambre. Tout comme elle, j'étais sur le point de me faire virer de Good Fences – ça, j'en étais certaine. Peut-être que cette pièce était maudite.

Trop surexcitée pour dormir, et comme je n'avais ni télé, ni téléphone, ni armoire à pharma, vin ou alcool fort pour me distraire, je ne savais pas trop quoi faire.

J'ai allumé la lampe du bureau de Béatrice et ouvert son tiroir. Vide, hormis un M&M's qui traînait là tout seul et un cœur mal dessiné au crayon sur le bois blanc. Dans le cœur on avait gravé d'une écriture de pattes de mouche : « Béatrice est passée par là. Alors tu peux crever. »

Charmant.

Je me suis approchée du lit de Béatrice, puis allongée sur le matelas nu. J'ai mis les mains derrière la tête et j'ai fixé le plafond blanc avec le cercle de lumière jaune projeté par la lampe de bureau. J'étais sûre qu'au même moment Kami parlait à mes parents et à M. de Rothschild. Ils devaient tous être en téléconférence.

Mais qu'est-ce qui pouvait m'arriver de pire ? Se faire virer de Good Fences, ce n'était pas comme se faire virer d'une vraie école. Tout redeviendrait comme avant. J'allais réintégrer Dowd Prep et suivre les gens sur Instagram plutôt que de communiquer en vrai avec eux. J'allais regarder beaucoup de téléréalités. Mes parents risquaient maintenant d'insister pour que j'aille en thérapie, et je ferais mine d'y aller – jusqu'à ce que je me fasse prendre et doive en payer les conséquences d'une manière que mon degré d'épuisement m'empêchait pour l'heure de prévoir. Ou peut-être qu'on m'enverrait en pension comme Béatrice. Ce serait sympa aussi.

Non, ce ne serait pas sympa du tout. Vu qu'il n'y aurait pas Red.

Ou plutôt, je ne serais plus ici avec lui.

Je me suis tournée sur le côté, en me recroquevillant sur moi-même, et j'ai fermé les yeux, en luttant contre les larmes dont je savais qu'elles allaient couler. Je ne m'inquiétais pas pour mon sort mais pour celui de Red. Il allait rester à Good Fences tout seul, avec cette muselière débile, et s'ennuyer à mourir en écoutant ces morceaux de rock classique atroces et en poussant ses ballons de foot dégonflés. Personne ne lui prêterait attention, parce que tout le monde en avait trop la trouille. Au final, il s'ennuierait tellement qu'il ferait un truc terrible et se blesserait. Ou blesserait quelqu'un.

Comme j'imaginais le pire, j'ai soudain songé à me glisser dehors en douce, pour le seller et me sauver avec lui. Mais on serait allés où ? On ne pouvait pas aller bien loin. Les cavaliers galopant sur la route du parc, ce n'était pas franchement courant.

Paupières closes, je pleurais en silence ; j'étais tellement crevée que j'avais mal partout et j'ai compris que je m'endormirais bientôt. Red ne m'appartenait pas. Je ne pouvais rien y faire. Au moins, j'avais pu le monter une fois. Et c'était génial, la chevauchée de toute une vie !

* * *

La voix de ma mère m'a réveillée.

– Merritt ? Tu peux ouvrir la porte ? J'ai un bagel pour toi. Et ta tenue d'équitation.

J'étais toujours allongée sur le matelas sans draps de Béatrice, la peau moite d'avoir dormi dans mon peignoir en polaire. J'ai balancé les pieds par terre, les muscles des cuisses et du dos endoloris par mon escapade de la veille au soir, puis je me suis mise à boitiller vers la porte.

– Merritt, tu as une mine affreuse, a dit maman en entrant d'emblée dans ma chambre.

Elle était en tenue de running, comme d'hab.

– Désolée…

Ma voix sonnait creux, bizarre. Je m'en voulais de les arracher, elle et mon père, à leur entraînement au marathon ou toute autre activité qui les occupait. Décidément, impossible de ne pas m'attirer des ennuis.

– Aucun problème. Mais il faut faire vite. Kami a dit de ne pas traîner. Il sera là dans un petit moment et c'est un homme très occupé. On n'a pas envie de le faire attendre.

Je me suis assise sur mon lit et je l'ai regardée, sans comprendre, s'agiter dans la pièce, tandis qu'elle posait par terre mes grandes bottes d'équitation en cuir noir, et mon jodhpur et ma bombe sur la chaise de mon bureau.

– Voilà ton petit déjeuner, a-t-elle ajouté en sortant un paquet enveloppé d'alu qu'elle gardait sous le coude. Un bagel, ce n'est pas vraiment idéal, surtout avant de faire de l'exercice. On a des barres protéinées dans la voiture, si tu préfères.

Elle s'est interrompue et m'a regardée en fronçant les sourcils.

– Merritt ? Ça va ?

– M'enfin qu'est-cc qui se passe ? ai-je répliqué. Qui c'est, cet homme très occupé ? Et pourquoi tu m'as apporté ma tenue d'équitation ?

Maman s'est approchée de la commode et en a sorti une paire de chaussettes propres et ma chemise écossaise bleue préférée en flanelle. Elle les a lancées sur mon lit.

– Roman de Rothschild, bien sûr. Kami ne t'a rien dit ?

J'ai secoué la tête. Encore la guerre des nerfs version Dr Kami. Mais cette fois, je ne lui en voulais pas – au contraire. Si j'avais su que j'allais rencontrer M. de Rothschild ce matin-là, je n'aurais pas pu fermer l'œil de la nuit.

– Kami souhaite qu'il te voie monter. Apparemment, tu es montée en douce, hier soir ?

J'ai hoché la tête.

– Désolée, j'étais tellement…

– Inutile de t'excuser. Kami et Luis, ce charmant garçon, n'ont pas cessé de dire à quel point tu étais une incroyable cavalière. Kami nous a fait venir avec M. de Rothschild parce qu'elle pense que ce cheval et toi avez un lien privilégié. Elle veut que nous en soyons tous témoins.

Maman a levé le store et pointé le doigt vers l'extérieur.

– Regarde.

– Mais personne ne monte à cheval ici… ai-je bégayé.

Agenouillée sur mon lit, j'ai plissé les yeux à cause du soleil. La Prius beige de mes parents était garée près d'une éclatante Escalade noire. Sur la pelouse, un petit groupe s'était formé. Mon père, également en tenue de running, discutait avec un homme gigantesque en costume-cravate. Il dominait le petit Luis et la courtaude Kami qui, près de la tête de Red, essayait de le maîtriser. Red portait la bride et la selle de Cannelle. Il semblait ne pas tenir en place, comme s'il était pressé de partir. Quel que soit l'endroit où on était censés aller…

Je me suis tournée vers maman.

– Alors, je ne vais pas avoir de problèmes ?

Elle poussa un de ses soupirs vifs, sonores et impatients.

– Je n'en sais rien, Merritt. Tu veux bien t'habiller, s'il te plaît ? On t'attend tous. Si c'est ta chance d'éviter les ennuis, tu ne veux pas la rater, quand même ?

J'ai attrapé mon jodhpur, ravie de ne pas avoir trop grossi dans l'année écoulée. Les taches vert fané, laissées par la bave de Noble, transperçaient mon cœur déjà plein de trous. Les bottes me serraient – mes pieds avaient grandi –, mais peu importe, c'était génial de les porter à nouveau. Les remettre revenait à renfiler un uniforme. J'étais cavalière à présent, ça ne faisait pas l'ombre d'un doute. J'ai rassemblé mes cheveux en queue-de-cheval basse, avant de poser ma bombe par-dessus, en fermant automatiquement la jugulaire.

Ma bombe d'équitation noire Charles Owen était ce que je possédais de plus précieux. Mamie Jo me l'avait offerte pour mes quatorze ans, quand ma tête ne rentrait plus dans ma bombe d'enfant. Pour me porter bonheur, j'avais noué à l'intérieur un morceau du ruban bleu roi qu'elle avait passé tout autour en guise de paquet cadeau. C'était une bombe de luxe, comme celle que portaient les pros des concours hippiques. Elle enserrait mon crâne et me donnait du courage. Si des gens sautaient des obstacles d'un mètre quatre-vingts au Grand Prix, alors je pouvais franchir une malheureuse barrière placée à un mètre vingt. Les doigts dans le nez.

– Tu es superbe, a dit maman en me regardant m'observer dans le miroir de la salle de bains.

J'ai boutonné ma chemise, en laissant le dernier bouton du haut ouvert, avant de la glisser dans mon jodhpur. D'habitude, je ne boutonnais pas mes chemises, pas plus que je ne les rentrais dans mon pantalon. Mais quand on monte à cheval, on doit avoir un look pro et impeccable. C'est une sorte de code. Chaque fois qu'elle en avait la possibilité, mamie Jo m'amenait à des concours hippiques – Ox Ridge Hunt Club, Farmington, The Hampton Classic – et j'avais remarqué ça. Certains cavaliers avaient peut-être l'air d'ados branchés quand ils sortaient de leur voiture, mais sitôt qu'ils enfilaient leur tenue équestre, impossible de différencier les ados cool des coincés.

– La voilà ! s'est écrié papa avec enthousiasme, quand maman et moi sommes sorties du Pavillon.

Il s'est précipité vers moi en écartant les bras.

– Tu es fin prête ?

— Salut, papa.

Je l'ai regardé plissant les yeux à cause du soleil, mais sans faire aucun geste pour l'étreindre. Il a baissé les bras.

— C'est un sacré cheval, a-t-il repris tandis qu'on s'approchait de Red.

Ce dernier a dressé les oreilles. Il a henni et marché vers moi, manquant arracher les rênes des mains de Luis.

— Holà… a murmuré l'ancien jockey.

— Quelqu'un est tout excité de te voir, a gloussé Kami.

J'ai gratté le bout du nez de Red et pris les rênes en main. Je sentais la puissante eau de toilette de Roman de Rothschild — une fragrance d'orange boisée. J'ai levé les yeux sur lui, énorme dans son costume, me sentant un peu terrifiée, sans aucune raison valable. Il sauvait des chevaux, adoptait des enfants et ouvrait des centres comme Good Fences pour des filles comme moi. C'était quelqu'un de bien qui faisait des choses bien. Je n'avais pas à avoir peur de quoi que ce soit.

— Regardez-le ! a tonné la voix de M. de Rothschild.

Red a roulé des yeux et reculé.

— Ce cheval a failli être achevé sur la piste. Les jockeys avaient trop peur de le monter.

Sa voix vibrante résonnait jusqu'à l'écurie. Je l'imaginais survoler la cime des arbres pour rejoindre l'océan, à des kilomètres de là.

— Et maintenant, regardez. Elle en a fait son animal de compagnie. Il a jeté un coup d'œil à sa montre, puis hoché la tête dans ma direction. Allez, en selle !

Pas de présentations. J'étais soulagée.

Luis m'a fait la courte échelle et a tenu la tête de Red.

— Par ici, a-t-il indiqué en nous menant dans le grand pré.

Le petit groupe nous a suivis, en gardant une distance de sécurité.

– Kami et moi, on t'a préparé un parcours. C'est juste des balles de foin, des pots de fleurs et une vieille table de pique-nique. Je ne pense pas qu'on a respecté les écarts entre chaque truc. Je m'y connais pas trop en saut d'obstacles. Mais t'es tellement douée que tu vas t'y retrouver.

J'ignorais de quoi il parlait. Je n'avais jamais effectué un parcours complet. Mamie Jo possédait deux séries de chandeliers[1] permettant d'installer deux obstacles. Elle les plaçait de plus en plus haut si Noble et moi nous sentions pleins de fougue, et à l'occasion on sautait par-dessus un rondin dans les bois, mais voilà en gros à quoi se limitait mon expérience. Je manquais totalement d'entraînement, et j'étais à présent censée impressionner tout le monde avec ma stupéfiante habileté ? Si seulement il avait pu faire noir comme la veille au soir, ils ne nous auraient pas bien vus.

De l'autre côté de la pelouse, j'apercevais Céline, Tabitha, Sloan, Amanda, même Anton et Matthias, tous alignés devant la baie vitrée de la salle de réunion, en train de nous regarder. Tabitha leva le pouce pour me faire signe que tout irait bien. Certains chevaux de l'écurie avaient même passé la tête par-dessus la porte de leur box et nous observaient avec grand intérêt.

M. de Rothschild, Kami, Luis et mes parents se tenaient en rang d'oignons près du portail. J'ai demandé à Red de trotter en cercle pour s'échauffer – un trot enlevé avec ses longues foulées. Tout en avançant, j'ai vérifié le parcours. Il y avait six obstacles, deux d'un côté séparés par six foulées, deux de l'autre côté avec

---

1. Supports verticaux de l'obstacle.

quatre foulées d'intervalle, puis une série de deux autres obstacles en deux foulées, placés en diagonale au milieu de la carrière : la vieille porte calcinée de la Petite École, posée contre deux balles de foin, puis la table de pique-nique cassée, plus large que haute.

Si on loupait la distance pour le premier saut, Red pouvait accomplir deux foulées et demie et décider de ne pas franchir la table de pique-nique. Et moi, j'allais passer par-dessus son encolure et me fracasser sur l'obstacle. Ou pire encore, il tenterait de le sauter mais trop tôt, et se prendrait les jambes dans le bois et se blesserait.

– Dès que tu es prête, Merritt ! m'a crié mon père, sans même chercher à masquer son impatience.

Il s'intéressait encore moins aux chevaux que maman. Il préférait de loin s'entraîner pour sa course.

– Il n'y a pas le feu. Mais M. de Rothschild a un rendez-vous important à New York dans la matinée.

Celui-ci jeta un coup d'œil à sa montre en or.

– Prends ton temps, prends ton temps ! a-t-il lâché de sa voix tonitruante.

Chez lui, tout semblait miroiter : ses cheveux soigneusement coiffés, sa cravate gris argenté, sa peau bronzée, même ses ongles nacrés. Il respirait le luxe. Je savais maintenant qui avait choisi le pyjama chic en satin de Béatrice.

Tous les yeux étaient braqués sur nous.

J'ai alors lancé Red au galop. Son encolure transpirait déjà par endroits. Tandis qu'on tournait, je lui ai frotté le garrot avec mes phalanges, plus pour me rassurer moi que lui. Il a renâclé en guise de réponse, ses grandes oreilles se couchant puis se redressant. Il paraissait moins angoissé que moi. Je n'arrêtais pas de me demander à quoi tout ça rimait. Red s'en moquait.

20.

Red

Merritt et moi formions un duo parfait. J'étais sûr que le grand homme s'en rendait compte. J'étais au paradis, comparé au supplice que m'avait fait subir son épouvantable fille. On ne tirait plus violemment sur mon mors. Je ne recevais plus de coups de genou ou de talon. Et on ne me criait plus dessus. Merritt devait simplement songer à ce qu'elle souhaitait et je l'exécutais déjà. C'était si incroyable que je n'arrivais toujours pas à m'y habituer – cette volonté de vouloir satisfaire cette fille, de lui être toujours agréable. Je découvrais enfin le secret que tous les autres chevaux connaissaient, ce sentiment d'appartenir à quelqu'un.

On fit trois ou quatre fois le tour du pré au petit galop, à une allure constante. Puis Merritt tendit la rêne intérieure pour me diriger vers les balles de foin les moins hautes.

Je les franchis sans modifier ma foulée. La hauteur dépassait le mètre, mais je les sautai comme si de rien n'était.

– Joli ! s'écria M. de Rothschild en battant des mains.

J'avais oublié la forte odeur d'eau de toilette de mon propriétaire, comme s'il voulait annoncer sa présence à tout le monde avant d'arriver, ou laisser un souvenir persistant de son passage. Ce qui le rendait d'autant plus redoutable. Comme s'il ne l'était pas déjà suffisamment. Merritt me flatta l'encolure et je continuai à galoper.

On exécuta un huit de chiffre[1] à l'autre bout du pré, avec changement de pied en l'air, puis on revint au galop pour sauter l'obstacle dans l'autre sens. Je sentais mon encolure décrire un bel arc de cercle sous l'effort, tandis que mes genoux s'alignaient avec mes sourcils. Merritt suivait ma tête avec les mains, en soulevant juste assez de poids de mon dos pour me faciliter la tâche.

Le petit groupe près du portail applaudit.

– Excellent ! s'exclama M. de Rothschild, ses bagues en or étincelant sous le soleil, tandis qu'il frottait ses grandes mains.

– Bon cheval… me murmura Merritt. Maintenant, le parcours en entier.

C'est incroyable, l'effet que peuvent me procurer ces deux mots fabuleux. Incroyable !

On continua au petit galop vers la longue ligne installée à l'extérieur. Le premier obstacle était constitué d'un oxer de fortune avec des balles de foin et des géraniums en pot, d'une hauteur un peu inférieure à un mètre vingt. Je le sautai comme s'il atteignait près de trois mètres, en restant en l'air pendant cinq bonnes secondes avant de me poser en douceur dans l'herbe maintes fois foulée.

– Ho !

Merritt se rassit et me stabilisa. Un, deux, trois, quatre, cinq foulées faciles en direction du prochain saut de balles de foin.

– Bon cheval.

À présent, place à la ligne extérieure. Chacun des deux obstacles consistait en une simple barre de clôture

---

1. Figure de manège ayant la forme du chiffre 8.

blanche en équilibre sur trois balles de foin empilées. Il y avait beaucoup d'espace entre la planche et le sol et aucun tracé au sol, si bien qu'il était difficile de jauger la hauteur du saut, surtout avec ma mauvaise vue. Mais pas question de renoncer.

Merritt avait des yeux de lynx. Les mains fermement placées en hauteur, elle me guidait vers le milieu du premier saut, les jambes plaquées à la sangle. Message reçu : pas d'hésitation, on ne faisait plus qu'un. À jamais. Tel est le pouvoir de l'amour.

Je franchis le premier obstacle à la perfection, me posai à terre en gardant mon œil valide sur le deuxième obstacle comme si je voulais le dévorer et un, deux, je bondis... Hop, ça y est !

On atterrit et je secouai la tête, ivre de bonheur. Je mourais d'envie de lancer une ruade et de partir au grand galop comme un fou, mais pas avec Merritt sur mon dos. Pas question de la blesser d'une manière ou d'une autre. Mes singeries pourraient attendre plus tard, quand je serais seul dans mon pré.

– Ho ! murmura Merritt en se penchant en arrière et en tirant sur les rênes pour me stabiliser. Encore deux autres sauts. Fais bien attention, Red.

Elle me fit prendre la diagonale vers ce qui ressemblait à une porte de grange posée contre deux balles de foin empilées, et une table de pique-nique cassée installée juste derrière. Je partis au petit galop vers la porte de grange. Elle paraissait grossir à chaque foulée. J'hésitai, en ralentissant, comme si je galopais sur place.

– Allez, Red, grommela Merritt en gardant son poids à l'arrière, les mollets plantés dans mes flancs.

Entendu... si elle me dit d'y aller, alors j'y vais.

Je m'élançai et, tel un cheval de course qui bondit de la stalle de départ, passai par-dessus la porte en deux foulées. Je me posai, rebondis en une foulée géante et survolai tel un aigle la table de pique-nique.

– Bon cheval ! s'écria Merritt en riant et en tapotant encore et encore mon épaule en sueur.

Je ralentis, revins au pas et elle lâcha les rênes pour m'étreindre l'encolure tandis qu'on avançait vers notre petit auditoire.

– Bon cheval… chuchota-t-elle encore.

Elle aurait pu me le répéter toute la journée et toute la nuit, je ne me serais jamais lassé de l'entendre. L'amour est une drogue.

– C'était bien ? a demandé le père de Merritt. Ça en avait l'air, en tout cas.

21.

Merritt

— Magnifique ! s'extasiait M. de Rothschild en faisant claquer ses battoirs bagués d'or. Merveilleux, Merritt. Tu as un don, du talent. C'est fabuleux à regarder. Et mon cheval est drôlement beau aussi, a-t-il ajouté en gloussant. Finalement, il a trouvé quelqu'un capable de s'occuper de lui.

Je me suis arrêtée et j'ai encore flatté l'encolure de Red.

— Merci, ai-je dit, haletante.

J'avais retenu mon souffle à chaque saut et toujours pas récupéré.

— On a loupé une foulée sur tous les parcours et ni lui ni moi n'étions en très bonne forme, mais...

J'ai laissé la phrase en suspens. *Mais c'était quand même génial*, avais-je envie de dire.

Luis s'approcha et gratta Red derrière les oreilles. Il me regarda en souriant à belles dents ; ses yeux marron étincelaient.

— Tu t'es quand même régalée, hein ?

Je lui ai rendu son sourire. C'était même mieux que ça, indescriptible.

M. de Rothschild marcha lentement autour de nous, comme pour nous jauger.

– Pas du tout entraînés, l'ai-je entendu marmonner dans sa barbe. Bordéliques. Dangereux. Des bébés, tous les deux. Un risque énorme.

Il nous insultait ou quoi ?

Il a jeté un regard du côté de Kami et mes parents. Mon père lui a fait un signe de tête, comme s'ils avaient discuté d'un truc pendant que j'étais à cheval et que mon père lui donnait maintenant la permission de me mettre au parfum.

M. de Rothschild est venu se poster à la tête de Red. L'odeur de son eau de toilette boisée a assailli mes narines.

– Je veux que tu viennes avec moi en Floride, a-t-il annoncé, son visage brillant à la fois sérieux et franc. Tu habiteras dans l'appartement du personnel et travailleras avec mon entraîneur.

J'étais sidérée.

– Moi ? Que je m'entraîne pour quoi ?

– Toi et le cheval. Tu t'entraîneras pour participer aux épreuves de hunter et d'équitation. Les sauts d'obstacles sont plus lucratifs, mais cette bête est quasiment borgne. Tout ce qui dépasse un mètre vingt s'apparenterait à du suicide. Les obstacles sont plus bas dans les compétitions de hunter et je peux malgré tout avoir un bon retour sur investissement, dit-il avant de recommencer à parler dans sa barbe. C'est la seule chose qui soit logique.

Il m'a de nouveau regardée en face.

– Quand on reviendra dans le Nord en mai, tu seras prête pour le circuit estival des concours hippiques de la côte Est. Et tu rafleras tous les prix.

Toujours en selle, je l'ai dévisagé en tripotant nerveusement l'épaisse crinière cuivrée de Red.

– Et mes cours, alors ? Et ici, au centre ? Je ne peux quand même pas…

Je me suis tournée vers Kami et mes parents. Ils souriaient, toutes dents dehors, comme si c'était la meilleure idée qu'ils aient jamais eue.

— Tu es vraiment douée, Merritt, a dit Kami. C'est ta passion, c'est clair. Je le disais à l'instant à tes parents, je ne t'ai jamais vue aussi débordante d'énergie.

— Ne t'inquiète pas pour les cours, a ajouté maman.

— C'est un bien meilleur choix pour toi, a approuvé papa.

Et moi qui avais toujours cru qu'ils misaient tout sur l'école ! Quelle abrutie…

— M. de Rothschild a généreusement proposé de couvrir toutes les dépenses, a ajouté mon père.

Ceci expliquait cela — en partie, du moins. Les concours hippiques, c'était le sport le plus cher sur terre, hormis peut-être la navigation de plaisance et les voyages dans l'espace.

— Donc, nous sommes d'accord ! a conclu M. de Rothschild de sa voix de baryton. Normalement, en affaires, on doit faire des compromis, mais dans le cas présent il n'y en a aucun. Chacun de nous obtient exactement ce qu'il souhaite ! À présent, si vous voulez bien m'excuser, j'ai certaines dispositions à prendre.

Je suis restée sans voix, toujours en selle, tandis que M. de Rothschild serrait la main à Kami et à mes parents. Puis il revint flatter l'encolure de Red une dernière fois.

— C'est excitant ! m'a-t-il lancé dans un sourire radieux. Il se pourrait bien que vous soyez tous les deux mon meilleur investissement à ce jour.

Sur ces paroles, il a rejoint d'un bon pas sa rutilante voiture noire où le chauffeur patientait.

— J'aurai ma propre chambre en Floride ? lui ai-je crié.

Bizarrement, j'imaginais des lits de camp et des bottes toutes sales. Et du foin dans la douche.

M. de Rothschild s'est retourné en rigolant comme un fou.

– Oh oui ! Tu verras. La résidence de Palm Beach est tout ce qu'il y a de plus confortable !

Deuxième partie

Mai

22.

Red

Le mot « cheval » évoque certaines images associées au bétail : crottin, mouches, saleté. Foin poussiéreux. L'odeur forte de la ferme. Autant de choses épouvantables qui ne me concernaient plus. J'étais un pur-sang de compétition désormais.

On me nettoyait de la tête aux pieds chaque jour. Mes dents, mes gencives et ma langue étaient dépourvues de plaque et de tartre. On avait rasé l'intérieur de mes oreilles, de mes naseaux, et même les vibrisses. J'avais un corps tout neuf et raffermi. Avec des muscles « bien dessinés », comme l'affirmaient les publicités à la radio. J'évoquais une sorte de pharaon américain, vainqueur de la Triple Couronne. En outre, je possédais toujours ce tatouage à l'intérieur de ma lèvre datant de l'époque des courses hippiques – on pouvait retirer le cheval de la piste, mais pas l'inverse.

J'étais séduisant, et je le savais[1].

J'avais traversé le monde et les sept mers[2], ou du moins la Floride. J'avais vu le feu et la pluie. Des palmiers,

---

1. Clin d'œil à la chanson *Sexy and I Know It* du duo LMFAO, album « Sorry For Party Rocking », 2011.
2. Clin d'œil à la célèbre chanson *Sweet Dreams (Are Made of This)* du groupe Eurythmics, album « Sweet Dreams (Are Made of This) », 1983.

des lézards, des vagues déferlantes et des couchers de soleil que vous n'imagineriez jamais. J'avais mangé du foin cultivé aux Bahamas. J'avais trempé mes sabots dans l'océan. Je m'étais roulé sur le sable. Je m'étais retrouvé dans des paddocks à côté de sauteurs dotés à la lignée européenne si raffinée que leur sang valait de l'or.

Merritt avait un corps tonique, elle aussi. Adieu la jeune fille pâle, hagarde, colérique de notre première rencontre. Elle était désormais bronzée, racée et robuste.

On n'a pas concouru en Floride, mais on s'entraînait deux fois par jour : tôt le matin et le soir, quand il faisait frais, en travaillant dur notre technique jusqu'à ce qu'on soit *à l'épreuve des balles, en titane, et tu tires*[1]... Oui, il y avait aussi une radio dans la stalle floridienne. De la pop, du rock classique, du disco – rien que de la musique, tout le temps. Luis est venu avec nous en qualité de garçon d'écurie. Cannelle, en guise de compagne. Je vivais dans un box normal, comme un cheval normal, et je n'ai jamais causé le moindre ennui, parce que j'étais heureux, et le bonheur est la clé de tout.

Merritt m'abandonnait rarement. Après notre leçon du matin, elle me donnait un bain dans de l'eau savonneuse bien fraîche, puis me promenait en longe dans le club hippique, en s'arrêtant pour assister à une épreuve chronométrée avec barrage ou à un poney hunter. On étudiait ensemble les chevaux et leurs cavaliers respectifs ; on absorbait la moindre information et on apprenait en observant. Je posais le bout de mon nez sur son épaule et sommeillais, ou bien elle s'asseyait dans

_____

1. Clin d'œil à la chanson *Titanium* de David Guetta et Sia Furler, album « Nothing but the Beat », 2011.

l'herbe à mes pieds, à l'ombre de mon corps magnifique et sculptural. Nous formions une île, contre vents et marées. *Sweet dreams are made of bliss*[1].

Puis, comme dans un rêve, tout s'est terminé d'un seul coup.

---

1. Jeu de mots avec *this/bliss*. « Les beaux rêves sont faits ainsi/ un délice. »

23.

Merritt

La Floride, je l'ai vécue comme un rêve rempli de
magie et de lumière, qui s'est terminé bien trop tôt. Fini
les entraînements au saut d'obstacles sans étriers, tandis
que la robe alezane de Red prenait une étincelante nuance
cuivrée sous le soleil torride de Floride. Fini les daiquiris à
l'ananas sans alcool, que je sirotais dans la carrière pendant
le Grand Prix. Fini pour Red les bains suivis de séances
de broutage somnolent sous les palmiers. Fini pour moi
de me prélasser sur un matelas pneumatique dans la piscine de la résidence, en rigolant toute seule à la pensée
de toutes mes vieilles copines de Dowd Prep qui devaient
se taper un cours de maths ou une course de relais dans
la neige fondue autour du réservoir gelé de Central Park.

On était en mai à présent – en piste pour le spec-
tacle ! – et le circuit estival de la côte Est allait commencer. Le moment était venu pour Red et moi de
gagner notre croûte.

* * *

Je ne pense pas avoir dormi plus de trois heures
d'affilée depuis mon départ de Palm Beach pour voler
vers le nord. Il était à peine cinq heures et demie du
matin et il faisait encore un peu nuit, mais la pagaille

régnait déjà sur le centre équestre d'Old Salem Farm à North Salem, État de New York. Des petits chiens se baladaient librement. Des vans étaient garés ici et là. Des lads avec le portable à l'oreille menaient deux chevaux à la fois. Des cavaliers s'entraînaient à franchir des obstacles droits, installés au hasard dans la pénombre boueuse. Une file d'attente s'était déjà formée derrière le camion-resto. Par la vitre ouverte de la voiture, j'ai senti des odeurs d'œufs au bacon, de sandwichs au fromage et de café, et mon estomac s'est mis à gargouiller.

Nerveuse, j'essayais de ne pas érafler le cuir fin du siège passager, alors que Todd Olsen, mon nouvel entraîneur, garait sa Porsche bleu fluo entre une vieille Land Rover et un pick-up. Todd était un grand coach, mais tellement original qu'il en devenait un peu zarbi – encore une personne « sauvée » par M. de Rothschild.

Le premier jour où j'étais en Floride, j'ai regardé par la fenêtre de ma chambre et vu Todd, allongé à moitié dans sa voiture et à moitié à l'extérieur. Alors que je l'observais, Luis est sorti de l'appartement et a traîné Todd pour l'installer à l'ombre d'un palmier, avant de lui poser son chapeau de cow-boy – sa marque de fabrique – sur le visage pour le protéger des mouches. Luis et moi avons pris le petit déj et sommes allés au centre équestre. Quelques heures plus tard, Todd est apparu, douché de frais et vêtu d'une chemise rose impeccable et d'un jean blanc. Sans se démonter après sa folle nuit de fiesta, il a mis en place un parcours compliqué sur l'une des carrières d'entraînement et s'est aussitôt mis au boulot. Todd était un personnage haut en couleur – un peu trop grande gueule parfois – et sortait tous les soirs, mais je comprenais ce que M. de Rothschild avait vu en lui. Todd se moquait que Red et moi n'ayons pas eu de formation classique. Il prenait beaucoup de plaisir à courir à petites foulées sans relâche à nos côtés, tout en fumant une Marlboro light et en expliquant les subtilités d'une « pirouette renversée » ou d'une « épaule en dedans ». C'était un partisan acharné du travail sur plat rigoureux qui, selon lui, améliorait la technique de saut d'un cheval et de son cavalier : « Comment tu crois que toutes ces petites gymnastes arrivent à être aussi bonnes pour pointer leurs orteils et garder leur posture quand elles ont la tête en bas ? Parce qu'elles prennent des cours de danse, pardi ! »

Todd a mis le frein à main en s'arrêtant dans la boue, à quelques centimètres d'un des imposants érables de la grande propriété d'Old Salem Farm.

– Je vais nous enregistrer auprès de la commissaire en chef et prendre nos dossards, et je vais voir si je peux trouver ce nouveau gars de Californie, a-t-il annoncé en attrapant son éternel Stetson sur le siège arrière avant de descendre de voiture. Toi, va chercher Red.

– OK, ai-je lancé d'une voix qui tentait de masquer ma nervosité.

J'ai pris la direction des stalles mobiles, installées sous chapiteau, derrière les élégants haras blancs d'Old Salem, et je me suis mise en quête des couleurs de l'écurie Rothschild : bleu clair avec deux fleurs de lys encadrant un « R » bleu marine géant. J'avais vu le blason partout à Palm Beach, sur les malles de sellerie, les camionnettes de transport des chevaux, les bouteilles de vin en provenance de vignobles du sud de la France et de Long Island.

J'ai alors entendu de la musique hip-hop dans une rangée de box.

J'ai aussitôt repéré Red, retenu par une longe d'attache. Un lad en combinaison noire déchirée reculait vers le cheval en faisant le Moonwalk. Il avait une cigarette électronique entre les lèvres, dont le bout rougeoyait de manière provocante, comme une minibaguette magique. Red a tendu l'encolure et mordillé... *la* palefrenière à l'épaule. Celle-ci a fait volte-face en brandissant sa cigarette.

— Sérieux ? a-t-elle braillé. T'avise pas de me mordre à nouveau !

Je me suis figée sur place. C'était Béatrice de Rothschild, mon ancienne coloc de Good Fences.

Red m'a vue et a dressé les oreilles. Avant de pousser un hennissement strident d'impatience.

— Bonjour... ai-je prononcé d'un ton prudent.

— Salut, a-t-elle lâché dans une bouffée de vapeur, en sortant la cigarette électronique de sa bouche. Je suis Béatrice, ta nouvelle esclave.

— Mais...

Je savais que Luis avait décidé de rester en Floride pour travailler avec les chevaux de course de l'écurie de Rothschild – qui ne choisirait pas de rester en Floride ? Mais Béatrice ? Comment pouvait-elle être palefrenière ? Je me suis efforcée de sourire. Même si c'était juste une situation provisoire – ce que j'espérais de tout cœur –, je n'avais pas envie de me mettre « Béatrice l'Ours » à dos.

— C'est sympa de... te revoir.

Elle a ignoré mes salutations maladroites et lancé un coup d'œil sur Red. Puis elle a éclaté de rire, des fossettes creusant ses joues pâles.

— Regarde. Il t'adore. Genre il va casser sa longe pour t'approcher.

Je suis passée devant elle en la frôlant, puis j'ai entouré de mes bras l'encolure de mon cheval. Les trois jours nécessaires à son transport depuis Palm Beach avaient été la plus longue séparation depuis qu'on avait commencé l'entraînement.

— Salut toi... ai-je murmuré. J'imagine que t'es arrivé ici sans problème.

Je l'ai gratté derrière les oreilles et observé sous toutes les coutures. Il était impeccable, sa robe alezane étincelait.

— T'as intérêt à être bon aujourd'hui. C'est notre premier jumping. C'est un événement.

J'ai jeté un regard à Béatrice, en rougissant un peu d'être aussi nulle de parler à un cheval.

Ça n'avait pas l'air de la déranger. Elle a fourré sa cigarette électronique dans sa poche arrière, puis s'est mise à enrouler une paire de bandes de polo bleu marine, d'un geste précis et rapide.

— Laisse-moi le temps d'aller chercher ma bombe… ai-je dit à Red — mais Béatrice m'a interrompue.

— Donc, après Good Fences, mon père m'a envoyée dans cette pension en Suisse. Erreur fatale ! C'était ni plus ni moins qu'une espèce de clinique pour filles cinglées et junkies. Elles jouaient toutes les nanas innocentes et chaque fois qu'une d'entre elles s'attirait des problèmes, elles me faisaient toutes porter le chapeau. Là-bas, on m'a collé une espèce de traitement aussi, alors j'ai eu l'impression d'être une zombie jusqu'à ce qu'ils trouvent le bon dosage. De toute manière, j'ai détesté, alors je me suis fait virer. Ensuite papa a dit qu'il me couperait les vivres, sauf si je venais bosser pour lui. Il m'a laissé trois possibilités : travailler dans son vignoble en France, dans son bureau de New York, ou devenir palefrenière pour écurie de compétition.

Elle s'est tournée et a planté son regard dans le mien.

J'ignorais comment réagir.

— Waouh, c'est… euh…

Elle m'a encore coupée :

— Et j'ai choisi d'être *ta* palefrenière.

Elle a touché du doigt l'encolure de Red.

— Ce gars-là a été mon cheval pendant disons… cinq minutes. Je sais à quel point il peut être abruti. Et j'ai grandi en faisant des compètes de poney, alors je m'y connais.

Elle m'a de nouveau regardée.

– De plus, papa a dit que toi et moi, on pourrait devenir amies.

Ses yeux sombres lançaient des éclairs.

– Bref, tu connais l'histoire. Je suis ton nouveau groom.

Je l'ai suivie dans la sellerie improvisée de l'écurie Rothschild, une stalle mobile, remplie de malles de sellerie bleu ciel ornées du blason familial. Il y en avait aussi une plus petite que je ne reconnaissais pas : noire avec le monogramme « CO » en vert fluo sur le côté.

Béatrice a sorti d'une malle la bride et la selle de Red, avant d'attraper un tapis de selle blanc en polaire parmi ceux qui étaient empilés avec soin. Si elle avait préparé tout ça, elle s'était débrouillée en vraie pro. Peut-être qu'elle ne ferait pas une si mauvaise palefrenière, après tout. Elle a emporté l'équipement dans l'allée centrale et a commencé à seller Red. Je suis restée à sa tête, en le laissant me souffler dessus.

– Alors t'es la fille unique de M. de Rothschild ? ai-je demandé, encore un peu gênée, pendant qu'elle s'affairait.

Son père avait fait quelques apparitions en Floride pour observer mes progrès avec Red ; il débarquait chaque fois en jet privé et se tenait toujours à distance, en parlant dans son portable. Bref, je n'en savais pas plus sur lui que pendant mon séjour à Good Fences.

– Oui, mais on n'est pas de la même famille, a répondu Béatrice. Ma mère était déjà enceinte de moi quand ils se sont rencontrés. Personne ne sait qui est mon vrai père. Ma mère était en vrac à l'époque, mais mon père a craqué pour elle et il l'a aidée. Bon, elle est toujours aussi paumée. Elle vit dans cette résidence qu'il lui a achetée à Cannes et passe ses journées au bord de la piscine, à boire des vodka-ananas et à fumer des clopes. Elle peut à peine soutenir une conversation et n'en a rien à foutre de moi. Elle est jolie, remarque. Dans le style star de ciné française qu'on n'ose pas aborder. Je pense que papa a cru que je deviendrais comme elle, mais dans une version opérationnelle. Genre la gravure de mode qui est aussi belle sur un cheval que dans une robe haute couture.

Elle a poussé un soupir.

— Je l'ai drôlement déçu, t'imagines.

Je tenais la tête de Red, pendant qu'elle ajustait la sangle.

— Je suis désolée, ai-je dit d'un air compréhensif.

— Oh, t'inquiète, a-t-elle répliqué en attrapant la bride. Je ne me plains pas. J'ai eu des nounous. J'ai eu des poneys. C'est pas comme si j'avais connu une vie atroce.

Elle ôta le licol de Red et lui détendit la mâchoire pour lui poser le mors du filet en caoutchouc. C'était l'un des trucs qui exaspéraient Todd Olsen : si on ne pouvait pas contrôler le cheval avec un mors en caoutchouc — le plus confortable pour l'animal —, alors on ne devait pas monter du tout.

— Bon cheval, ai-je dit à Red en lui passant son toupet tressé sous le frontal de bride.

Je sentais Béatrice me regarder caresser la liste qui descendait le long du chanfrein de Red, entre ses yeux couleur ambre.

— Tu le drogues, ma parole, a-t-elle remarqué. Ce cheval a tenté de me tuer hier. Un vrai piranha, toujours à vouloir me mordre. Mais avec toi, il est doux comme un agneau.

J'ai collé ma joue contre l'encolure douce et cuivrée de Red, sans pouvoir m'empêcher de sourire à belles dents. Tout le monde en Floride m'avait dit la même chose. Pareil à Good Fences : Red était incorrigible, ingérable, une vraie menace, un tueur. Au fond, j'adorais être la seule à pouvoir le monter.

— Non, sérieux, a continué Béatrice. Impossible de rester en selle avec lui. Mais c'est pas comme si j'appréciais le fait de monter. Je déteste maintenant. J'ai l'impression d'être grosse et mal coordonnée.

J'ai secoué la tête, l'air incrédule.

— Mais t'as remporté des tas de prix sur tes poneys ! Je suis sûre que t'es vraiment douée.

— Non, je suis nulle.

Elle m'a tendu les rênes.

— Papa dit que t'es un vrai prodige. Je vois le symbole du dollar dans ses yeux chaque fois qu'il parle de toi. Allez, en selle. Montre ce que t'as dans le ventre.

J'ai senti ma nervosité revenir. J'ai fermé la jugulaire de ma bombe porte-bonheur Charles Owen, puis enlevé les guêtres qui protégeaient mes nouvelles bottes cavalières sur mesure – encore un cadeau de M. de Rothschild. Béatrice a pris un chiffon, l'a vaporisé d'un produit anti-mouches, puis passé sur le visage et les oreilles de Red. Elle a ensuite jeté le chiffon par terre et repris sa cigarette électronique.

— Tu es prête. Je te dis merde !

* * *

À l'intérieur des écuries mobiles, tout était calme. Dans les carrières régnait une sorte de pagaille sous contrôle. Trois compétions de jumping se déroulaient en simultané : épreuve pour adultes amateurs, équitation, et hunter poneys pour enfants. À l'extérieur de chaque piste se trouvait une zone d'échauffement, où les concurrents manquaient se percuter sur les sauts d'obstacles, avant de franchir le portail en trottant d'un air tendu quand on appelait leur numéro.

Béatrice a fait avancer Red, tandis que je cherchais ici et là, affolée, le chapeau de cow-boy de Todd.

« Carvin Oliver de Malibu, Californie, va débuter le Championnat Maclay. M. Oliver est nouveau dans le circuit de la côte Est et il est entraîné par Todd Olsen, de l'écurie de Rothschild », annonça le présentateur pour présenter le premier de ma classe dans la carrière.

Ce qui expliquait l'étrange malle dans la tente de sellerie de Rothschild. J'avais vu Carvin Oliver monter quelquefois en Floride. Impossible à rater : c'était l'un de ces juniors semi-pros qui ne possédaient pas de monture mais montaient pour des entraîneurs cherchant à rafler des points pour leur cheval. Carvin gagnait, en général. Il était plutôt grand comme cavalier, avec une belle gueule de surfeur pleine de taches de rousseur, et ses yeux verts accentuaient le vert flashy de sa cravate. Je l'ai regardé diriger la sublime jument gris pommelé vers le premier obstacle, un énorme vertical. Ils le franchirent les doigts dans le nez. Carvin avait presque l'air blasé.

M. de Rothschild l'avait recruté pour monter sa dernière acquisition, Sweet Tang, encore une « rescapée », même si elle n'en avait plus l'air. C'était une jument de race oldenbourg originaire d'Allemagne, qu'on avait négligée et qui avait failli mourir de déshydratation, avant que M. de Rothschild ne l'amène à son écurie des Hamptons. Todd m'avait confié que Carvin la monterait en exclusivité désormais.

C'est seulement quand ils sont passés au petit galop près du portail que j'ai remarqué l'intensité du regard de Carvin. Sa posture restait détendue, ses mains légères. À croire qu'il montait Tang depuis toujours, même si ça n'était encore jamais arrivé auparavant. Peut-être que c'étaient ses cheveux blond-roux dépassant de son casque qui le rendaient si nonchalant, ou bien la couleur légèrement provoc de sa cravate. Il avait de grandes jambes musclées. Je me suis soudain mise à rougir en réalisant que je ne regardais pas les sauts. C'était *lui* que je matais.

– Waouh ! a lâché la voix rocailleuse de Todd Olsen.

Son Stetson traînait près de l'obstacle double à une foulée, là où il s'adressait à Carvin en grognant.

– Elle va y aller, t'inquiète pas ! Lève les yeux !

Les entraîneurs n'étaient pas censés brailler leurs instructions pendant que leurs élèves concouraient, mais beaucoup le faisaient ; Todd ne pouvait pas s'en empêcher.

J'avais des papillons dans le ventre.

– Je connais même pas le parcours… ai-je marmonné.

Béatrice m'a alors attrapée par la botte. Je l'avais complètement oubliée.

– Regarde juste les obstacles, pas moi, m'a-t-elle ordonné. Il y a la grosse palanque grise, les fleurs violettes en diagonale en cinq, le petit obstacle vert, ensuite l'oxer vert et blanc en sept, à l'extérieur la verticale jaune en quatre foulées vers le saut de puce, puis de l'autre côté de la diagonale vers l'oxer marron avec les puits, installé de travers.

Elle a montré l'extrémité de la grande piste.

– Puis t'enchaînes tout du long jusque là-bas. Trois foulées vers la deuxième barrière, puis deux vers la première.

Elle m'a de nouveau saisi la botte.

– Pigé ?

J'ai hoché la tête, en lui répétant le parcours, tandis que Carvin et Tang finissaient le leur sous les cris de joie de Todd. J'ai de nouveau senti des papillons dans mon ventre. J'entendais la voix de M. de Rothschild dans ma tête : *On va cartonner cet été.*

Je n'avais toujours pas compris pourquoi il s'était mis à s'intéresser autant à moi, au point de payer la totalité de ma nouvelle tenue de compétition sur mesure. Rien que mes bottes cavalières coûtaient déjà près de mille dollars. Red et moi avions travaillé dur, devenant de jour en jour meilleurs et plus élégants. Adieu les balles de foin et les tables de pique-nique cassées. Aux yeux de M. de Rothschild, la fille et le cheval laissés pour compte étaient devenus une machine de guerre pour le circuit de catégorie A, prêts à concourir et à gagner.

Je n'en étais pas autant persuadée.

– Cavalières et cavaliers, veuillez vous tenir prêts lorsque j'appellerai votre numéro de dossard, aboya la commissaire au portail, une femme maigre et nerveuse, avec des lunettes de soleil miroir et une visière de tennis blanche. Cette épreuve compte beaucoup de participants. Ne perdons pas de temps !

À nous deux d'apporter notre contribution. Avec un peu de chance, je ne ferais pas de chute.

– OK, tu gères, a dit Béatrice en donnant un dernier coup de brosse pour faire briller l'encolure de Red.

Elle a passé son chiffon sur mes bottes, puis a reculé.

– C'est le moment de vous échauffer.

Todd a rappliqué. La sueur auréolait sa chemise rose au niveau des aisselles. Il m'a lancé un regard furax par-dessous son chapeau de cow-boy.

– Qu'est-ce que tu fabriques à rester plantée là ? Tu devrais être en train de t'échauffer ! T'es dans cette épreuve. Allez, du nerf ! Attaque au petit galop, détends tes rênes, puis saute le vertical. Tu passes dans deux minutes. On n'a pas que ça à faire. Vas-y !

– File avant que Todd nous fasse une rupture d'anévrisme, a gloussé Béatrice.

Le cœur battant, j'ai lancé Red au petit galop, en priant pour ne pas lui transmettre ma peur dans les rênes. Je lui ai laissé le temps de bien regarder la cohue ambiante, tandis qu'on faisait le tour de la carrière poussiéreuse, en tentant de ne pas percuter les cinquante autres cavaliers. Une fille toute frêle sur un gigantesque cheval blanc s'est mise à foncer devant moi. Je me suis arrêtée ferme, en lançant un coup d'œil à droite, puis à gauche. Comment j'allais pouvoir sauter le moindre obstacle dans un souk pareil ?

– Ressaisis-toi ! m'a hurlé Todd.

Béatrice se tenait à côté de lui, au centre de la piste, et suçotait tranquillement sa cigarette électronique, alors que Todd continuait sur sa lancée :

– T'es peut-être une débutante, mais une fois en selle, tu dois afficher un calme olympien. T'es tellement nerveuse que si je m'approche et te souffle dessus, t'es foutue de dégringoler. Paf !

– Désolée, je…

– Pas le temps de discuter. Au galop, et saute le vertical !

Mon cœur martelait ma poitrine alors que je me redressais, mais le col de ma chemise me serrait le cou et l'élastique du filet qui retenait mes cheveux sous ma bombe me blessait les oreilles. Red a trébuché et j'ai failli faire un saut périlleux par-dessus sa tête.

– Fais-le avancer ! a braillé Todd. Descends les talons. Souples, les mains. On a déjà vu tout ça ; ça devrait être comme une seconde nature. Maintenant, tu sautes. En piste, ma belle. Attention. Où est l'obstacle ? Un, deux, trois… raté !

J'ai pressé les mains trop tôt sur l'encolure de Red. Il a ajouté une foulée, puis fait de son mieux pour nous faire passer au-dessus de la barre d'un mètre, en sautant direct en l'air avant de se reposer avec moi, affalée comme une masse sur son encolure.

— Pas grave ! a aboyé Todd. On se reprend, on se reprend. Et au galop. Encore une fois. Ne te loupe pas. À toi de jouer !

24.
Red

Tout cela était si étrange. D'abord, Béatrice – la fille que j'appréciais le moins au monde – était de retour. Non seulement cela, mais elle était aussi ma palefrenière, celle qui prenait soin de moi. Même si je détestais sa voix de braillarde, l'odeur de son bâton rougeoyant, ou le fait qu'elle ne me flattait jamais l'encolure ni ne chantait mes louanges. Au moins Merritt était de nouveau là, après quelques jours horribles de voyage et de séparation. On était réunis et ça me faisait le plus grand bien.

L'entraîneur Todd braillait encore plus fort que Béatrice et sa peau dégageait toujours cette même odeur écœurante de fruit fermenté que j'avais reniflée sur Merritt le jour où on s'était rencontrés. Cet homme ne m'inspirait pas confiance.

Merritt exhalait une odeur merveilleuse désormais, mais elle était terrifiée, je le sentais bien. D'ordinaire, elle me laissait trouver la distance adéquate pour effectuer le saut et ajuster ma foulée en conséquence. Mais elle devait se croire obligée d'agir à présent, parce que des tas de gens nous observaient. Le problème, c'était que tout ce qu'elle tentait de faire n'allait pas.

On refit le tour pour sauter l'obstacle d'entraînement et elle planta ses talons dans mes flancs, puis tira sur mon mors à l'approche de la barrière. Je savais que ce qu'on allait bientôt accomplir revêtait une grande importance, et je n'avais pas envie de tout gâcher. Un autre cheval et sa cavalière s'interposèrent sur notre chemin en sautant l'obstacle en sens inverse, alors qu'on ne se trouvait qu'à trois foulées de là, si bien qu'on fit demi-tour et on revint. Nouveau coup de talon et rênes trop tendues.

– Merde, merde, merde… jura Merritt à mi-voix.

À six foulées de l'obstacle, elle enfonça les talons dans mes côtes et raccourcit tellement les rênes que je dus ouvrir la mâchoire pour adoucir la tension. Deux foulées plus loin, elle lâcha prise dans un gémissement de défaite exaspéré.

Je ne pouvais plus en supporter davantage. Je décidai de la faire tomber.

À une demi-foulée de ma montée, je plantai mes sabots antérieurs dans le sol humide et sablonneux, et je freinai pour stopper en dérapant juste devant l'obstacle. Elle décolla alors de mon dos et fit un saut périlleux au ralenti. L'arrière de sa bombe heurta la barre horizontale du haut, avant qu'elle atterrisse comme une masse de l'autre côté.

Je restai près de la barrière, très calme. Les rênes pendillaient jusqu'à terre, mais je savais que je ne devais pas remuer et m'emmêler dedans. C'était la première fois que je stoppais devant un obstacle avec elle. J'espérais qu'elle n'avait rien de cassé.

Todd me rejoignit à grandes enjambées. Il repassa les rênes par-dessus ma tête, abaissa ses lunettes miroirs sur le bout de son nez et planta son regard dans mon œil valide, ses iris bleus, blancs et injectés de rouge sang, tandis que ses narines soufflaient une odeur infecte de fruits fermentés. Pourtant, il n'était pas en colère. Il souriait même.

– Gros malin, va ! T'es un meilleur prof que moi !

Il rajusta ses lunettes de soleil et se tourna vers Merritt.

– Viens, je vais te faire la courte échelle. Béatrice est allée demander à la commissaire un peu plus de temps.

Merritt s'approcha de nous en chancelant, puis épousseta d'une main tremblante la boue sur le fond de son jodhpur. Je vis qu'elle n'allait pas bien. Elle n'était pas blessée ou autre, mais pleurait.

Elle se tint auprès de moi, sans me flatter l'encolure ni me parler. Todd la hissa pour la mettre en selle, puis elle saisit les rênes dans ses mains toujours hésitantes. Je reniflais ses larmes. J'ignore ce qui l'avait tant bouleversée. Même Todd comprenait pourquoi je l'avais débarquée. Elle devait s'endurcir. On ne se laisse pas abattre pour si peu.

Sitôt qu'elle fut remise en selle, on fit le tour de la carrière au petit galop, puis on franchit à nouveau l'obstacle. Un saut parfait, cette fois. Merritt rendait[1] les rênes. La chute l'avait trop ébranlée. Elle ne se battrait plus contre moi.

– Tu es bonne pour entrer en piste, lui dit Todd.

Emballé, c'est pesé.

Béatrice nous rejoignit. Je dressai les oreilles.

– La commissaire a dit que tu passais ensuite, juste après le cheval bai.

Todd me flatta l'encolure pendant qu'on attendait.

– Tu effectues simplement ton parcours. Tu fais comme si personne ne regardait.

Je grinçai des dents en guise d'avertissement, tandis que Béatrice passait son chiffon sur les bottes de Merritt.

– Tu vas tous les écraser ! lança-t-elle avant de s'écarter.

---

1. Lâchait, rendait au cheval l'usage de son encolure.

On entra au trot dans la carrière, puis on passa au petit galop soutenu. J'avais les oreilles dressées, en alerte, le corps tendu comme un ressort, prêt à tout. Le parcours était compliqué, mais je le connaissais à présent, et j'allais veiller sur elle. On prit notre appel exactement au bon endroit pour le premier saut, l'épaule en dedans, en levant les genoux jusqu'aux yeux. Sur mon dos, Merritt était en équilibre parfait et regardait droit devant, entre mes oreilles. On se posa en douceur, puis on galopa jusqu'à l'obstacle suivant, sans se précipiter, en les sautant ensuite l'un derrière l'autre. *Facile comme bonjour.*

— C'est ça, murmura Todd quand on passa devant lui. Exactement ça.

Je sentais Merritt se détendre et commencer à prendre du plaisir. La série de sauts qui suivit se révéla d'autant plus réussie qu'on était parfaitement synchrones, chacun guidant l'autre, comme de vieux amis. Trois-deux-un… hop ! Aucun obstacle ne nous résistait !

On effectua notre dernier tour de piste sous les hourras de Todd, les sifflets admiratifs de Béatrice, et un tonnerre d'applaudissements de tous les autres. *Waouh, l'ambiance est survoltée par ici !* Même le juge applaudit, debout dans sa tribune, alors que je ne crois pas que ce soit autorisé. Mais c'était un signe révélateur. ON avait gagné. Forcément. On était les champions, comme dans la chanson…

25.

Merritt

– Il y a un long battement avant ta prochaine épreuve, m'a annoncé Béatrice tandis que je mettais pied à terre.

Elle a pris les rênes, puis m'a fait signe de m'éloigner.

– Je vais m'occuper de lui. Va te chercher un truc à manger.

– Merci, ai-je dit d'une voix chevrotante. Tu veux quelque chose ?

– Je te retrouve là-bas ! m'a-t-elle lancé en ramenant Red vers les écuries.

Ça me gênait un peu qu'elle doive s'occuper à la fois de Red et de Tang, puisqu'on participerait aux mêmes épreuves. Elle serait en train de nettoyer la terre sur le ventre et les jambes des chevaux, pendant que je prendrais mon petit déj. Mais ça n'avait pas l'air de la déranger. Peut-être que son père avait eu raison de la retirer de la pension pour la mettre au boulot. Peut-être que, comme moi, elle avait simplement besoin d'être occupée.

Carvin Oliver se tenait devant moi dans la file d'attente du camion-resto. On ne s'était pas rencontrés, alors qu'on montait dans la même écurie, qu'on partageait le même entraîneur et maintenant la même palefrenière. J'avais envie de me présenter et de le féliciter. Mais je préférais me glisser discrètement derrière lui et admirer les contours saillants de ses omoplates. La tenue d'équitation laissait peu de place à l'imagination.

La file avançait un peu dans un nuage d'effluves de bacon. La faim et la nausée me retournaient l'estomac. Carvin pianotait sur son portable ; il échangeait des textos et gloussait dans son coin. Je me demandais à qui il envoyait des SMS. C'est ce que j'avais adoré, entre autres, à Palm Beach, être loin de tous ceux que je connaissais. Et personne ne me manquait. On était juste Red et moi. Je n'avais même plus de portable. Ce n'était pas comme si je voulais prendre des nouvelles d'Ann Ware, histoire de savoir comment se déroulait sa carrière après son explosion médiatique sur YouTube.

Carvin continuait à échanger des textos. Un peu plus loin sur ma gauche, j'observais un poney palomino en train d'effectuer un parcours d'obstacles, les tresses enrubannées de sa cavalière rebondissant sur ses épaules.

— 'tain, vous avez déchiré ! Félicitations à vous deux !

Avant que j'aie le temps de réagir, Béatrice nous avait attrapés et nous serrait dans ses bras, en collant Carvin contre moi.

— C'était génial !

Puis elle nous a lâchés et a souri jusqu'aux oreilles, sa cigarette électronique entre les lèvres.

Carvin a reculé et m'a lancé un regard. Puis il a tendu la main.

— Salut, je suis Carvin. Ravi de faire ta connaissance.

Je pensais que les Californiens respiraient le soleil et la joie de vivre, mais il se révélait un peu crispé et conventionnel. Il ne souriait même pas.

— Moi, c'est Merritt, ai-je dit en lui serrant la main.

Il l'a aussitôt retirée pour revenir à son portable et s'est mis à avancer dans la file en nous tournant le dos. Béatrice a plissé le nez en tirant la langue aux omoplates osseuses de Carvin.

— T'aurais dû remporter cette épreuve, m'a-t-elle dit.

— Red a été super. Moi, carrément nulle.

En fait, le Maclay se déroulait en deux temps. Après les sauts d'obstacles, on rappelait vingt cavaliers pour les tester sur du plat. On m'a fait revenir en premier, mais j'étais encore trop inexpérimentée. Le juge nous avait demandé d'effectuer un départ au galop à juste et je n'avais aucune idée de ce que ça voulait dire. Pareil pour Red. Il en a résulté une espèce de demi-cabré qui s'est transformé en galop très rassemblé, comme un faux départ de course hippique. On a fini à la quatrième place, en ne remportant qu'un seul ruban, grâce à notre score aux sauts d'obstacles. Carvin avait gagné.

Béatrice a tiré une longue bouffée sur sa cigarette qui ressemblait à un jouet.

— Écoute, c'était ta première épreuve dans ton premier championnat. J'avais l'habitude de foirer quasiment toutes les miennes. Je crois que j'ai dû récolter deux rubans en huit ans. Mon père n'arrêtait pas de vendre mes poneys et de m'en trouver des nouveaux. C'était pas leur faute. J'étais nulle.

Elle a pris une nouvelle bouffée. Le bout de sa cigarette électronique a rougeoyé.

— Mais ce Sweet Tang est carrément incroyable, hein ? Papa est hyper doué pour les choisir.

J'ai hoché la tête en rougissant un peu, parce qu'à vrai dire je n'avais pas trop prêté attention à Sweet Tang. C'était quoi, mon problème ? Malgré moi, je n'arrêtais pas de regarder Carvin. J'étais même en train de le faire là maintenant. Bon, je n'avais pas trop le choix, il était juste devant moi.

— Papa dit que Carvin va devenir célèbre en montant Sweet Tang, a ajouté Béatrice en baissant la voix. Direct au top. Il affirme qu'ils vont rafler toutes les médailles.

Je me suis hérissée. C'était exactement ce que M. de Rothschild avait dit de Red et moi. Mot pour mot. Carvin a encore avancé dans la file ; il examinait les plats au menu affiché sur le camion.

Béatrice lui est passée devant et s'est mise à commander :

— Trois sandwichs œufs-bacon-fromage avec du ketchup et trois cafés glacés bien noirs, a-t-elle lancé sans même nous demander ce qu'on voulait.

Elle nous a souri par-dessus son épaule.

— C'est le petit déj classique des concours hippiques, les amis. Vous devez essayer.

J'ai jeté un regard à Carvin. Il m'a regardée en fronçant les sourcils.

— Peu importe, a-t-il dit. J'ai faim.

À l'intérieur du camion, une radio braillait.

« Le prochain titre est ce tube entraînant que vous avez entendu ici pour la première fois ! a annoncé un animateur plein de peps. *Ras le bol des exams*, que nous interprète Ann Ware. »

J'ai croisé les bras et essayé de faire de mon mieux pour masquer ma réaction. Inutile d'envoyer un texto à Ann. Je savais exactement comment se déroulait sa carrière. Autant oublier YouTube. Sa chanson sur moi passait à la radio maintenant.

— « Votre questionnaire débile m'a saoulée / A, b, c, d, e – aucun de ces choix / Qu'est-ce que ça veut dire sur moi ? »

— Que tu nous gonfles ? ai-je marmonné.

J'ai levé la tête et vu que Béatrice me fixait. Elle a rigolé.

— Pas étonnant qu'ils t'aient mise à Good Fences.

Elle essayait d'être drôle ou de jouer les peaux de vache. Avec Béatrice, difficile de savoir.

— Je déteste cette chanson, ai-je dit, sur la défensive.

— Moi aussi. Et toi, Carvin ? Tu votes pour ou contre la chanson ?

Elle s'est tournée vers lui, mais Carvin s'est contenté de desserrer sa cravate et de froncer les sourcils en regardant par terre. Peut-être qu'il était grincheux parce qu'il avait faim. Peut-être qu'il était timide. Ou peut-être qu'il était juste abruti.

— Passons, a repris Béatrice en me décochant un grand sourire, tandis qu'elle réglait nos sandwichs emballés dans du papier d'alu.

Depuis que j'étais partie pour la Floride, je n'avais jamais rien payé. J'ai soulevé un coin de l'emballage, pendant qu'on repartait tous les trois vers les écuries, et humé le délicieux arôme du bacon bien gras. Carvin avait déjà presque anéanti son sandwich. Il aurait sans doute pu en dévorer quatre.

— Tu sais que le père de Carvin est un célèbre surfeur ? a observé Béatrice. Il fait des cascades pour des films et possède sa propre ligne de combinaisons de plongée. On l'a même vu dans une pub pour Hawaiian Punch.

— Capri-Sun, a rectifié Carvin, la bouche pleine.

Il m'a lancé un regard, tout en mastiquant, puis est parti devant nous en pressant le pas.

Béatrice a ricané, avant de boire bruyamment une gorgée de son café glacé.

J'ai pris une petite bouchée de mon sandwich.

— C'est quoi son problème, au juste ?

– C'est un gros con, c'est tout, a dit Béatrice. Et un gros bébé. Tu sais que sa mère lui faisait l'école à domicile ? Il n'a aucun savoir-vivre.

J'ai pris une nouvelle bouchée. Bref, on était trois asociaux, me suis-je dit. Mais au moins Béatrice semblait avoir décidé de m'apprécier. C'était un soulagement.

* * *

Les trois compétitions suivantes de la journée étaient des épreuves de hunter catégorie junior. Les parcours se révélaient plus faciles, cette fois. J'ai à peine eu besoin d'effectuer un tour de reconnaissance. Tracé extérieur, diagonale, tracé extérieur dans l'autre sens, puis l'autre diagonale – ensuite l'ensemble à l'envers pour le parcours d'après.

Mon angoisse augmentait à mesure que notre tour approchait, mais Red se sentait complètement détendu et concentré, pas du tout distrait par l'activité qui nous entourait.

– Je sais que ça va te paraître dingue, m'a dit Todd alors qu'on attendait à l'extérieur de la piste, mais je veux que tu fermes les yeux à l'approche de l'obstacle. Laisse Red se débrouiller, a-t-il ajouté en lui flattant l'encolure.

Les oreilles du grand cheval se sont agitées d'avant en arrière, comme s'il ne voulait pas perdre une miette des paroles de l'entraîneur.

– Il ne sait pas ce qu'il fait – il ne peut pas savoir, il est aussi novice que toi. Mais ça ne l'empêche pas de rester prudent, au fond. Comme s'il mesurait la distance, en essayant d'atteindre le but au bon moment, tout en maintenant l'équilibre et en faisant en sorte que tu gardes fière allure. Peut-être que c'est son entraînement pour l'hippodrome. Ou peut-être qu'il est juste bourré de talent. Quoi qu'il en soit, mieux vaut pour toi ne pas intervenir. Contente-toi de fermer les yeux et de le laisser faire son job.

J'ai grimacé. Que je ferme les yeux ? Facile à dire pour Todd.

On est entrés dans la carrière au trot, avant de passer au petit galop pour notre tour de présentation. Tandis qu'on se dirigeait vers le premier obstacle, j'ai décidé de tenter le coup. Qu'est-ce qui pouvait m'arriver de pire ? J'étais déjà tombée une fois aujourd'hui.

– Argh ! ai-je lâché alors qu'on décollait du sol et que je gardais les paupières fermées.

Mes yeux étaient toujours clos quand on s'est approchés du deuxième obstacle, puis je les ai rouverts pour négocier le tournant, avant de les refermer quand on est arrivés au tracé suivant. J'étais totalement terrifiée, mais Todd avait raison. Red trouvait chaque fois la bonne distance. Je n'avais qu'à le diriger, c'est tout.

J'ai ouvert les yeux pour le tour de clôture. Le Stetson de Todd voltigeait dans les airs et Béatrice sifflait comme une folle.

* * *

L'annonce a grésillé dans le haut-parleur :

« À la première place, Big Red, écurie Roman de Rothschild, monté par Merritt Wenner. »

Je n'en revenais pas. Mon premier concours et on avait remporté une super catégorie.

« À la deuxième place, Sweet Tang, qui appartient aussi à l'écurie Roman de Rothschild et qui est monté par Carvin Oliver. »

La juge et la commissaire en chef se tenaient au centre de la piste avec les rubans et les chèques de récompense. La commissaire applaudissait, tout en m'invitant d'un geste à faire trotter mon cheval afin que la juge évalue vite fait la bonne santé de l'animal – obligatoire dans toutes les épreuves de hunter – avant de passer à la distribution des rubans.

Placée à côté de Red, je le tenais par les rênes. Impossible de bouger. Je n'avais rien gagné auparavant.

– Vas-y, a dit Todd en retirant son chapeau de cow-boy pour gratter son crâne blond dégarni. Dépêche-toi d'attraper ton ruban, avant qu'ils ne le refilent à Carvin !

Carvin se trouvait derrière moi et tapotait sa cravache avec impatience contre sa botte. D'un claquement de langue et d'une légère traction sur les rênes, j'ai fait avancer Red, me sentant empotée et gauche comme j'entrais en trébuchant sur la piste. Red trottait vaillamment derrière moi. Lui non plus n'avait jamais rien gagné. On était de vrais petits nouveaux.

– Tu le montes à merveille, m'a dit la juge d'un certain âge en me tendant le chèque de trois cents dollars. Bonne chance avec lui !

– Merci, ai-je dit d'une voix rauque en glissant l'enveloppe dans ma veste.

De retour aux écuries, Béatrice était tout sourire.

– Et l'écurie de Rothschild a fait un carton dans les junior hunters ! a-t-elle proclamé – puis elle m'a lancé un clin d'œil. Tu sais que j'ai entendu dire que la coutume veut qu'on remette ses chèques à la palefrenière ?

J'avais remporté deux épreuves de saut d'obstacles et j'étais arrivée quatrième sur le plat. J'ai sorti les enveloppes de ma poche et je les collées dans la main de Béatrice.

– Tiens, merci.

– Je rigolais…

– Donnez-les à Todd ! a tonné une voix familière en nous interrompant. Il rassemblera les chèques après chaque championnat puis les enverra à tes parents.

Roman de Rothschild, bronzé et radieux dans un costume bleu à la veste croisée, s'est avancé dans l'allée centrale pour nous rejoindre.

— Je suis censé me trouver à Saratoga, mais il fallait que je fasse un saut ici pour voir si mon investissement serait rentable cet été ! a-t-il lancé dans un éclat de rire. (J'ai vu au passage les couronnes en or sur ses molaires.) Tout porte à croire que oui ! Absolument !

— Salut, papa, a dit Béatrice en lâchant d'une main les rênes de Red pour tendre l'autre et étreindre son père sans conviction. Une fois de plus, t'as fait de bons investissements.

— Bonjour, monsieur de Rothschild, ai-je dit en tentant d'être la plus respectueuse et la plus reconnaissante possible pour compenser le manque d'enthousiasme de sa fille. Red a été vraiment bon aujourd'hui. Il a sauté magnifiquement.

M. de Rothschild continuait à rayonner gaiement en flattant la soyeuse encolure alezane de Red. Il a lancé un regard à Carvin.

— Et la jument ? Elle te plaît ?

Carvin a hoché la tête, puis s'est mis à défaire la bride de Tang sans même lever le nez.

— C'est le cheval le plus agréable que j'aie jamais monté.

M. de Rothschild a éclaté de rire. De ses doigts hâlés bagués d'or, il a agrippé le haut de la bombe noire de Carvin pour la secouer d'avant en arrière en la pressant, comme s'il testait la maturité d'un melon. Carvin est devenu tout rouge, mais n'a pas protesté.

— Vous vous rendez compte ? a exulté M. de Rothschild. C'est la première fois que ce garçon monte cette jument. Et il gagne !

Il m'a regardée en frétillant de ses sourcils broussailleux.

— Et Merritt. Tu n'as même jamais participé à un concours et te voilà championne du Junior Hunter ! dit-il en fourrant les mains dans les poches de sa veste et en se trémoussant dans ses éclatantes chaussures noires. Tâchez de vous habituer à ces chèques, vous deux. L'été s'annonce fabuleux pour nous tous !

* * *

— D'où ça vient, ce comportement exemplaire ? ai-je demandé à Red une fois que j'ai eu fini de frictionner ses postérieurs et de les envelopper pour la nuit.

Je me suis redressée et je lui ai gratté le garrot, à son endroit favori. Il a fait claquer ses lèvres en hennissant joyeusement.

— T'es censé être une menace, tu te rappelles ?

— C'est tous les calmants que tu glisses en douce parmi ses carottes, a plaisanté Béatrice depuis la stalle voisine de Tang.

Carvin était déjà parti sans un mot dans sa Mini Cooper branchée couleur turquoise, avec des bandes blanches sur le capot. Todd avait démarré sur les chapeaux de roue dans sa Porsche, en compagnie de l'entraîneur d'une autre écurie, à tous les coups pour faire la fête toute la nuit. Bref, je n'avais plus qu'à demander à Béatrice de me déposer à notre hôtel, le Hampton Inn à Brewster. Pas de résidence chic jusqu'à ce qu'on aille aux Hits on the Hudson, une série de grands championnats se déroulant à Saugerties, État de New York.

« Tu vas t'y habituer, m'avait promis Todd. À dormir dans des hôtels merdiques. À te nourrir dans les distributeurs et les drive-in. En fait, c'est assez sympa. »

J'ai fermé la porte de Red et suivi Béatrice à la sellerie.

Après une journée de boulot, sa combinaison en jean noir était toute sale et avait un accroc au genou. Avec ses cheveux bruns coupés court et ses rangers noirs, elle ressemblait plus au machiniste d'un groupe de rock qu'à une palefrenière de concours équestre. Elle a essuyé les restes de savon sur la bride de Sweet Tang, puis enroulé la sous-gorge[1] en formant un huit, à l'intérieur duquel elle a glissé les rênes avec soin, avant de déposer la bride à sa place dans la malle. Elle a ensuite refermé celle-ci, puis s'est assise dessus.

— Tu veux aller voir si on peut nous servir un truc au bar de l'hôtel ? a-t-elle suggéré en écarquillant ses grands yeux marron — plutôt jolis, en fait.

J'ai donné un petit coup de pied sur le côté de la malle.

— Pas vraiment, ai-je répondu avec sincérité. Je dois monter demain matin. Et puis c'est plus trop mon truc.

— Ah bon ? Pourquoi ?

Je ne savais pas trop comment répondre à cela. Avant la mort de mamie Jo, je ne m'étais jamais saoulée, pas plus que je n'avais avalé des antalgiques de mon père ou autre. Et maintenant que je faisais quelque chose qui me plaisait vraiment et que j'étais relativement heureuse, je n'avais plus besoin de tout ça, je crois. C'était tout bête, je n'en avais pas envie. Pourtant je ne voulais pas non plus passer pour la petite fille bien propre sur elle et tout, ou, pire encore, pour celle qui juge les autres.

— Je suis pas dans le mood. Mais je t'accompagne si tu veux, ai-je proposé.

Peut-être que ça deviendrait mon nouveau rôle : la pote de Béatrice pendant qu'elle boirait d'un championnat à l'autre. Ça pourrait être sympa.

---

1. Morceau de cuir attaché à l'un des côtés de la bride ou du licol d'un cheval et passant sous sa gorge, pour se rattacher de l'autre côté.

Elle grimaça en plissant le nez.

– Naaan… Papa a dit que je devais super bien me tenir si je voulais garder ce job, a-t-elle soupiré. Et c'est pas comme si j'avais l'embarras du choix.

Pendant qu'elle finissait de ranger la sellerie, je suis repartie tranquillement vers le box de Red. Je l'ai regardé mastiquer son foin en me demandant pourquoi Béatrice détestait autant son père. À mes yeux, M. de Rothschild ressemblait à un saint. C'était mon saint patron, du moins.

Tout à coup, j'ai senti Béatrice attraper ma queue-de-cheval pour la défaire et l'ébouriffer.

J'ai virevolté.

– Hé !

– Hé quoi ? a-t-elle répliqué en tirant sur sa cigarette électronique. C'est juste pour que tu lâches tes cheveux.

J'ai ramené mes mèches humides de sueur derrière les oreilles et esquissé un vague sourire. Béatrice se tenait tout près de moi. Je voyais les pores de son nez et de son menton, et le grain de beauté sombre sous la courbe épaisse de son sourcil gauche. Elle avait une implantation de cheveux en cœur et portait deux clous en diamant à chaque oreille. Son cou était bronzé. Je n'avais pas prévu de remarquer tous ces détails, mais il faut dire qu'elle ne se trouvait qu'à quelques centimètres de mon visage.

– Hmm… ai-je fait, en manquant m'étrangler…

J'étais écarlate, mais ne savais pas vraiment pourquoi.

– Est-ce qu'on ne doit pas nourrir les chevaux ?

26.
Red

Il me restait trois brins de foin à finir, mais j'étais épuisé. Merritt et cette affreuse Béatrice bavardaient dans la pénombre devant ma stalle. Je les observais d'un air somnolent, de mon œil invalide. Mes paupières étaient lourdes. Tout mon corps était lourd. J'envisageai de m'allonger. Ces box mobiles se révélaient toujours si petits, et moi, j'étais un grand cheval. Une mouche se posa sur mon boulet[1] et je la chassai dans un bruissement.

Lorsque je redressai la tête, je vis Béatrice debout au-dessus de Merritt, tel un python prêt à mordre.

D'un seul coup, ça m'a sorti de ma torpeur.

Je me suis affalé dans les copeaux de bois et les brins de foin épars, puis roulé sur le dos, en agitant les jambes comme un fou et en les cognant contre les parois en contreplaqué. Je pressai ensuite la tête et les épaules dans un coin de la stalle, en essayant de caler mes hanches et ma croupe dans un autre ; j'allais donc me retrouver coincé et j'aurais besoin d'aide. Cela pouvait présenter un danger. Je risquais de paniquer et de me blesser. Je hennis, remuai les jambes et lançai des ruades, en essayant d'attirer l'attention sur ma situation délicate.

---

1. Articulation située au bas des jambes du cheval.

Vous ne voulez pas venir m'aider, s'il vous plaît ?

Les filles passèrent la tête par-dessus la porte du box.

– Red ? dit Merritt de sa voix paisible et attentionnée.

– Bon sang ! s'écria Béatrice qui ouvrit la porte et s'approcha de ma tête. Lève-toi ! hurla-t-elle en me tirant par la crinière.

Je dressai les oreilles, battis l'air de mes sabots et montrai les dents. Béatrice recula.

– Hé, Merritt. J'ai pas envie de finir la soirée à l'hosto. Tu veux bien venir l'aider à se redresser ?

Merritt s'accroupit près de ma tête et me passa le licol. Elle tira sur la longe et me parla doucement.

– T'étais trop gentil aujourd'hui, c'est ça ? Fallait que tu fasses une bêtise juste pour que je sache que tu restais fidèle à toi-même.

Comme je portais des bandes d'écurie, mes jambes n'avaient rien de cassé. Je les rassemblai sous moi et me relevai. Puis je m'ébrouai et mordillai des brins de foin par terre. Je redressai ensuite la tête et pointai le bout du nez en l'air, en mastiquant et en soufflant par les naseaux comme si de rien n'était. Béatrice restait dans la pénombre, à l'extérieur du box, là où était sa place.

Merritt me flatta l'encolure, examina mes jambes, puis me retira le licol.

Tout est bien qui finit bien... tu m'étonnes[1] !

– Il n'a rien ? dit Béatrice. Papa péterait un câble s'il apprenait que son investissement était coincé avec les pattes emmêlées.

----

1. Allusion à la chanson *You Better You Bet* de The Who, album « Face Dances », 1981.

– Il n'a rien, confirma Merritt en me flattant à nouveau l'encolure. Gros bêta, a-t-elle ajouté – mais je la sentais soulagée.

Après tout, je l'avais sauvée de Béatrice la peste.

C'est ce que je pensais, du moins.

27.

Merritt

— Première place, c'est fabuleux ! hurlait ma mère hier soir au téléphone.

J'ignore pourquoi elle braillait. La ligne était bonne.

— Pour ta première compétition !

Mes parents séjournaient dans un chalet des monts Chugach, pas loin de Valdez en Alaska, prêts à se lancer dans une nouvelle course d'endurance.

— On est désolés de ne pas avoir été là à ton retour de Floride. On doit vraiment profiter de nos congés d'été pour participer aux courses lointaines, qu'on ne peut pas effectuer pendant l'année universitaire.

J'ai bien cru qu'elle répétait les phrases que lui avait dictées mon père.

— Pas de souci, je comprends.

En fait, ça me plaisait de ne pas avoir mes parents dans les pattes. Sinon ils m'auraient rendue encore plus nerveuse. Et puis j'aimais bien avoir une chambre d'hôtel pour moi toute seule. Je m'étais déjà douchée et j'avais enfilé mon pantalon de jogging de Dowd Prep, que j'avais recoupé en short, et un vieux tee-shirt. Les vêtements d'équitation étaient inconfortables et tenaient chaud. Je me disais que les danseuses devaient éprouver la même chose quand elles enlevaient leurs tutus et leurs chaussons pour se mettre en pyjama.

— Tu sais, maintenant que j'ai digéré l'aspect anti-conformiste de tout ça, je pense que toi et ton amie Ann vous débrouillez drôlement bien. Surtout avec cette crise économique.

Ma mère allait droit au but. J'imagine qu'elle devait se sentir coupable de ne pas être là pour me soutenir.

— Je suis d'accord. C'est formidable ! s'est soudain écrié mon père.

— Je suis sur haut-parleur ? ai-je demandé.

— On s'inquiétait du fait que tu abandonnes ton année de terminale, mais à présent c'est logique, a continué papa. Tu avais besoin de liberté. Tes camarades sont sur le point d'être diplômés et de partir pour encore quatre années de fac. Mais Ann et toi avez suivi une voie différente et plus directe. Pourquoi perdre du temps à l'université ? Vous avez déjà démarré votre carrière !

Et ça sortait de la bouche d'un prof de fac.

— Attendez… Ann a *quitté* Dowd ?

J'étais sous le choc. Ça ressemblait si peu à ma copine. Elle était censée décrocher son diplôme avec mention, puis aller à Julliard ou Oberlin.

— Je trouve ça merveilleux ! braillait papa.

— Moi aussi ! a renchéri maman.

— Moi pareil, ai-je ajouté avec le même enthousiasme bidon.

— Susan, on a notre séminaire sur la respiration, a repris mon père.

— Oui, c'est vrai. « La respiration en haute altitude pour les coureurs de fond », a dit maman qui semblait déjà saoulée par l'intitulé du truc. On ferait mieux d'y aller. Bye, Merritt ! Bonne chance ! a-t-elle ajouté avant de raccrocher.

Ann avait donc abandonné Dowd Prep. Peut-être que je l'avais carrément inspirée. Peut-être que sa chanson sur l'exam d'entrée en fac était une sorte de compliment pour moi. Peut-être qu'elle me trouvait courageuse. Mais Ann devait sans doute déjà gagner sa vie. Ce n'était pas encore une star, mais elle semblait apparemment sur la bonne voie. Impossible d'échapper à sa chanson. Pendant que je pratiquais l'un des sports les plus chers au monde sans être payée. OK, j'avais gagné un prix de cinq cents dollars aujourd'hui, mais c'était beaucoup moins que les frais de transport du cheval, le prix de l'inscription et l'hébergement de Red pendant le championnat. Sans parler de tous les vêtements d'équitation sur mesure, de l'entretien du cheval, des chambres d'hôtel. Bref, les dépenses étaient infinies. À mon avis, en tout cas. Ce n'est pas comme si j'avais vu les factures.

À Palm Beach, M. de Rothschild m'avait donné une carte de crédit avec le logo de son écurie, prévue pour « tout ce dont j'avais besoin », mais j'étais trop gênée pour l'utiliser. Je m'étais débrouillée avec mon argent de poche (soixante dollars par semaine), que je retirais avec une carte spéciale, donnée par mes parents. Même ce truc-là me mettait mal à l'aise. J'empruntais peut-être une voie peu conformiste, mais je ne gagnais pas franchement ma croûte.

J'ai allumé la télé. Rien de bon hormis des rediffs des *Experts* et de *Glee*, ou les infos. J'aurais pu utiliser les chaînes payantes et regarder un film mais, là aussi, je me sentais coupable de faire payer à M. de Rothschild le moindre petit extra. Et puis j'étais trop agitée. Mon corps était épuisé, mais mon esprit, en ébullition. J'entendais Béatrice chanter à tue-tête, sans toutefois reconnaître la chanson. Je l'imaginais en train de sauter sur son lit dans son pyjama en satin crème, en braillant dans sa brosse à dents en guise de micro. Vraiment trop zarbi, cette fille.

J'ai éteint la télé, ramassé les pièces de vingt-cinq cents qui traînaient sur la table de nuit, puis je suis sortie dans le hall en me dirigeant vers les distributeurs. J'ai stoppé net en repérant Carvin, qui tapait dans celui des encas à coups de poing.

— Il est coincée, a-t-il dit sans redresser la tête.

Il a ensuite basculé l'avant de la machine en la secouant, son visage plein de taches de rousseur virant au rouge sous l'effort. Ses muscles saillaient sous les manches de son tee-shirt gris. Ses cheveux étaient plus longs que je l'aurais cru ; ils lui retombaient sur le front et formaient comme des petites ailes au-dessus de ses oreilles. Hormis son tee-shirt, il portait un boxer écossais dans les verts et rien d'autre.

— J'ai juste envie d'un Coca, ai-je bégayé en piquant un fard — allez savoir pourquoi.

Je suis passée devant lui en le frôlant, j'ai glissé mes pièces, puis appuyé sur le gros bouton « Coca ». Carvin a continué à secouer le distributeur d'encas. Il sentait le linge propre. Une odeur agréable. J'ai sorti la bouteille de Coca de la machine.

— Il me reste un Snickers dans ma chambre, si ça te dit, ai-je proposé.

Il s'est arrêté de cogner, puis s'est redressé.

— Vraiment ?

De près et en boxer, il paraissait plus grand et plus négligé qu'en tenue d'équitation. Il a souri.

— Ce serait génial. Je crève de faim.

J'ai détourné le regard. Pourquoi je ne pouvais pas m'empêcher de rougir ?

— Attends, je reviens.

Je suis retournée vite fait dans ma chambre pour récupérer le Snickers.

– Merci, a-t-il dit d'un ton un peu sérieux quand je lui ai tendu la barre chocolatée.

– De rien.

Je me suis forcée à lever la tête et à sourire, mais il tournait déjà les talons pour regagner sa chambre. Pour nous éviter d'être encore plus gênés, je suis moi aussi repartie de mon côté.

Béatrice a passé la tête dans le couloir avant que je referme ma porte.

– Hé, vous faites la fête sans moi, vous deux ?

J'ai jeté un regard dans le couloir. Carvin est entré chez lui et a claqué sa porte.

– Pas tout à fait, ai-je marmonné.

– Je peux venir chez toi ? a répliqué Béatrice en me bousculant pour se faufiler dans ma chambre, tandis que sa porte se refermait dans un déclic. Ça me saoule trop de rester là toute seule.

Du coup, je ne savais pas vraiment où poser mes fesses. Le grand lit à deux places paraissait trop provocant, comme si je risquais de suggérer une espèce d'intimité de copines en m'installant dessus : une bataille de polochons avant de se coiffer et se maquiller mutuellement, de partager un paquet de bonbons et de passer la nuit à glousser comme des folles. Je me suis donc assise sur l'un des fauteuils en bois peu confortables près de la fenêtre et j'ai ramené mes genoux contre ma poitrine, en un réflexe de défense.

– J'adore les hôtels, mais seulement les sympas. Celui-ci est nul, a dit Béatrice qui portait des chaussettes rouges duveteuses et le même pyjama en satin crème que j'avais vu sur son lit à Good Fences.

Elle me faisait penser à une célébrité qui se prélassait après les Oscars, mais pas à une fille d'écurie.

– Il n'y a même pas de peignoir, a-t-elle ajouté. T'es déjà allée au Ritz à Paris ?

– Je n'ai jamais quitté le pays.

Béatrice a haussé les épaules. J'avais oublié à quel point son éducation divergeait de la mienne : pensions en Europe et hôtels de luxe. Tous les ans en juillet, mes parents louaient la même maison pour la même semaine à Cape Cod, pas loin de leur restaurant de sushis préféré et de leur plage préférée. La maison de mamie Jo et Cape Cod. Voilà les endroits où j'étais allée.

Béatrice s'allongea à plat ventre sur le lit et tapota sur l'écran de son portable.

– Tu connais Anne Sexton, la poétesse ? J'ai fait un exposé sur elle en classe. Elle s'est suicidée : elle a enfilé le manteau de fourrure de sa mère, s'est versé un verre de gin, est descendue au garage, puis a allumé le moteur de la voiture toutes vitres fermées. Et basta. Asphyxiée. Morte.

Béatrice m'a collé son téléphone sous le nez en disant :

– Appuie sur « play ».

Sur l'écran minuscule est apparue une vidéo d'elle, vêtue de son pyjama en satin et récitant un poème lugubre, que je ne pouvais pas vraiment suivre, vu qu'elle frappait sur un tambourin en même temps. C'était filmé en noir et blanc, et des cernes marquaient ses grands yeux foncés. C'était plutôt naze, quasi impossible à regarder. Je ne savais pas trop quoi dire.

– Voilà comment j'ai réussi à me faire virer de ma dernière pension. J'étais censée faire un exposé, mais à la place j'ai réalisé cette vidéo. Au beau milieu de la nuit.

Elle a roulé sur le dos et s'est mise à faire des abdos, là sur mon lit, comme si c'était tout à fait normal de faire sa gym en pyjama sur le lit de quelqu'un d'autre, dans une drôle de chambre de motel.

J'ai lancé le portable sur le matelas.

Béatrice a continué ses abdos.

– J'adore son obsession pour la mort. Anne Sexton, je veux dire. Et le sexe. Il y a le mot *sex* même dans son nom.

J'ai serré davantage mes genoux contre ma poitrine.

– Euh… ça va ? T'as l'air, genre… surexcitée.

Béatrice a éclaté de rire et s'est rassise. Ses joues étaient écarlates et ses cheveux bruns, dressés sur la tête.

– Il est tard. Mes médicaments contre l'hyperactivité ne font plus effet. Mon père s'est laissé convaincre par Kami de supprimer mon traitement pendant que j'étais à Good Fences. C'était une partie du problème. Je suis sous cachets depuis l'âge de deux ans. Et puis à ma dernière pension, ils m'ont donné les mauvais médocs. C'est un équilibre délicat à trouver, a-t-elle ajouté en haussant encore les épaules.

– Waouh…

Je la plaignais. D'une certaine façon. Mais elle m'intriguait aussi.

Béatrice a attrapé son téléphone et s'est remise à tapoter dessus.

– Je cherche Anne Sexton sur Google. Tiens, regarde, dit-elle en me tendant à nouveau le portable. Tu trouves pas que je lui ressemble ? Avec un peu moins de cheveux ? Elle était grande. Moi, pas tant que ça.

Béatrice faisait à peine plus d'un mètre cinquante et avait des formes. Sur la photo, Anne Sexton avait l'air d'une grande asperge toute mince. Avec des cheveux frisés. Alors que ceux de Béatrice étaient raides. Bref, elle ne lui ressemblait pas du tout. Je me suis mordu la lèvre.

Elle a explosé de rire.

– OK, j'ai absolument rien à voir avec elle ! C'est juste que j'aimerais bien. Je suis grosse, elle est maigre. Je suis petite, elle est grande. Et elle écrivait de la poésie ! Bref, elle et une autre poétesse, Maxine Kumin, étaient les meilleures amies du monde. Elles s'écrivaient tout le temps et passaient des heures au téléphone.

Béatrice s'est remise à faire des abdos.

— Maxine Kumin vit encore, je pense. Elle est vraiment branchée chevaux. Elle a écrit tout un poème sur la merde de cheval, intitulé *The Excrement Poem*.

Elle a encore rigolé, son haut de pyjama se retroussant sur son ventre lisse et pâle. Je n'y connaissais rien en poésie ou en poètes. Tout ce qui me venait à l'esprit, c'était l'épice : le *cumin*. Quand j'étais en CM2, mes parents étaient allés en Inde participer à une course à travers le pays, le long du fleuve Brahmapoutre. Ils avaient rapporté un sac géant de cumin. J'étais en vacances chez mamie Jo. C'était la première fois qu'elle me laissait monter Noble.

Béatrice a sauté du lit.

— « Je respecte la merde », a-t-elle récité, un air rêveur dans ses doux yeux marron.

Elle m'a lancé un regard.

— Ça commence comme ça. Ou un truc dans le genre, en tout cas. J'ai des tas de bouquins d'elle dans ma bagnole.

Elle s'est rassise et s'est mise à bâiller.

— OK, maintenant je suis fatiguée.

— En fait, moi aussi, ai-je dit en feignant un énorme bâillement.

Il était temps pour elle de regagner sa chambre.

Béatrice a lancé un regard noir sur le réveil posé sur ma table de nuit.

— Le job de groom, c'est génial et tout, mais les horaires, ça craint. Faut que je retrouve le toiletteur pour le nattage à cinq heures demain matin. Fait chier !

Nouveau bâillement de ma part.

– Désolée, mais…

Du vacarme dans le couloir m'a interrompue.

– Todd ? Houlà ! C'est quoi, ce binz ?

C'était Carvin qui braillait. Alors qu'il n'avait pas l'air d'un braillard. Bizarre. Un truc n'allait pas.

J'ai bondi de mon fauteuil et couru pour ouvrir la porte. À l'autre bout du couloir, Todd était étendu par terre, près de la machine à glaçons, son Stetson retourné à côté de lui.

– Todd ? disait Carvin accroupi à ses côtés. Vous m'entendez ?

Je me suis précipitée vers eux, Béatrice sur mes talons.

– Qu'est-ce qui s'est passé ? ai-je demandé.

– Il a gerbé dans les glaçons, a expliqué Carvin, ses yeux verts exorbités et effrayés. Puis il est tombé dans les pommes.

Je sentais en effet l'odeur de vomi. J'ai plaqué une main sur ma bouche et mon nez.

– Beurk…

Béatrice a pouffé :

– Tout va bien. Ça lui arrive tout le temps.

Carvin a écarquillé les yeux comme des soucoupes.

– Sérieux ?

Béatrice a haussé les épaules.

– Pourquoi il bosse pour mon père, d'après toi ? Papa a un faible pour les paumés.

Carvin a regardé Todd en fronçant les sourcils.

– Merde alors…

Je me suis adossée contre le mur, en observant la poitrine de Todd se soulever et s'abaisser.

– Je suis sûre qu'il sera d'aplomb demain matin, ai-je dit en tentant de le rassurer. Il l'est toujours.

Béatrice s'est accroupie près de la tête de Todd.

– On ferait mieux de l'emmener dans sa chambre. Demain, il s'en souviendra même pas. Il n'est que dix heures et demie. Ça va aller.

Carvin l'a regardée en battant des paupières, puis il a soupiré :

– OK, on y va.

Les clés de Todd traînaient par terre, devant sa chambre. Carvin l'a soulevé en le prenant sous les bras, tandis que Béatrice l'attrapait par les chevilles, et que moi, je maintenais la porte ouverte. La valise à roulettes de Todd – qu'il n'avait pas ouverte – était posée par terre, à côté du lit pas défait.

– Ton père est au courant, alors ? a grogné Carvin en entrant à reculons dans la pièce.

Le corps de Todd se balançait mollement au-dessus du sol.

– Il sait que Todd… force un peu la dose parfois ? Béatrice a roulé des yeux.

– Bien sûr, a-t-elle ricané. À trois. Un, deux, trois !

Dans un mouvement de balancier, ils ont posé Todd sur l'horrible couvre-lit orange. J'ai ramassé son chapeau de cow-boy et l'ai laissé tomber sur sa valise. Todd gisait sur le dos, les bras en croix, toujours dans les vapes.

– Mon père sait tout sur tout, a expliqué Béatrice. Il a des gens partout, qui fouillent dans le passé, font tout ce qu'il demande. Il n'intervient que s'il n'obtient pas les résultats souhaités. Todd entraîne des gagnants, alors mon père se moque de savoir comment il occupe son temps libre. Genre, si j'allais à Harvard et étais une championne olympique de saut d'obstacles, mannequin pour maillots de bain mais aussi accro à l'héroïne, ça ne le dérangerait pas. Et il me foutrait la paix.

Carvin a croisé ses bras parsemés de taches de rousseur.

— J'en reviens pas. Ton père est trop cool. Il sait clairement comment choisir les chevaux et… ceux qui doivent les monter.

Il m'a lancé un regard et j'ai encore senti le rouge envahir mes joues.

— Sans lui, jamais de la vie j'aurais imaginé monter une jument aussi super que Tang.

— Moi, il m'a fait sortir de Good Fences, ai-je ajouté.

— Mon père aime bien croire qu'il aide les gens, a soupiré Béatrice. Mais il a toujours une idée derrière la tête.

On est restés là tous les trois un moment à regarder Todd sans dire un mot.

— Bon, on fait quoi maintenant ? ai-je demandé.

— Tu penses que ça craint pas de le laisser seul ? a dit Carvin.

— Bien sûr que non, nous a assuré Béatrice. Il a juste besoin de cuver.

Elle a allumé dans la salle de bains et éteint les lampes de chevet. Carvin et moi l'avons suivie dans le couloir, après avoir laissé les clés de Todd sur la table de nuit.

— Hé, vous deux, ça vous dit qu'on reste un peu ensemble ? a demandé Carvin.

Plutôt sympa pour un mec censé être un abruti. À ma grande surprise, Béatrice a haussé les épaules et hoché la tête. Aucun de nous trois n'avait envie d'être tout seul.

— Bien sûr, ai-je dit.

Carvin a ouvert la porte voisine de celle de Todd.

— Comme ça, on pourra entendre s'il a besoin de nous ou quoi que ce soit.

Sa chambre avait l'air d'être occupée depuis un mois. Partout des emballages de barres énergétiques et des berlingots de jus de pomme vides. Un tas de bananes et de pommes près de la télé. Par terre, un gros sac fourre-tout ouvert, débordant de paquets de barres aux céréales, de jus de fruits, de sachets d'assortiment de fruits secs et d'algues déshydratées. Mes parents auraient approuvé sans problème.

Béatrice a touché le sac du bout du pied.

— C'est quoi, tout ce bordel ?

Carvin s'est assis sur le lit.

— Qu'est-ce tu veux que je te dise ? Je viens de Californie. Ma mère m'a appris à bien m'alimenter et j'ai carrément tout le temps faim. Je ne peux pas rester sans bouffer.

— Les algues, c'est pas de la bouffe, a gloussé Béatrice en se laissant tomber sur le lit pour s'allonger sur le dos. Moi, je dois manger de la salade, genre, deux fois par mois. Sinon je me nourris au drive-in, au camion-resto ou aux distributeurs.

— C'est dégueu, à force, ai-je dit en me posant à l'autre bout du lit de Carvin. Tu vas choper le scorbut.

La fatigue commençait à se faire sentir et j'ai bâillé.

On était tous les trois épuisés et on devait se lever très tôt le lendemain. Carvin s'est allongé d'un côté du lit et Béatrice, de l'autre. Et moi, je me suis étendue au milieu, le plus loin d'eux possible, les jambes pendant dans le vide. On s'est tous les trois mis à fixer le plafond minable, comme s'il y avait quelque chose à voir.

— J'ai dormi dans le même lit que ma mère jusqu'à mes dix ans, a soudain avoué Carvin. On l'appelait le « lit familial ».

— Trop cool, a dit Béatrice en me touchant l'oreille avec son orteil, et j'ai retenu un gloussement. Qu'est-ce qui se passait quand tu faisais une soirée pyjama ? Tes potes dormaient aussi avec ta mère ?

Je me suis pincé les lèvres, ravie que Carvin ne puisse me voir retenir mon fou rire.

– Je me rappelle pas de soirées pyjama. C'est ma mère qui me faisait l'école, alors j'avais pas vraiment de copains de mon âge. Vers quinze ans, j'avais fini tous mes cours de lycée. Ensuite j'ai monté des chevaux pour différentes personnes et j'ai fait le circuit de Californie, jusqu'à ce que M. de Rothschild me propose de venir ici.

– Attends… T'as quel âge ? ai-je demandé.

– J'aurai dix-huit ans en août. C'est ma dernière année en junior. Toi ?

– J'en ai dix-sept. Je les ai eus en novembre.

C'était passé quasi inaperçu en Floride, sauf que mes parents m'avaient envoyé une carte postée dans le Vermont. « Une année formidable pour notre fille préférée ! » C'était écrit à la main, mais ça aurait aussi bien pu être imprimé tel quel.

– Vous êtes des gamins, tous les deux ! a répliqué Béatrice. Moi, j'aurai dix-neuf ans en septembre. J'ai redoublé le CM1, et la maternelle aussi, je pense. C'est pourquoi je suis toujours en classe. Ou je l'étais, a-t-elle rectifié. Mais j'irai plus jamais en cours maintenant.

On s'est tous remis à fixer le plafond.

– « … Et tu as détaché la bride… Et tu as détaché les rênes… Et j'ai défait les boutons… le squelette, la confusion… » s'est mise à psalmodier Béatrice.

Bon sang, elle était vraiment complètement perchée.

– C'est quoi, ça ? a demandé Carvin. Une chanson ?

– Un poème appelé *Nous*. Écrit par Anne Sexton. Ça parle de sexe.

– Trop cool, l'a taquinée Carvin en imitant la manière dont elle avait commenté son « lit familial ».

On s'est mis à pouffer. Je ne sais pas pourquoi, mais c'était plutôt sympa.

Béatrice a bâillé à s'en décrocher la mâchoire.

— Waouh… a-t-elle bâillé une nouvelle fois. Je peux plus bouger.

On est restés allongés là, sans parler, pendant longtemps. J'ai continué à fixer le plafond, en me demandant si je ne devais pas retourner dans ma chambre.

Mes paupières devenaient lourdes et je me sentais piquer du nez. Quelque part au-dessus de ma tête, sur la gauche, j'entendais la respiration lente et bruyante de Béatrice. Puis quelque chose m'a touché l'épaule droite. C'était le pied de Carvin.

— Hé. Ça va ?

Mon cœur s'est emballé, mais j'ai fait comme si j'étais à moitié endormie.

— Hein ?

— Pourquoi tu ne remontes pas un peu dans le lit ? a-t-il murmuré.

J'ai pris appui sur les coudes et glissé en arrière pour que ma tête repose sur les oreillers. Il y en avait deux. La tête de Béatrice était sur l'un d'eux et elle dormait profondément. Carvin s'est redressé et a fait glisser son oreiller vers moi. Puis il a retiré son tee-shirt et l'a roulé en boule pour s'en faire un coussin improvisé.

— Impeccable, a-t-il dit, avant d'éteindre la lampe de chevet.

Je me suis rallongée, la tête sur son oreiller, le corps immobile et tout raide. Je ne m'étais jamais étendue sur le lit d'un garçon — un garçon que je venais de rencontrer le matin-même, et qui n'avait plus de tee-shirt. Il était quasiment nu. Je gardais les yeux fermés, espérant qu'il penserait que j'étais du genre à tomber comme une masse sitôt que je mettais la tête sur l'oreiller.

Peut-être qu'il était homo, me suis-je dit, le cœur battant la chamade. C'était courant dans le monde des concours équestres. Un peu comme dans la danse classique et le patinage artistique. Ce n'était pas une règle en soi, mais il y avait pas mal de gays dans ces milieux. Todd était homo et je soupçonnais Luis de l'être aussi. Rien n'avait l'air gay chez Carvin, mais bon... apparemment, ça ne le dérangeait pas d'être allongé près de moi avec juste un boxer comme vêtement. Il était sans doute gay.

Plus j'arrivais à m'en convaincre, plus je sentais que je me calmais. Mon esprit s'est mis à vagabonder et j'ai commencé à m'assoupir. Puis j'ai senti son haleine chaude, parfumée à la pomme, sur ma joue. J'ai papillonné des paupières et tourné la tête.

– Hé...

De près, le visage de Carvin était criblé de taches de rousseur. Comme si quelqu'un l'avait recouvert de points avec un marqueur marron qui avait séché.

– Hé... ai-je chuchoté à mon tour, le cœur palpitant.

C'est ce qu'on ressent quand on a envie d'embrasser quelqu'un, me suis-je dit. *Mais il est probablement homo*, me suis-je rappelé, alors ça n'arriverait jamais.

Ses taches de rousseur ont remué quand il a souri, puis se sont remises en place.

– Je voulais juste te souhaiter bonne nuit, a-t-il murmuré.

Il s'est rallongé en joignant les mains derrière sa nuque, et a levé les yeux vers le plafond.

J'ai essayé de ne pas regarder les contours musclés de son torse nu, mais c'était là sous mes yeux, à quelques centimètres, détonant dans la pénombre.

– Je suis content que tu sois là, a-t-il ajouté.

Je me suis tournée vers lui, en me pelotonnant sur le côté pour dormir, les mains glissées sous ma joue, et j'ai fermé les paupières.

– Moi aussi, ai-je murmuré. Bonne nuit.

28.
Red

Le lendemain matin, la tension régnait. Merritt semblait trop tranquille en me sellant dans mon box. À côté, dans celui de Tang, Carvin était tout aussi calme. Seule Béatrice braillait, comme à son habitude, en suçotant sa cigarette électronique rougeoyante et en chantant sur la radio, tandis qu'elle réenroulait mes bandes de repos à l'entrée de la sellerie. Je connaissais le titre : *I Love Myself for Hating You*[1] !

Z'avez vu ce que je viens de faire ? J'ai inversé les paroles. Parce que c'était sûrement la faute de Béatrice si Merritt et Carvin affichaient un calme aussi bizarre. Tout ce qui clochait, c'était sa faute.

– Hé, les loseurs, je reçois à l'instant un texto de Todd ! s'égosilla-t-elle en nous faisant tous sursauter. Il dit que tout le monde doit être sur la piste pour le Handy Classic dans cinq minutes. Quand je vous disais que Todd serait en forme !

Je sentais que cette épreuve était importante à la manière dont Merritt tripota le ruban dans sa bombe,

---

1. Jeu de mots sur le véritable titre : *I Hate Myself for Loving You* (littéralement : « Je m'en veux de t'aimer » et non pas « Je me plais à te détester »), Joan Jett & the Blackhearts, album « Up Your Alley », 1988.

avant de la mettre sur sa tête. À la manière dont elle m'examina à plus d'une reprise sous toutes les coutures, avant de me conduire à l'extérieur. À l'ampleur de la foule près de la piste. Et puis il y avait aussi un tableau d'affichage où apparaissaient des numéros jaunes au néon à côté des noms des chevaux et des cavaliers, après chaque tour. Ça me rappelait le jour de ma fameuse course hippique.

Je pensais qu'elle me demanderait de galoper, mais on sauta le long du parcours au ralenti, en attaquant chaque obstacle directement, avant d'effectuer un grand tour lentement à la fin. Comme on quittait la carrière, le panneau afficha notre score et Todd agita son grand chapeau en l'air en poussant des cris de joie, tandis que Béatrice nous acclamait en sifflant.

Merritt lâcha les rênes et les étriers et m'entoura l'encolure de ses bras.

– Bon cheval, roucoula-t-elle en me caressant encore et encore.

J'étais confus – on avait avancé si lentement –, mais si elle était heureuse, je l'étais aussi. Au moins, elle me parlait, à présent. Peut-être que le score ne concernait pas la vitesse. Mais le style et la grâce. Eh bien, nous étions beaux et gracieux. Pleins de fraîcheur, d'enthousiasme et de nouveauté. Délicieux. Divins.

Un peu plus tard, la même chose se produisit.

On effectua le parcours le plus ennuyeux de la manière la plus ennuyeuse qui soit, et je me concentrai pour offrir une prestation impeccable et constante. Ensuite, des gens s'approchèrent de nous, parlèrent à Merritt et à Todd en brandissant leur écran de téléphone et en me tapotant le bout du nez. Ils m'offrirent des pastilles à la menthe, des carottes et des friandises à la pomme. *And that's the way, uh-huh, uh-huh, I liked it*[1].

Le dernier parcours de la matinée se révéla plus complexe. On dut s'arrêter et ouvrir un portail, puis trotter en passant par-dessus un énorme bassin et même avancer au pas au-dessus d'un obstacle. Puis on dut quitter la piste au galop comme si elle avait pris feu. J'ouvris même le portail moi-même d'un coup de nez. Ce qui fit rire Merritt.

Le public était debout lorsqu'elle me fit défiler en premier, avant tous les autres chevaux, et une dame en robe longue accrocha un grand ruban bleu à ma bride. Merritt reçut une autre médaille et une nouvelle enveloppe blanche, et elle n'arrêta pas de me flatter et de me serrer contre elle. Todd retira ses lunettes et essuya de vraies larmes de joie.

Regardez-moi bien[2]. J'étais loin de pleurer.

* * *

Après un bain, le déjeuner et ma sieste de l'après-midi, Merritt me sortit à nouveau. Cette fois, le parcours était vraiment difficile, avec beaucoup de virages serrés et d'obstacles plus élevés. Elle gardait les rênes courtes et ma tête haute, pour faciliter ma réception au sol et ma réactivité... Bonne réception, bonne réactivité. C'était comme une chorégraphie – réception, virage, demi-cercle dans un sens puis dans l'autre, suivi par un saut et encore un saut. Je saute ici ! Je saute là ! On s'amuse comme des fous !

---

1. Clin d'œil à la chanson *That's the Way (I Like It)* (littéralement : « J'aime quand ça se passe comme ça »), KC & the Sunshine Band, 1975.

2. Allusion à *The Tracks of My Tears*, chanson de Smokey Robinson and The Miracles, 1965.

Todd poussa des cris de joie et Béatrice siffla de plus belle. Le public nous adorait. Sweet Tang et Carvin passèrent après nous et les acclamations redoublèrent, mais on n'entendit aucun sifflet admiratif, cette fois.

Ensuite, le juge demanda aux deux cavaliers arrivés à la première place d'échanger leur cheval.

* * *

Au début, je crus que c'était une erreur. Les humains en commettaient davantage que les chevaux. Mais Merritt mit pied à terre et tendit les rênes à Carvin. Trop grand pour qu'on lui fasse la courte échelle, il se glissa sur ma selle et je m'agitai sur place, pendant qu'il réglait les étriers. Du coin de mon œil valide, je vis Todd aider Merritt à se mettre en selle sur Tang.

Vraiment ? Ça ne me plaisait pas. Je n'y étais pas préparé. Merritt et moi formions une équipe, dont nous étions les seuls et uniques membres. *So what'cha, what'cha, what'cha want*[1] *?*

Carvin me pressa d'entrer en piste et de passer au petit galop, pour sentir si je préférais les rênes longues, courtes ou entre les deux. Mais je m'en moquais. Je l'écoutais à peine. J'avais l'impression de devenir fou. Tout ce que je souhaitais, c'était qu'il descende de selle et que Merritt remonte à sa place. Il me conduisit vers le premier obstacle. Je fis mine de galoper vaillamment dans cette direction mais, deux foulées avant de l'atteindre, je donnai un violent coup de frein et dérapai dans la terre. Carvin passa par-dessus ma tête et retomba

---

1. Littéralement : « Alors, vous voulez, vous voulez, vous voulez quoi ? » ; allusion à la chanson *So What'cha Want* des Beastie Boys, album « Check Your Head », 1992.

sur ses pieds, de l'autre côté de la barrière. Le public retint son souffle. Je renâclai et m'ébrouai. *Another one bites the dust.*

L'expression de Carvin frisait le comique.

Il fit le tour de l'obstacle avec raideur.

– J'imagine que t'es pas aussi facile à monter que je le pensais.

Il tira sur les rênes, mais je tirai de mon côté, refusant de quitter la piste. Pas question d'aller où que ce soit avec lui.

– Allez, grogna Carvin, son visage tacheté virant à l'écarlate.

Finalement, Merritt entra sur la piste et vint l'aider. Je hennis en la voyant arriver et les spectateurs éclatèrent de rire.

– Adorable ! s'écria quelqu'un, alors que Merritt m'entraînait hors de la carrière sans difficulté.

– T'as des couilles, je le reconnais, dit Béatrice quand Merritt lui tendit mes rênes.

Béatrice me donna une pastille à la menthe, que je m'empressai de recracher.

Merritt remonta sur Tang et entra en trottant sur la piste, minuscule mais professionnelle sur la grande jument grise. Elles accomplirent l'épreuve à la perfection. Le public l'ovationna debout. Je piaffai dans mon coin.

Merritt était radieuse et le photographe l'immortalisa quand elle reçut un autre ruban bleu, une nouvelle médaille et encore une enveloppe. J'étais horrifié. Elle m'avait abandonné. Mais sitôt qu'elle descendit de selle, Carvin récupéra Tang puis s'en alla en colère, et Merritt fut de nouveau à moi.

* * *

De retour aux écuries, Merritt retira ma bride et ma selle, puis me conduisit dans la stalle de lavage. Avec sa tenue d'équitation, elle était sans doute plus fatiguée et plus en nage que moi, mais elle jeta simplement ses gants par terre à l'extérieur du box, et s'occupa d'abord de moi. Elle laissa l'eau couler un long moment par le tuyau, avant que la température ne soit à son goût. Puis elle versa une dose de liniment[1] dans un seau, qu'elle remplit d'eau ensuite. L'éponge végétale dansait à l'intérieur.

Elle me lava lentement, toujours aussi calme. Trop calme. Elle n'était pas de mauvaise humeur, mais simplement distraite – par quelque chose d'autre que moi, que nous. Ça ne me plaisait pas. J'appréciais quand elle me parlait sans cesse. Je renversai le seau d'un coup de sabot, uniquement pour entendre le son de sa voix.

– Argh, Red. Pourquoi t'as fait ça ?

Béatrice débaula alors avec son pantalon de cuir noir et se jeta sur Merritt pour la serrer fort dans ses bras. Je tentai de la mordre à l'omoplate, mais elle me lança un coup de coude dans les naseaux. Violemment. J'étais si surpris que je restai là, dégoulinant, à la regarder. Finalement, Béatrice lâcha Merritt et la laissa respirer, mais elle se tenait encore trop près – dans l'espace privé de Merritt, le mien.

– Carvin est trop en pétard, dit Béatrice en m'ignorant totalement. Il a juste attaché Tang à la longe dans son box, puis il est parti en tapant du pied, avec une de ses barres de céréales.

Elle entoura à nouveau Merritt de ses bras.

– T'as été géniale. Une vraie rock star ! ajouta-t-elle en lui enlevant sa bombe. Tu dois bouillir là-dessous.

---

1. Solution de massage apaisante et décontractante pour les membres et les muscles du cheval.

Je m'ébrouai, comme un boxeur qui essaye de se détendre. Pourquoi avait-elle besoin de tripoter Merritt sans arrêt ? Elle ne pouvait pas simplement lui envoyer un SMS ? Et pourquoi ça n'avait pas l'air de déranger Merritt ? Moi, ça me dérangeait, en revanche – beaucoup. Merritt semblait s'y habituer. Ou peut-être qu'elle était trop fatiguée ou trop distraite par je ne sais pas quoi pour s'en rendre compte.

Le téléphone de Béatrice se mit à vibrer dans la poche arrière de son pantalon. Elle porta l'appareil à son oreille.

– Salut, papa…

Elle grimaça un sourire lugubre et tendit le téléphone à Merritt.

– C'est pour toi.

29.

Merritt

— Sais-tu qu'on m'a offert une grosse somme d'argent pour ce merveilleux cheval que toi seule, ma petite novice, peux monter ? N'est-ce pas formidable ? Je pourrais déjà m'enrichir davantage !

J'ai plaqué le portable de Béatrice sur ma joue en sueur, en la fixant du regard, tandis que son père me braillait ses louanges à l'oreille. Elle leva les yeux au ciel, attrapa un couteau de chaleur[1] et se mit à enlever l'eau sur la croupe ruisselante de Red.

— Bien sûr, je serais fou de le vendre maintenant, a continué M. de Rothschild. Vous formez une équipe miraculeuse et ce n'est que ton premier concours. Personne ne s'enrichit en étant impatient !

Jusqu'ici je n'avais jamais parlé au téléphone à M. de Rothschild. J'étais si intimidée que je savais à peine comment réagir.

— Merci de m'avoir offert cette chance, ai-je fini par déclarer avec maladresse.

Béatrice a ricané avec dédain, en raclant l'eau sur les jambes humides de Red.

---

1. Sorte de raclette cintrée conçue pour enlever l'excès d'eau après avoir douché son cheval.

— Merci à toi ! a répliqué M. de Rothschild de sa voix de stentor. Le journaliste du *Chronicle of the Horse*[1] était totalement fasciné par mon choix de cavaliers : « Deux splendides adolescents dont personne n'avait jamais entendu parler sur la côte Est. »

Il éclata de rire.

— On m'a demandé si vous étiez en couple tous les deux. J'ai répondu que vous vous étiez rencontrés hier pour la première fois !

Le sang m'est monté au visage. Heureusement, Béatrice était accroupie face aux jarrets de Red et ne pouvait me voir.

Ce matin-là, je m'étais réveillée dans le lit de Carvin, seule. Béatrice était déjà partie au championnat et Carvin avait laissé un message sur un bout de papier à l'en-tête de l'hôtel : « Suis sorti faire un footing. » J'ai regagné ma chambre, je me suis douchée et j'ai enfilé ma tenue de concours, avant d'aller frapper à la porte de Todd, dans l'espoir qu'il serait debout et pourrait me déposer en voiture. Il m'a aussitôt ouvert, vêtu d'une chemise blanche toute propre, ses cheveux platine fraîchement coiffés, encore humides après sa douche.

— T'es prête ? m'a-t-il demandé gaiement, sans accuser le moindre signe de gueule de bois.

Je n'en revenais pas.

Carvin se trouvait dans le box de Tang à notre arrivée. Je lui ai dit « Salut ! » et il m'a répondu « Salut ! », mais sans plus. On ne s'était pas parlé depuis, pas même après que Red l'avait jeté à terre.

— Je crois que Carvin m'en veut un peu là maintenant, ai-je confié à M. de Rothschild. Red n'a rien voulu faire avec lui quand on a dû échanger nos montures pour l'épreuve de la médaille. C'était plutôt gênant.

***

1. Magazine consacré à l'équitation.

— Petit con, a gloussé Béatrice — et j'ai dû réprimer une envie de rire.

— Eh bien, c'est toujours mieux que si vous étiez tous les deux sans arrêt en train de flirter, a dit M. de Rothschild d'un ton rieur.

— Mais Carvin est gay, non ? ai-je lâché sans réfléchir. Il a pouffé.

— Je ne me mêle pas de la vie privée de mes employés.

Ses employés. C'est ce qu'on était, Carvin et moi ? Je me prenais plus pour une sorte de fille adoptive. Par ailleurs, Béatrice avait affirmé que son père savait tout sur tout. Il y eut un silence embarrassant.

— Puis-je te demander quelque chose ? reprit M. de Rothschild au bout d'un petit moment.

— Bien sûr, ai-je répondu d'une voix hésitante.

— J'ignore à quelle distance elle se trouve de toi, si elle peut m'entendre ou pas, mais si ma question ne te dérange pas, peux-tu me dire si ma fille est une palefrenière digne de ce nom ? Fait-elle bien son travail ? Je peux la virer aujourd'hui si elle n'est bonne à rien. La renvoyer chez sa mère à Saint-Barth ou à Nice, ou là où elle est en ce moment, peu importe.

J'ai tendu la main et essuyé quelques gouttelettes d'eau sur l'œil invalide de Red. Il avait couché les oreilles, et Béatrice, qui gardait ses grands yeux marron baissés, lui démêlait la tresse de sa queue. Je voyais bien qu'elle essayait d'écouter.

Je me sentais tiraillée. Les choses seraient plus simples sans sa présence, toujours à se jeter à mon cou, à sauter sur mon lit, à réclamer mon attention. Et je savais que Red ne l'aimait pas.

Mais elle me manquerait sinon. Sans elle, je n'aurais pas d'ami. Carvin ne comptait pas. Il était trop lunatique. C'était un peu immature de sa part de partir en pétard après l'épreuve de la médaille, plutôt que de me féliciter. Et puis je ne voulais toujours pas me mettre Béatrice l'Ours à dos.

— C'est une palefrenière géniale, me suis-je entendue dire à son père, en souriant à Béatrice en même temps.

Elle a encore roulé des yeux en levant le pouce de la victoire.

— Et elle connaît Red, ai-je ajouté. C'est pas le cheval le plus facile à gérer, vous savez.

— Oui, oui. Eh bien, ça fait plaisir à entendre, dit M. de Rothschild. Mais sois prudente. Ce n'est pas la fille la plus facile à gérer non plus. Et si elle tente des choses bizarres ou se met à se comporter comme une cinglée, je veux que tu m'en informes aussitôt. Ne te sens pas redevable envers elle de quoi que ce soit. Tu l'es envers moi, en fait.

Je ne savais pas trop comment interpréter ça, alors je n'ai rien dit.

— Je suis son père, je veux dire. J'ai besoin de savoir ce qui se passe.

— Oui, bien sûr, ai-je approuvé, pressée qu'il change de sujet.

Béatrice me regardait en fronçant les sourcils. « Qu'est-ce qu'il raconte ? » a-t-elle articulé en silence, mais je l'ai ignorée.

— Encore toutes mes félicitations, ma chère petite, a dit M. de Rothschild avant de conclure. Les Hits, c'est le prochain championnat, non ? C'est très bien organisé là-bas. Ça va te plaire. Maintenant, repasse-moi ma fille, s'il te plaît.

J'ai rendu le portable à Béatrice.

— Merci de prendre de nos nouvelles, papa, a-t-elle dit avant de couper son téléphone pour le fourrer dans sa poche arrière.

* * *

Après son bain, j'ai laissé Red se sécher au soleil et brouter les herbes hautes derrière les écuries.

— Hé, Merritt Wenner ! T'as cartonné au championnat aujourd'hui ! s'est écriée une fille derrière mon dos.

Je connaissais cette voix. Je me suis retournée. Nadia Grabcheski et Amora Wells, qui étudiaient dans ma classe à Dowd Prep, s'avançaient vers moi, tenant en longe deux poneys soignés et trapus. Elles n'avaient pas changé depuis la dernière fois à l'exam, sauf qu'elles portaient maintenant un jodhpur et des bottes courtes, et que leurs longs cheveux étaient tressés avec un gros nœud au bout. Un look de compétition convenant à des cavalières bien plus jeunes.

— Salut, ai-je marmonné.

Je savais que j'allais tomber sur ces deux-là à un moment ou un autre. J'avais oublié que les terminales quittaient l'école plus tôt à Dowd. Je ne pensais pas les revoir tout de suite.

— Ben, euh… on ignorait que tu montais, a déclaré Nadia dans un sourire artificiel. Et maintenant, te voilà à Old Salem et, genre, tu rafles tout ?

Elle a lancé un regard envieux à Red.

— Ton cheval est magnifique. T'as trop de chance. Moi, j'ai toujours mon gros poney. Mon père a refusé de m'acheter un cheval, parce qu'il voulait que je me concentre sur mon admission anticipée à Brown.

Elle a soupiré, puis ramené ses mèches blond platine rebelles derrière ses oreilles cloutées de diamant.

— Et t'as aussi ces bottes cavalières italiennes d'enfer et cette bombe trop cool. T'as vu, Amora ? Elles sont fabriquées sur mesure. Et c'est la bombe Charles Owen

218

que j'ai inscrite sur ma liste de cadeaux de Noël deux années de suite.

J'ai jeté un coup d'œil sur le casque qui pendait par sa sangle à mon poignet. Avant, je le considérais aussi comme un objet de luxe, comme un pull en cachemire ou une jolie montre. Maintenant, c'était juste un truc nécessaire.

— T'as trop de chance ! s'est de nouveau écriée Nadia.

J'étais tentée d'expliquer à Nadia et à Amora que Red n'était pas vraiment à moi, et que je n'avais rien déboursé pour mes bottes cavalières haut de gamme, pas plus que je n'étais allée les acheter en boutique. Une petite dame âgée italienne était venue à la résidence de Palm Beach pour prendre toutes mes mesures. Une semaine plus tard, on m'avait livré mes bottes, plusieurs jodhpurs, des chemises et des vestes de concours, ainsi qu'une splendide ceinture en cuir. Mais j'ai décidé de laisser ces deux filles baver d'envie devant moi.

— Ma location s'arrête le mois prochain, a dit Amora en jetant un regard sur son gros poney bai sans une trace de regret. Je suis bien trop grande pour lui. Et de toute façon, ma mère veut que je me concentre sur mon tennis cet été, pour que je puisse jouer à Yale…

Mais Nadia l'a interrompue :

— Attends… La ferme, Amora. Merritt, ce garçon qui monte dans la même écurie que toi ? Carvin Oliver ou je sais pas quoi… Il est trop mignon !

— C'est clair ! a approuvé Amora. Tu dois passer ton temps à le dévorer des yeux.

J'ai envisagé de leur dire que Carvin était gay, mais bon… je n'en étais pas vraiment sûre.

— Il est pas mal, j'imagine.

— Pas mal ? a répété Amora.

– Non mais je rêve. C'est quoi ton problème ? a hurlé Nadia.

Totalement dans sa bulle, Red continuait à brouter l'herbe fraîche.

– Et la remise des diplômes ? ai-je demandé, uniquement par politesse.

– Trop géniale ! s'est exclamée Nadia. J'en reviens pas qu'Ann Ware et toi ayez loupé ça.

Bizarrement, Ann et moi étions pareilles dans l'esprit de nos camarades et nos parents. On était les rebelles, celles qui avaient abandonné le lycée l'année de la terminale. Peut-être qu'un jour on redeviendrait amies.

– La remise des diplômes, c'était… a commencé Amora avant de s'interrompre.

Puis les deux filles ont échangé un regard et se sont mises à hurler de joie comme des hystériques.

Red a redressé la tête en sursaut. Les poneys continuaient à brouter.

– Sinon, tu participes à quel concours après celui-ci ? a demandé Nadia une fois calmée.

Je commençais à apprécier le ton admiratif qu'elle employait pour s'adresser à moi.

– Les Hits on the Hudson, à Saugerties, où je présenterai trois épreuves, ai-je répondu en me repassant dans la tête le circuit estival très chargé. Ensuite le Saratoga Classic. Puis Lake Placid. Puis Devon. De nouveau les Hits pour deux autres épreuves. Et la finale du Hunter Derby dans le Kentucky, début septembre.

Je me suis bien gardée de préciser que je n'avais aucune idée de ce qui se passerait après. Est-ce que je retournerais en cours ? À Good Fences ? Je continuerais de monter Red dans les concours ? Si mes parents et

M. de Rothschild avaient prévu quelque chose, ils ne m'avaient pas mise au courant.

Les deux filles me dévisageaient.

— Waouh… a fini par lâcher Nadia au bout d'un moment.

Amora fronçait les sourcils et tirait sur la longe de son poney.

— Mes parents ne me laissaient jamais concourir autant.

— Je sais, c'est beaucoup, ai-je admis.

— Personne ne fait autant de championnats, sauf pour tenter de gagner le plus d'argent possible, a déclaré Nadia. Ou alors c'est pour montrer son cheval parce qu'on essaye de le vendre.

Je savais qu'elle était jalouse, mais elle n'avait pas besoin d'être aussi mauvaise. Si M. de Rothschild visait l'argent facile, il nous aurait demandé, à Carvin et moi, de concourir avec Red et Tang à Palm Beach cet hiver.

— Je ferais mieux de le ramener dans son box, ai-je dit en reprenant Red par la longe. Bonne chance, ai-je ajouté sans aucune raison valable.

* * *

De retour dans sa stalle, Red s'est allongé et roulé dans l'épaisse couche de copeaux tout frais. J'ai secoué la tête en constatant son mépris total de la propreté ou de la décence. Il avait envie de se rouler par terre, alors il le faisait. Une fois remis debout, il s'est ébroué et a entrepris de dévorer à pleines bouchées le foin entassé dans un coin. J'adorais le regarder. Tout allait bien dans son monde tant qu'il avait un box sympa pour se détendre, suffisamment de foin et un seau d'eau fraîche.

– Toi aussi, tu me manques, disait la voix de Carvin dans le box de Tang.

Je me suis figée sur place. Je n'avais même pas réalisé qu'il était là, à côté. J'ai jeté un coup d'œil en douce dans la stalle. Carvin était assis sur le tas de copeaux et parlait au téléphone, pendant que Tang mastiquait son foin.

– Désolé de ne pas avoir appelé avant. OK, je le ferai. Je t'aime aussi, maman. Bye.

Je me suis détournée pour qu'il ne me surprenne pas en train de jouer les indiscrètes, mais trop tard. Il s'est levé.

– T'es là depuis combien de temps ? m'a-t-il demandé en me fusillant du regard à travers les barreaux métalliques.

– Je… je suis désolée. Je trouve mignon que t'appelles ta mère « maman », ai-je inventé, faute de trouver mieux. Moi, j'ai plutôt tendance à dire « m'man » ou « p'pa ». Pas très original. Ta famille doit te manquer, vu que t'es tellement loin…

Ma voix s'est évanouie. J'aurais dû m'arrêter de parler depuis longtemps.

Carvin n'a pas dit un mot. Il a fait le tour de Tang, en vérifiant ses bandes d'écurie.

– Tang a été super aujourd'hui. Vous l'avez été tous les deux, ai-je poursuivi, incapable de la boucler.

Carvin a continué de m'ignorer. Il s'est agenouillé pour rebander le postérieur gauche de Tang. J'avais envie de lui parler du coup de fil de M. de Rothschild et de mes pénibles camarades de classe. De lui demander qu'il me dépose en voiture à notre prochain concours. Mais on ne se connaissait que depuis la veille et il semblait avoir changé d'avis à mon sujet. Il ne voulait pas qu'on soit potes. On était rivaux, en réalité, et on concourait l'un contre l'autre dans les mêmes épreuves.

Ça ne lui plaisait pas de me voir gagner ? Eh bien, il risquait de passer l'été à grogner dans son coin.

Je me suis esquivée tranquillement du box de Red. Je pouvais me faire véhiculer par Béatrice, l'aider à tout ranger et à charger les chevaux, puis à tout mettre en place quand on arriverait à Saugerties. Ce serait plus sympa, de toute manière.

Béatrice avait raison. Carvin était un abruti pourri gâté qui se la pétait, et asocial en plus. Et un gros bébé. Et sans doute gay.

Troisième partie

Juin

30.
Red

Je détestais la partager. C'était en partie lié à la vie en troupeau. Quand j'étais poulain dans les prés avec mes semblables et les autres juments, je devais ruer et montrer les dents pour préserver mon petit carré d'herbe, sinon un autre poulain venait le brouter. Mais concernant Merritt, c'était surtout la personne avec laquelle je devais la partager qui me gênait.

Béatrice traînait toujours dans son sillage. Quelquefois je songeais à une manière de m'en débarrasser. D'accord, pas « quelquefois », tout le temps. J'y songeais quand elle me tenait la tête pour que le toiletteur me fasse ma natte. J'y songeais quand elle entrait dans mon box avec une fourche pour le nettoyer. J'y songeais quand elle m'apportait mes repas, quand elle remplissait d'eau mes seaux, quand elle me vaporisait d'insecticide. Je m'en prenais à elle avec mes dents ou mes sabots, chaque fois que j'en avais l'occasion, mais Merritt se trouvait avec elle la plupart du temps, et je ne tenais pas particulièrement à ce qu'elle me voie m'en prendre à Béatrice. *Je ne voulais pas être sa bête de somme*[1].

---

1. Clin d'œil à la chanson *Beast of Burden*, The Rolling Stones, album « Some Girls », 1978.

* * *

Hits on the Hudson à Saugerties, État de New York, se révéla somptueux et « hit-tastique ». Nous étions logés en première classe, dans des écuries en dur avec des stalles plus vastes qu'à Old Salem, parfaites pour un grand cheval comme moi. Comme nous étions censés y rester plusieurs semaines, Béatrice avait installé des ventilateurs à l'entrée de nos box pour nous garder au frais. Je dormais la tête dans la brise qui ronronnait, essayant de ne pas penser à quel point je la détestais, même si elle excellait dans son travail.

Nous étions tous excellents. Je ne devais même plus porter de muselière. Je me donnais tellement à fond sur la piste que j'étais trop épuisé pour semer la pagaille la nuit dans les écuries. Hunter après hunter, c'était comme si je ne pouvais pas ne pas gagner. Il y eut encore plus de rubans bleus, de médailles et d'enveloppes blanches que nous n'avions de place pour nos malles de sellerie.

Je suppose que j'aurais pu ne pas gagner. J'aurais pu la faire tomber devant un obstacle, comme sur la piste d'échauffement lors de notre tout premier concours. J'aurais pu tenter de ne pas être aussi parfait pour qu'elle cesse de s'imaginer que tout cela était définitivement acquis. Mais j'adorais gagner. Je ne recherchais plus d'attention négative. J'étais comme ces stars de cinéma gâtées qui sont invitées par les animateurs à la radio. J'avais besoin des applaudissements, des acclamations, des sifflets d'admiration. C'était ce qui rendait Merritt heureuse, en définitive.

Et Merritt *était* heureuse ; elle riait sans cesse, me serrait contre elle et m'embrassait de cette nouvelle façon désinvolte et affectueuse qui la caractérisait à présent. C'était l'aspect désinvolte qui me chiffonnait. Je la voulais toute à moi.

Le mieux que je puisse espérer, c'était que Béatrice… disparaisse tout simplement. Elle avait disparu auparavant, pourquoi pas une nouvelle fois ? Et peut-être que je pouvais agir d'une manière ou d'une autre pour la faire disparaître. J'étais plutôt astucieux pour un cheval. J'allais réfléchir à quelque chose.

« Sois sage », me disait toujours Merritt après avoir allumé mon ventilateur et la radio, quand elle me laissait pour la nuit.

Cependant je commençais à penser qu'on aurait tout à y gagner si je cessais d'être sage.

31.

Merritt

Il était tôt, le matin du Hunter Stake doté d'un prix de vingt-cinq mille dollars, notre dernière épreuve, avant qu'on s'en aille à Saratoga Springs. Red somnolait dans le vaste box confortable, rempli de copeaux de cèdre tout frais, sa tête blanche près du ronron du ventilateur.

– Il fait penser à un poulain, non ? ai-je demandé à Béatrice.

On l'a regardé dormir un moment, ses grands naseaux se dilatant et frémissant au rythme de sa respiration.

– « Tes narines s'ouvrent comme des jumelles et peuvent flairer toute ma frayeur », a déclaré Béatrice en citant – je suppose – Ann Sexton.

– C'est flippant quand tu fais ça, ai-je dit, secrètement impressionnée.

J'étais incapable de citer quoi que ce soit, sauf peut-être cette chanson débile d'Ann Ware.

Béatrice a bu bruyamment une gorgée du café glacé qu'elle avait pris au McDo, puis :

– J'y peux rien si je suis plus cultivée que toi !

C'était notre troisième semaine aux Hits. M. de Rothschild avait loué deux apparts dans Saugerties, tout près des championnats : un pour Béatrice et moi, un autre pour Todd et Carvin. Il y avait une piscine, un

Jacuzzi, et une vue magnifique sur les monts Catskill d'un côté et sur l'Hudson de l'autre. Les concours équestres version Rothschild, c'était comme passer d'interminables vacances cinq étoiles.

Todd débarquait systématiquement bourré au petit matin, puis réapparaissait en pleine forme sur la carrière d'échauffement quelques heures plus tard. Carvin continuait à m'ignorer – ce qui me convenait, puisque j'avais Béatrice. La plupart du temps, on se rendait aux concours mais, pendant notre temps libre, on était allées dans un magasin de chaussures de Saugerties, où Béatrice avait essayé toutes les paires de chaussures d'hôpital blanches qu'ils avaient en stock, en faisant mine de marchander avec le vendeur parce que celles qu'elle « voulait » portaient une minuscule éraflure.

Une autre fois, on avait suivi Carvin et Nadia Grabcheski au ciné – apparemment elle lui avait demandé de sortir avec elle –, et Béatrice et moi, on s'était assises derrière eux, cachées derrière nos lunettes de soleil et nos sweats à capuche, en essayant de ne pas glousser trop fort quand Béatrice leur lançait du pop-corn dans le dos. Un jour, elle avait fait mon lit en portefeuille et jeté des œufs sur la voiture de Carvin. Un autre, elle avait glissé de fausses araignées dans mes bottes et scotché un coussin péteur sur ma selle. Parfois ça m'agaçait, mais en général ses blagues me faisaient rigoler. Bref, on n'avait pas le temps de s'embêter avec Béatrice. Pas le temps de faire la tronche, d'être triste, ni même de regarder des émissions de télé débiles.

– On ferait mieux de le préparer, ai-je dit. On est presque à la bourre.

Carvin m'avait battue sur la piste ce matin-là. Il était déjà en train de s'échauffer.

Béatrice a ouvert la porte du box de Red, puis a hésité.

— J'entre pas là-dedans tant qu'il dort comme ça. Il va me tuer, a-t-elle dit en me tendant le licol. À toi de le réveiller.

Le cuir a glissé entre mes doigts moites pour tomber par terre. Il faisait une chaleur humide et j'étais tendue. Carvin tenait à gagner cette épreuve et moi aussi. J'ai ramassé le licol.

— Allez, Red. Debout.

Un coup de tonnerre au loin. Red s'est réveillé en sursaut. Je me suis placée de côté, tandis qu'il se redressait, puis s'ébrouait.

— Salut, toi, ai-je murmuré en lui passant le licol. On y va. On est déjà en retard.

Alors que je sortais Red de son box, le portable de Béatrice a sonné. Elle l'a mis à l'oreille.

— 'tain, faut que t'écoutes ça. Trop marrant !

— C'est qui ? Todd ?

Nouveau grondement de tonnerre, plus fort cette fois. Red a tressailli, mais je lui ai maintenu la tête en l'attachant à la longe.

— Je vais chercher sa selle, a annoncé Béatrice en me tendant son portable. Écoute ça !

J'ai collé le téléphone à mon oreille.

« Béatrice, disait une voix de femme qui articulait mal, avec un fort accent français. Je ne sais pas où tu es. D'ailleurs il m'arrive de ne pas savoir où je suis moi-même. Mais tu m'es précieuse comme un diamant rose. Ma petite fille. C'est tout. Je t'embrasse. Je te fais un gros câlin. »

Béatrice est revenue de la sellerie avec l'équipement de Red et je lui ai rendu son portable. C'était un message de sa mère, apparemment. Et ce n'était pas drôle, mais triste. Du coup, je me sentais coupable de ne pas me languir de mes parents. Ils étaient dans le Montana maintenant. Ou dans l'Utah. Je n'arrivais pas à suivre.

On a entendu un coup de tonnerre juste au-dessus de nous, suivi d'un énorme éclair.

Red a roulé des yeux, en grattant du sabot l'allée centrale en ciment. Les orages le rendaient nerveux. La pluie s'est mise à crépiter violemment sur le toit de l'écurie.

Béatrice a parcouru l'allée jusqu'à la grande porte donnant sur l'extérieur.

– Hé, ça va pas la tête ? Tout le monde s'entraîne et saute les obstacles sur la piste d'échauffement comme s'il pleuvait pas des cordes et que son cheval n'était pas malheureux et recouvert de boue. Genre le concours doit avoir lieu quoi qu'il arrive. Sérieux, ça me dépasse !

J'ai tendu la main pour attraper la bride de Red. La pluie ne me dérangeait pas.

La voix du présentateur a envahi la sono :

« Bonjour. Comme vous pouvez le voir, la météo n'est pas de notre côté, mais cela devrait se dissiper un peu plus tard. Nous allons reporter les épreuves de ce matin et nous vous tiendrons au courant des nouveaux horaires dès que la pluie aura cessé et que nous aurons passé la barre[1] sur les carrières. »

– Ça m'est égal, ai-je dit à Red, avant de détacher la longe pour le reconduire dans son box. Tu peux te rendormir.

Dégoulinant et essoufflé, Carvin fit entrer Tang au trot par la porte de derrière. La robe de la jument était si trempée qu'elle en devenait presque noire. Ses jambes et son ventre étaient maculés de boue.

------

1. Niveleuse pour damer la piste.

— Je m'en occupe ! s'est écriée Béatrice en avançant vers eux avec une efficacité impressionnante. Elle a besoin d'un bain moussant bien chaud.

— Je peux t'aider, ai-je proposé, ravie de donner un coup de main, maintenant que les épreuves étaient reportées.

La tension qui s'était accumulée en moi toute la matinée avait soudain disparu. Ce serait sympa de donner tous les trois un long bain à Tang.

Carvin a détaché la bride de sa jument sans même lever la tête. Son nez ruisselait.

— Pas de problème, je gère, a-t-il dit en reniflant. Je dégouline, de toute manière.

Béatrice s'est arrêtée net dans l'allée centrale et a mis les mains sur les hanches.

— OK, a-t-elle répliqué en levant les yeux au ciel comme elle se tournait vers moi. Tu veux aller faire un tour ?

J'ai de nouveau jeté un regard sur Carvin. Il était occupé à retirer la sangle souillée de Tang. Ses grandes bottes noires, son jodhpur beige et sa veste bleu marine étaient maculés de boue. Même sa bombe en était éclaboussée.

— Ouais, ai-je répondu.

On avait le temps d'aller chez Starbucks ou au restau. Maintenant que je montais sans arrêt, j'avais tout le temps faim.

— On peut s'absenter un petit moment.

J'allais demander à Carvin s'il voulait quoi que ce soit, mais je me suis ravisée. Il aurait besoin de retourner se changer à l'appart avant la reprise des épreuves. Il pourrait grignoter un truc en chemin.

* * *

Je suis sortie comme une flèche sous la pluie pour rejoindre la Coccinelle noire de Béatrice.

— Pas si vite ! a-t-elle hurlé derrière moi quand je m'apprêtais à ouvrir la portière passager. Elle m'a collé les clés dans la main. Tu conduis !

Je les lui ai rendues.

— J'ai pas le permis.

Elle le savait pertinemment et moi, je n'étais pas d'humeur à subir une de ses blagues. On était en train de se faire saucer.

— Mets-toi juste au volant, a-t-elle insisté, ses yeux marron écarquillés et étincelants. Dépêche-toi, c'est le déluge.

— OK.

J'ai fait le tour du véhicule et me suis mise au volant. Une marguerite en plastique – un accessoire qui faisait partie de la voiture – s'agitait gaiement sur le tableau de bord malgré la pluie battante à l'extérieur.

— OK, a repris Béatrice en glissant la clé dans le contact.

L'eau dégoulinait de partout. On était trempées jusqu'aux os.

— Commençons par le début. Ajuste le siège, puis les rétroviseurs.

J'ai grogné :

— Il n'y a que toi pour me donner ma première leçon de conduite pendant un tsunami.

Elle m'a ignorée. Une fois qu'elle avait une idée en tête, impossible de l'en dissuader.

— T'as dix-sept ans. Conduire fait partie des compétences essentielles de la vie quotidienne. Surtout que tout le monde doit rouler, genre, à quinze à l'heure avec ce temps. C'est le moment idéal.

J'ai regardé à travers le pare-brise les pistes désertes sous la pluie diluvienne. « Une compétence essentielle de la vie quotidienne. » Mamie Jo avait employé les mêmes mots, mi-sérieuse mi-taquine, quand elle m'avait appris à utiliser un ouvre-boîte sur une conserve de soupe au poulet aux vermicelles, quand on avait fait des cookies aux pépites de chocolat à partir de la recette au dos du sachet de pépites, quand on avait fait du pop-corn au micro-ondes, quand elle m'avait montré comment se servir d'un tire-bouchon pour ouvrir une bouteille de vin. M'apprendre à conduire faisait partie de la liste. Elle avait promis de le faire l'été de mes seize ans, mais elle était morte au printemps.

Mes parents ne m'apprenaient jamais rien. J'étais juste quelqu'un qui vivait chez eux. Qu'ils ne pigeaient pas. Mamie me comprenait toujours ; elle m'apprenait tout.

— La manette pour ajuster le siège est sur la gauche. T'as les jambes plus longues que les miennes et j'aime bien redresser le fauteuil, comme les routiers, pour voir au-dessus du tableau de bord. Tu veux sans doute abaisser le siège et le reculer.

Béatrice tripotait le rétroviseur.

— Regarde. Tu penses bien voir par la lunette arrière ?

J'ai regardé. Tout ce que je voyais, c'étaient des rideaux de pluie.

— Oui, j'imagine.

Elle s'est alors baissée pour remettre en place les livres qui traînaient par terre, puis elle a montré un bouquin de poche.

— Regarde mon pied. Maxine Kumin à gauche, c'est le frein.

Tout près il y avait un gros pavé.

— Ann Sexton, c'est l'accélérateur. Pose le pied sur Maxine et mets le contact.

J'ai roulé au ralenti dans le domaine, en apprenant comment démarrer, m'arrêter, tourner et me garer. Après que j'ai eu passé vingt minutes à cramponner le volant dans la position neuf heures et quart, elle m'a persuadée de m'aventurer sur la route qui était quasi déserte.

– Clignotant à gauche. C'est le tournant pour aller au Starbucks, m'a indiqué Béatrice avec calme.

– Oups ! Désolée. Houlà ! ai-je lâché, fébrile, en appuyant sur l'accélérateur au lieu du frein – si bien qu'on avait loupé l'embranchement.

– Pas grave. On arrive bientôt au fleuve, a-t-elle dit.

– Attends ! Attends ! ai-je paniqué en nous imaginant déjà plonger d'une falaise dans l'Hudson. Je dois me garer sur le bas-côté ?

– Non, tu te débrouilles super bien, m'a-t-elle assuré. Il y a un Dunkin' Donuts pas loin.

J'ai tourné dans la direction qu'elle m'indiquait et fait une manœuvre pour entrer dans le drive-in. Aucun problème pour passer la commande. J'ai baissé la vitre, mais je m'étais arrêtée trop loin. Sans réfléchir, j'ai détaché ma ceinture et bondi sous la pluie pour payer. Malheureusement, j'avais laissé le levier de vitesse au point mort et pas en position « parking ».

– Hé ! a braillé Béatrice comme la voiture commençait à rejoindre la route principale en roue libre. On bouge encore, figure-toi !

– Merde !

J'ai lancé notre sachet de donuts et de café par la portière ouverte, sauté au volant, puis fermé la portière et attaché ma ceinture pendant qu'on avançait toujours.

– Bravo, la cascadeuse ! a exulté Béatrice. C'était génial !

* * *

Le temps d'arriver en haut de la falaise avec vue panoramique sur l'Hudson, la pluie avait cessé. Le soleil transperçait les nuages qui se dissipaient et un arc-en-ciel spectaculaire est apparu au-dessus du Rip Van Winkle Bridge sur notre droite. Assises sur le capot de la voiture, on a admiré les voiliers et les oiseaux, dont les silhouettes évoquant des origamis s'entrecroisaient sur cette miroitante autoroute fluviale. C'était une vision hypnotique.

L'appartement de Manhattan où j'avais toujours vécu jouissait aussi d'une vue sur l'Hudson, mais elle n'était pas aussi jolie. J'ai pressé mon beignet à la confiture pour lécher le liquide rose et sucré qui en sortait.

– Où t'as grandi, en fait ? ai-je demandé à Béatrice.

– Moi ? a-t-elle répliqué, la bouche pleine de son donut au glaçage chocolaté. Au début, dans une banlieue merdique de Paris. Ma mère avait abandonné le lycée. Elle faisait un peu de mannequinat, avait un book et tout ça, mais moi, j'ai tout gâché en venant au monde. Elle a rencontré Roman de Rothschild quand j'avais, genre, même pas deux ans. Il nous a installées dans son château, dans un village du sud de la France. Il n'y avait pas d'autres enfants autour de moi et soit il voyageait, soit il gérait les problèmes de ma mère – genre embaucher davantage de personnel pour elle et moi. Elle était carrément nulle pour m'élever. Finalement, il l'a laissée en France et s'est installé avec moi dans les Hamptons, et les nounous m'ont élevée.

J'ai hoché la tête et regardé de nouveau le fleuve. Mes parents étaient peut-être égoïstes, égocentriques et pénibles, mais au moins ils étaient présents. Jusqu'à une période récente, en tout cas.

Béatrice a soupiré.

– Dès que j'ai été assez grande, j'ai monté des poneys. Tout le temps. J'allais à peine à l'école. Je t'ai menti en disant que j'étais pas douée. Petite, j'étais vraiment bonne. Je faisais le circuit d'hiver en Floride, puis celui d'été qu'on fait en ce moment. J'avais comme une sorte de bizness avec mon père. Il me dégotait un poney, je le montais et je raflais tout, puis il le vendait. J'ai appris à ne pas m'attacher. Puis la puberté est venue et mon corps s'est retourné contre moi. Les juges se sont retournés contre moi. C'est là que je suis devenue nulle.

Je lui ai lancé un regard.

– Ton corps ne s'est pas retourné contre toi, ai-je observé.

Elle a souri. Ses yeux avaient la même couleur que le chocolat sur ses dents. Je me suis tournée vers le fleuve.

– Dès que j'ai décidé d'abandonner l'équitation, mon père m'a envoyée en pension, mais j'ai pas arrêté de me faire virer. Suisse. Massachussetts. Angleterre. Puis Good Fences. Et de nouveau la Suisse. Alors j'imagine que j'ai grandi nulle part, en fait. Je suis, genre, sans domicile fixe.

À ces mots, elle a englouti le reste de son donut et mastiqué d'un air pensif.

J'avais fini le mien. Je sentais la chaleur du soleil sur mon visage et le capot de la voiture sous mes fesses. J'étais séchée à présent. J'ai fermé les yeux et laissé ma tête se poser légèrement sur l'épaule de Béatrice.

– Moi aussi, je suis genre SDF, ai-je dit comme si c'était vrai.

D'accord, j'avais un foyer, mais je ne m'y étais jamais sentie chez moi.

On est restées assises là un petit moment. Puis le portable de Béatrice s'est mis à sonner dans la voiture. Elle a bondi du capot pour récupérer le téléphone sur le siège passager.

– Oups ! a-t-elle lâché en tapotant sur l'écran. C'est Todd. Les épreuves ont commencé. On est en retard.

— Merde !

J'ai sauté du capot et lui ai lancé les clés. J'avais l'impression d'entendre mon cœur battre dans ma tête. Tout le sucre du beignet et la caféine que j'avais ingurgités ne m'aidaient pas.

— Grouille-toi ! Prends le volant !

Béatrice a démarré, puis fait demi-tour.

— Calmos. Ça va aller.

J'ai poussé du pied les bouquins par terre. Ann Sexton me toisait froidement sur une des couvertures en brandissant sa cigarette.

— Oh-oh… a soufflé Béatrice en stoppant au carrefour suivant. On prend au sud, le long du fleuve, ou par l'ouest ?

Elle a jeté un œil dans le rétroviseur.

— Ou peut-être qu'on est allées vers le sud et qu'on doit prendre au nord ?

— Merde !

J'ai ouvert la boîte à gants. C'est là que mes parents rangeaient leurs cartes. Une liasse de papiers est tombée sur mes genoux. La plupart à l'en-tête de M. de Rothschild avec le « R » géant en bleu. D'autres portaient le nom « Soar Farm & Vineyard » en lettres cursives avec des raisins violets entre les mots et une mouette qui volait au-dessus. Il y avait aussi un acte de vente avec un tampon rouge indiquant : « Version préliminaire ne constituant aucun engagement légal. »

J'ai aperçu le mot « pur-sang » sur un document et le nom « Sweet Tang » sur un autre.

— Qu'est-ce que tu fais ? a lâché Béatrice en plongeant sur la liasse de papiers pour la remettre dans la boîte à gants.

Derrière nous, une voiture klaxonnait.

— C'est quoi, tout ça ?

– Je te dirai plus tard, a-t-elle grogné. Pour le moment, faut vraiment que t'ailles sur Google Maps ou je sais pas quoi, et que tu nous ramènes au championnat. J'ai aucune idée de l'endroit où on est.

– OK.

J'ai pressé l'écran de son portable pour faire apparaître l'appli et nous localiser via le GPS. Je ne pouvais pas m'empêcher de lui en vouloir. C'était elle qui avait eu l'idée de m'apprendre à conduire, elle qui avait eu l'idée d'aller acheter des donuts puis de s'arrêter sur le promontoire pour les manger. Maintenant, on était perdues. Si je ratais l'heure de départ de Red pour le Hunter Stake, ce serait entièrement sa faute à elle.

* * *

De retour aux écuries, Red était déjà sellé et attaché par deux longes, avec son licol par-dessus la bride. Carvin l'avait préparé pour moi.

Je me suis approchée de Red pour le détacher.

– Désolée, mon pote. Je suis là maintenant.

Red a tapé du pied, l'un après l'autre : antérieur droit, antérieur gauche, postérieur gauche, postérieur droit. Il a fouaillé de la queue, secoué la tête et renâclé violemment.

– Tu peux le vaporiser ? ai-je aboyé à Béatrice. Il déteste les mouches. Il ne fera rien de bon si les mouches le gênent.

Elle est sortie de la sellerie avec une bouteille d'insecticide.

– Oui, ma chérie. J'en suis consciente.

Red a couché les oreilles tandis que Béatrice passait autour de lui en l'aspergeant d'un puissant nuage de produit.

— Fais gaffe à ses yeux, l'ai-je prévenue. Ils sont hyper sensibles.

Elle a lâché le spray pour prendre un chiffon.

— Je crois savoir ce que je fais, a-t-elle rétorqué d'un ton sec, avant d'essuyer la tête et les oreilles de Red.

Il a grincé des dents et piaffé d'un air agacé. J'ai ajusté la jugulaire de ma bombe, puis enfilé mes gants de cuir noir.

— Dépêche-toi ! Todd m'a dit que je passais dans cinq minutes et je dois encore m'échauffer.

Béatrice m'a tendu les rênes.

— Il est prêt, a-t-elle dit en posant les mains sur mes épaules. Attends.

Je suis restée immobile pendant qu'elle glissait des petites mèches rebelles sous ma bombe. Elle a remis les mains sur mes épaules et passé la tête sous ma visière pour me faire la bise. D'abord près de l'œil, puis sur l'autre joue, tout près de ma bouche.

— Tâche de gagner encore une fois… a-t-elle murmuré.

Je me suis écartée, troublée. C'était quoi, ça ? On aurait dit un vrai baiser, pas juste une bise de copine. Mais j'étais à la bourre. Pas le temps de lui demander à quoi ça rimait. Bon sang, Béatrice m'horripilait !

32.
Red

Merritt recula vers moi et essuya la bave de Béatrice sur sa joue.

— Faut que j'aille m'échauffer, dit-elle d'une voix aussi rageuse que moi.

Il était temps ! Béatrice et elle avaient passé toute la matinée ensemble. Et ça ne me plaisait pas. Ça ne me plaisait pas du tout.

Parce qu'elle ne t'aime pas comme je t'aime[1].

— Attends, je vais te faire la courte échelle, dit Béatrice en se jetant sur elle — et Merritt recula d'un pas en m'utilisant comme rempart.

Tout ça faisait un peu désordre.

Béatrice ne saisit pas l'allusion. Elle s'avança encore vers moi. J'en avais plus qu'assez de cette fille. J'explosai et fis un mouvement brusque, toutes dents dehors. Je mordillai la peau douce et pâle de son avant-bras.

— Hé ! Dégage, putain de cheval ! brailla Béatrice en me flanquant un violent coup de coude dans le bout du nez.

Je tombai sur les postérieurs et roulai des yeux en renâclant de colère, de surprise et douleur. Elle ne plaisantait pas quand elle frappait. Elle souhaitait faire mal.

---

1. Clin d'œil à la chanson *She Don't Love You (Like I Love You)*, Dolly Parton, album « The Great Pretender », 1984.

Merritt fit volte-face pour me calmer, en posant les mains sur mon encolure.

— Tout doux, tout doux. Ça va aller. Elle ne voulait pas te blesser.

— Oh que si ! riposta Béatrice en lui montrant la marque toute rouge sur son avant-bras. Regarde ce qu'il m'a fait.

— Tu l'as effrayé ! s'écria Merritt, tout tremblante. C'est quoi, ton problème ? Je sais qu'il peut être tout fou, mais j'apprécierais beaucoup que tu ne maltraites pas mon cheval.

Béatrice lui lança un regard assassin en se frictionnant le bras.

— C'est pas ton cheval.

— Peu importe, répliqua Merritt, avant de prendre les rênes pour me conduire au montoir[1].

Tandis qu'on trottait dans la boue en direction de la piste d'échauffement, je sentis un léger élancement dans mon jarret. Pas grand-chose, juste une petite raideur, mais cela me donna une idée. Si je me mettais à boiter maintenant et si on ne pouvait pas concourir, Merritt serait furieuse contre Béatrice, si furieuse qu'elle irait peut-être même jusqu'à la renvoyer… pour de bon.

Boum ! Houp là !

— Merritt, t'es dans la lune ou quoi ? beugla Todd depuis le centre de la carrière, où il se tenait à la tête de Tang.

La jument grise haletait, en nage. Carvin, qui la montait, me regarda en plissant les yeux quand je passai.

— Vous ne le trouvez pas bizarre ? demanda-t-il à l'entraîneur.

Oh oui. Annonce-lui la bonne nouvelle.

---

1. Sorte d'escabeau utilisé pour monter sur un cheval.

— Continue de trotter, ordonna Todd à Merritt. Il ôta son chapeau de cow-boy et s'accroupit dans la boue.

— Change de direction. Trotte sur le mauvais diagonal.

— Il compense sur son postérieur gauche, non ? demanda Merritt comme je passais une nouvelle fois devant eux.

— Ça m'en a tout l'air, admit Carvin.

— Merde alors, lâcha Todd.

Merritt me fit stopper devant eux et Todd se pencha pour me palper le membre postérieur.

— C'est un peu échauffé. Ramène-le et demande à Béatrice de le rafraîchir au jet d'eau pendant dix bonnes minutes, avant de le frictionner à l'alcool et de lui mettre un bandage. Il doit partir à Saratoga Springs ce soir. Je suis sûr qu'il ira bien d'ici deux ou trois jours.

J'attendais que Merritt lui annonce que ma blessure était entièrement due à Béatrice, mais Merritt ne dit rien. Elle se contenta de mettre pied à terre et passa les rênes par-dessus ma tête. Elle tremblait comme une feuille. Elle était tellement en colère contre Béatrice qu'elle n'arrivait pas à parler, pas même à moi. Il était temps de dire à la palefrenière : *Go your own way*[1], parce qu'elle se livrait à un petit jeu qu'elle ne pouvait absolument pas gagner.

---

1. *Go Your Own Way* (littéralement : « Va-t'en de ton côté »), chanson du groupe Fleetwood Mac, album « Rumours », 1977.

33.

Merritt

Todd s'est retourné vers Carvin et Tang.

– T'as encore une épreuve à passer, fiston. Continue de la faire trotter. J'ai pas envie qu'elle s'ankylose.

Carvin m'a jeté un regard.

– C'est pas de bol. Désolé, Merritt, a-t-il murmuré en reprenant ses rênes, avant de la lancer au trot.

La robe de la jument était immaculée maintenant. Ses pommelures grises miroitaient joliment sous le soleil d'été. L'humidité avait disparu et l'air était agréable et frais après la pluie. Le temps idéal pour un concours équestre. Mais je n'allais plus y participer, grâce à Béatrice.

– Tu parles que t'es désolé, ai-je riposté – mais pas assez fort pour qu'il entende.

Todd a remonté les barrières de l'obstacle d'entraînement.

– Fais-la sauter l'oxer en travers, puis reviens et recommence dans l'autre sens ! cria-t-il à Carvin.

J'ai reconduit Red dans la boue en direction des écuries. Je détestais le fait que Carvin et Tang l'emportent à tous les coups aujourd'hui. Et je m'en voulais d'être aussi mauvaise perdante. C'était juste une épreuve de hunter. Il y en aurait d'autres.

L'herbe boueuse était jonchée de détritus. La rangée de toilettes mobiles dégageait une incroyable puanteur.

Le jack russell de je ne sais qui n'arrêtait pas de japper. Au loin, j'ai cru entendre la chanson d'Ann Ware. « Quittons tous cet exam à la noix, noix, noix / Laisse les loseurs cocher leurs p'tites cases / Aucun de ces choix, merci, c'est pas pour moi... »

— Carvin est déjà parti ? me hurla une voix hystérique. Je lui ai promis de le regarder !

En baskets et jodhpur, Nadia Grabcheski passait devant moi à toute vitesse. Maintenant que les cours étaient finis, Amora et elle séjournaient dans la maison de vacances de Nadia, à Rhinebeck, pour être plus près des concours équestres. J'avais bien tenté de les éviter, mais elles étaient inévitables.

De retour dans la stalle de Red, je me suis dépêchée de retirer sa selle.

— Pauvre petit, ai-je murmuré en lui frottant le bout du nez, tout en regardant alentour à la recherche de Béatrice. Désolée si tu as mal.

Béatrice a surgi de la sellerie, avec ses écouteurs dans les oreilles et sa cigarette électronique au coin des lèvres.

— Qu'est-ce qui se passe ? J'allais venir vous voir concourir.

Je l'ai fusillée du regard. Tout ça était sa faute. J'aurais dû dire à M. de Rothschild de la virer quand je l'avais eu au téléphone, à Old Salem. Peu fiable et imprévisible, elle n'était pas une bonne palefrenière. Et je ne voulais plus l'avoir dans les pattes.

— Il boite, ai-je répondu avec rage. Grâce à toi.

J'ai enlevé ma bombe, puis je l'ai lancée doucement dans l'allée centrale. À l'intérieur, le petit bout de ruban bleu était taché de sueur.

Béatrice a fourré sa cigarette électronique dans la poche arrière de son pantalon, puis retiré ses écouteurs.

— Oh non... Merritt, je suis vraiment désolée.

Elle s'est accroupie ensuite pour passer ses mains sur les jambes de Red.

– Je ne pensais pas que...

Je lui ai coupé la parole :

– Non, en effet. Todd a demandé qu'on rafraîchisse la jambe de Red sous le jet d'eau. C'est le postérieur droit. Et qu'on la frictionne à l'alcool avant de la bander.

– Bien sûr, a-t-elle dit en se mettant à détacher la bride de Red. Va voir Carvin. J'espère qu'il va tomber.

Je l'ai alors fixée, bouche bée, en serrant les poings. Elle ne pigeait vraiment rien. Totalement à l'ouest, la fille. Pas étonnant que son père l'ait toujours expédiée d'une pension à l'autre. Elle était impossible à gérer. Impossible.

– Faut toujours que tu pousses le bouchon trop loin, ai-je soufflé.

Red a redressé la tête et couché les oreilles, surpris par mon ton hargneux.

Béatrice n'a pas réagi. Elle a ôté la selle, accroché une longe au licol de Ted, puis l'a mené dans l'allée centrale en direction du box de lavage.

– Je vais passer sa jambe au jet d'eau, puis lui donner un bain chaud et le sécher, pour qu'il soit tout beau tout propre pour Saratoga ! m'a-t-elle lancé sans se retourner.

– Grâce à toi, il risque de ne pas être en forme à Saratoga, ai-je répliqué – même si elle était trop loin pour entendre.

J'ai alors déboutonné ma veste de laine dans laquelle j'étouffais, puis je l'ai lancée sur ma bombe, et je suis repartie aussi sec vers les pistes.

* * *

Dans la courte période où j'étais restée aux écuries, le ciel s'était de nouveau assombri et il faisait plus lourd.

« Mesdames et messieurs, si nous pouvons poursuivre, il semble que nous aurons tout juste le temps de finir avant que la pluie ne se remettre à tomber, annonça le présentateur dans le haut-parleur. Cavalières et cavaliers, tenez-vous prêts lorsqu'on appellera votre numéro. »

Le Stetson de Todd volait dans les airs alors que je m'avançais vers la piste du hunter. Carvin et Tang venaient de remporter l'épreuve. Évidemment. Nadia Grabcheski faisait des bonds près de l'entrée en hurlant et en battant des mains. J'étais à la barrière quand Carvin a fait de nouveau trotter la jolie jument grise pour la remise du ruban bleu. Mon beignet à la confiture passait mal dans mon estomac.

Carvin a ensuite conduit Tang à l'extérieur de la carrière, avant de tendre à Todd le chèque de récompense.

– Je le posterai à tes parents depuis Saratoga, a dit l'entraîneur en glissant l'enveloppe blanche dans la poche arrière de son Levi's. D'ailleurs, j'y vais de ce pas. Je nous enregistrerai à l'hôtel et j'irai prendre vos numéros au bureau du championnat. T'as fait du bon boulot aujourd'hui. Sinon, vous avez besoin de quelque chose, les jeunes ? a-t-il ajouté en s'adressant à nous deux.

J'ai secoué la tête, en me demandant si je devais me plaindre de Béatrice auprès de lui. Ou peut-être que je devais appeler M. de Rothschild.

– J'irai voir si Red va bien dès qu'il sera là-bas aussi, m'a assuré Todd.

– On se retrouvera sur place ! lui a lancé Carvin.

J'ai regardé le Stetson de Todd s'éloigner vers le parking, sous le ciel de plus en plus sombre, l'enveloppe blanche claquant au vent dans la poche arrière de son jean.

Carvin a retiré sa bombe, puis s'est épongé le front du revers de sa manche de veste, ses yeux verts fixant le sol. Il ne semblait pas content d'avoir gagné. Il n'avait pas l'air heureux du tout. Peut-être qu'il s'était engueulé avec sa « môman ».

— Bravo, Carvin ! s'est exclamée Nadia en surgissant à son côté, plus blonde et plus lip-glossée que jamais. Elle a flatté l'encolure de Tang avec son ardeur habituelle qui m'agaçait.

— T'as été génial !

— Merci, a dit Carvin sans relever la tête.

Il m'a rejointe, à la gauche de Tang, puis a défait la sangle. Puis il s'est tourné vers moi.

— Merritt, tu veux marcher avec Tang et moi pendant que je l'aide à récupérer ?

Il était vraiment en train de me parler ?

— Bien sûr, ai-je accepté.

N'importe quelle excuse était bonne pour éviter au maximum les écuries et Béatrice.

— On se verra à Saratoga ! nous a lancé Nadia comme on s'éloignait.

On a marché en silence sur le chemin très emprunté qui longeait le parking. C'était encore plus la bousculade, maintenant que les lads et les entraîneurs s'empressaient de panser et de mettre à l'abri leurs chevaux et poneys avant le retour de la pluie.

— Hé, tu veux bien m'emmener à Saratoga en voiture ? ai-je demandé.

— Pas de souci, a accepté Carvin en souriant. Tant que ça ne t'embête pas de faire une halte chez Whole Foods[1] en chemin.

---

1. Chaîne américaine d'épiceries bio.

34.
Red

Béatrice m'a conduit dans le box de lavage, puis elle a lâché la longe pendant qu'elle ajustait le tuyau. C'était peut-être négligent de sa part, mais pas inhabituel. Les lads nous attachent rarement dans la stalle de lavage. Il n'existe rien de plus relaxant et rafraîchissant qu'un bain frais lorsqu'il fait très chaud ; la plupart des chevaux restent donc tranquilles et en profitent. Mais je ne suis pas comme la plupart des chevaux...

Ma croupe était face à l'entrée du box. À l'extérieur, sur le ciment de l'allée centrale, se trouvait l'un de ces aspirateurs que les lads utilisent pour nettoyer notre robe ou nous sécher le crin en inversant le sens du tuyau pour qu'il souffle de l'air.

Je restai calme pendant que Béatrice faisait couler de l'eau froide sur ma jambe « endolorie ». Elle avait ses écouteurs et mâchouillait sa fausse cigarette. Seules mes oreilles remuaient, d'avant en arrière, décryptant le moindre bruit. Je n'avais aucun plan, mais elle était toute seule et je souhaitais en profiter.

Du téléphone glissé dans sa poche arrière s'échappait le tempo répétitif d'une chanson hip-hop française. C'était son style de musique préféré, alors je le détestais. Je fis un minuscule pas en arrière, quasi imperceptible, puis un deuxième. Je continuai ainsi jusqu'à ce que je sente la spirale froide du tuyau enroulé sur lui-même contre mon sabot arrière droit. Je reculai encore au point de marcher directement sur le tuyau. L'eau crachota et éructa, puis cessa de couler complètement. J'en sentais toute la pression sous mon sabot.

– Hé ! brailla Béatrice, sa fausse cigarette dégringolant de sa bouche.

Au même instant il y eut un éclair puis un coup de tonnerre, si proche et si fort qu'il semblait provenir de l'intérieur des écuries. Je reculai d'un bond vers l'intérieur de la stalle de lavage, puis virevoltai et piaffai en évaluant la situation.

Après avoir reçu toute la puissance de l'eau giclant du tuyau quand j'avais bondi, Béatrice était à présent trempée. Le plafonnier du box s'était éteint. Une odeur de fumée planait dans l'atmosphère. Des étincelles fusaient des prises électriques où était branché l'aspirateur. Elle se pencha et ramassa le tuyau d'où jaillissait l'eau. Pourquoi préféra-t-elle le saisir plutôt que ma longe ? Aucune idée. La longe était accrochée à mon licol et pendillait sur le sol en ciment, si bien que j'étais libre de me déplacer à ma guise.

L'eau forma une flaque sinueuse qui tournoyait vers la grille d'écoulement. Béatrice fit un geste pour attraper la longe, mais je balançai la tête de côté en entraînant celle-ci hors de sa portée. Elle voulut une nouvelle fois s'en emparer et je bougeai encore la tête. Elle s'approchait du branchement électrique où crépitaient des étincelles, tandis que l'eau du tuyau coulait toujours dans sa main. Je connaissais les dangers de l'électricité pour avoir percuté la clôture de mon paddock à Good Fences. Je connaissais le courant électrique et ses effets sur un cheval. J'avais ma petite idée au sujet de ses effets sur quelque chose de bien plus petit.

– Arrête tes conneries, Red, me grogna Béatrice.

Nouvel éclair, nouveau coup de tonnerre. Depuis mon expérience à l'hippodrome, les éclairs m'effrayaient. Je le sentais dans mon œil invalide, dans mon épaule et dans la partie de ma mâchoire qui avait été blessée pendant la course. En réaction, je me cabrai, poussai un violent hennissement et cinglai l'air de mes sabots antérieurs. J'étais méchant jusqu'à la moelle et Béatrice se trouvait sur mon chemin.

Ensuite, tout se produisit très vite.

Béatrice tituba à reculons hors du box, loin de mes sabots rageurs, puis trébucha sur l'aspirateur. Le tuyau dans sa main aspergea d'eau l'installation électrique qui crépitait et une flaque se forma à ses pieds. J'entendis un grésillement et elle s'effondra. Mes naseaux palpitèrent en flairant l'odeur de cheveux roussis.

Béatrice ne se releva pas.

Je me tapis au fond de la stalle de lavage, dans l'attente de Merritt. J'étais infect, démoniaque.

M'aimerait-elle encore après ce que j'avais fait ?

35.

Merritt

L'orage a recommencé alors que Carvin rentrait Tang dans son box. J'ai attendu dans l'allée centrale, pendant qu'il posait une chemise anti-mouches sur la jument et vérifiait si ses seaux d'eau étaient remplis. Béatrice lui donnerait un pain et lui mettrait des bandes d'écurie quand elle en aurait terminé avec Red.

Carvin a fermé la porte du box de Tang.

– Prête ? Allez viens. Filons d'ici.

Tout en souriant d'un air joueur, Carvin m'a prise par le bras et m'a entraînée vers l'entrée des écuries. Il pleuvait à grosses gouttes. On a marqué une pause sur le seuil en se préparant à piquer un sprint.

Sous le déluge et le tonnerre qui grondait au-dessus de nous, on a traversé à toute vitesse la pelouse glissante qui nous séparait de sa voiture. Je pataugeais dans les flaques d'eau en rigolant. On était tous les deux couverts de boue et complètement saucés.

Cette fois, pas question que je conduise. J'ai sauté sur le siège passager et claqué la portière. Mes cheveux et mes vêtements dégoulinaient.

– C'est de la folie !

J'étais essoufflée et la tête me tournait.

Carvin a lancé son sac sur la banquette arrière, avant de mettre le contact.

– Oh mince, désolé…

Il s'est penché pour rassembler les emballages de barres énergétiques et les berlingots vides de jus de fruits qui traînaient par terre à mes pieds. Un par un, il les a jetés derrière nous. Puis il a tendu la main pour dérouler ma ceinture de sécurité. J'ai senti son souffle chaud sur ma joue humide.

– Voilà, a-t-il dit en l'attachant. Elle se bloque parfois.

– Merci, ai-je murmuré, tandis qu'une bouffée de chaleur m'envahissait jusqu'à la racine des cheveux.

Carvin m'a souri jusqu'aux oreilles.

– On peut y aller ?

J'ai hoché la tête en essayant de me rappeler à tout prix qu'il était homo. Il a glissé son bras libre sur le dos de mon siège puis attaqué sa marche arrière. Un cortège d'ambulances et de camions de pompiers roulait lentement derrière nous et nous bloquait le passage, leurs gyrophares et leurs sirènes quasi noyés sous les trombes d'eau.

– Sans doute un accident, a observé Carvin, les yeux rivés au rétroviseur. J'espère que personne n'est blessé.

* * *

Saratoga Springs n'était située qu'à une heure de route – en temps normal, du moins. À cause de l'orage, la circulation était ralentie et, contrairement à Béatrice, Carvin conduisait prudemment. J'avais envie de me plaindre d'elle, mais j'ai décidé de le laisser se concentrer et rouler en paix.

On est arrivés à l'hôtel et on a investi nos chambres respectives. C'était un établissement de luxe. Comme

M. de Rothschild allait nous rejoindre, il avait prévu de réserver ce qui se faisait de mieux dans le coin. J'ai pris une longue douche chaude, puis je me suis enveloppée dans un peignoir blanc de l'hôtel. J'ai ensuite appelé la réception pour connaître le numéro de chambre de Todd. Je voulais savoir si Red était arrivé et si l'entraîneur avait eu l'occasion de passer le voir.

Todd ne répondait pas.

J'ai regardé la seconde moitié du film *Avatar*, uniquement parce qu'il passait à la télé. J'ai rappelé la réception et demandé le numéro de chambre de Béatrice. C'était celle d'à côté. Je suis allée frapper à sa porte. Pas de réponse. J'ai appelé la chambre de Carvin, mais la ligne était occupée. Un peu plus tard, quelqu'un a frappé à ma porte. Je suis allée ouvrir.

Carvin se tenait là devant moi, pâle et secoué. Un truc n'allait pas. Il est entré dans la pièce, s'est assis sur le lit, puis a baissé la tête.

— Quoi ? ai-je demandé. Quoi, bon sang ?

Il a relevé les yeux.

— Je viens de raccrocher avec l'assistant de M. de Rothschild, m'a-t-il expliqué d'une voix rauque. Tu te rappelles tous ces camions de pompiers et ces ambulances ?

J'ai hoché la tête.

— Il y a eu un accident. Deux, en fait. Un sur la piste et un dans les écuries. M. de Rothschild est en route pour Saugerties, en hélicoptère.

J'ai senti la nausée m'envahir. Il était arrivé quelque chose à Red. Je n'étais pas passée le voir avant de m'en aller, trop énervée par Béatrice pour risquer de tomber une nouvelle fois sur elle. Mais pourquoi elle ne m'avait pas appelée ? Si c'était sérieux, elle savait que je voudrais être au courant.

– S'il te plaît, raconte-moi ce qui s'est passé.

Carvin a regardé droit devant lui, les yeux dans le vague.

– Béatrice est morte. Elle s'est électrocutée dans le box de lavage. Et Todd s'est fait arrêter.

Sur le coup, je n'ai pas capté ce qu'il disait. Toujours persuadée qu'un truc était arrivé à Red.

– Et les chevaux ?

Carvin m'a regardée en battant des paupières.

– Les chevaux vont bien. On les transporte ici en ce moment. M. de Rothschild m'a demandé de retourner aux Hits avec toi pour récupérer la voiture de Béatrice. Il veut que tu la ramènes ici.

– Sa voiture ? ai-je répété bêtement. Mais j'ai pas le permis ! Je sais à peine tenir un volant.

– Tu conduisais pourtant ce matin, a-t-il rétorqué d'un ton vaguement accusateur. De toute manière, je ne pense pas que M. de Rothschild y attache de l'importance. J'ai demandé si on pouvait faire quoi que ce soit et c'est ce qu'a répondu son assistant. Tu peux me suivre. Je prendrai les petites routes et je te promets de ne pas rouler vite.

– Maintenant ?

Je pouvais à peine respirer, et encore moins rouler où que ce soit.

– Non, demain matin, pour que tu ne sois pas obligée de conduire de nuit. M. de Rothschild nous retrouvera ici à notre retour et nous dira quoi faire.

Carvin s'est levé.

– Je suis désolé, a-t-il ajouté d'une voix crispée. Faut que j'y aille. Au cas où on m'appellerait dans ma chambre.

Sitôt qu'il eut fermé la porte, je me suis avachie sur mon lit, puis recroquevillée en ramenant les genoux contre ma poitrine. Béatrice était morte. C'était la seule amie que j'avais eue depuis mamie Jo. On s'était disputées, puis elle était morte. Comme mamie Jo et moi nous étions disputées avant qu'elle meure. J'avais l'impression d'être dans un film d'horreur. Dès que je me mettais en colère, les gens auxquels je tenais mouraient.

* * *

Je me suis réveillée là où je m'étais endormie sur le lit, toujours dans le peignoir blanc de l'hôtel. Le soleil avait envahi la chambre. Tout était agréable et lumineux, ce qui ne collait pas. Béatrice était morte. Todd était en prison. J'ai essuyé la bave sur ma joue et contemplé le motif de roses sur le papier peint, jusqu'à ce que Carvin frappe à ma porte.

– On va pas tarder à y aller ! T'es prête ?

Il n'y avait que cent trente kilomètres entre les Hits et Saratoga Springs. On a mis un peu plus d'une heure pour s'y rendre avec la voiture de Carvin. Le trajet du retour s'est révélé atroce. Une fois de plus, je conduisais la Coccinelle noire de Béatrice. La marguerite en plastique s'agitait sur le tableau de bord et je me cramponnais au volant à m'en faire blêmir les phalanges, les yeux rivés aux feux arrière de la voiture de Carvin. Chaque fois qu'un automobiliste approchait dans l'autre sens, je manquais faire une embardée. L'habitacle était imprégné de l'odeur de Béatrice : un mélange de frites et de café au lait glacé. L'image troublante d'Anne Sexton me fixait depuis le plancher côté passager, exhibant ses longs bras nus et sa cigarette de star.

Non, Béatrice ne lui ressemblait pas du tout. Béatrice était Béatrice, totalement unique. Et c'était mon amie. Elle me rendait folle, mais je l'aimais malgré tout. Même si je ne lui avais jamais dit. Et à présent elle était morte.

Lorsque je me suis garée devant l'hôtel de Saratoga Springs, je tremblais de tous mes membres et ne pouvais me défaire de cette boule coincée dans ma gorge. Je ne pouvais même pas descendre de voiture. J'ai juste mis le levier de vitesse en position « parking » et suis restée là, le moteur au ralenti.

Carvin a frappé à la vitre. Je l'ai baissée.

– T'as réussi. Maintenant, descends.

Je gardais les yeux fixés dans le vague.

Carvin s'est penché prudemment au-dessus de moi, il a coupé le contact, puis retiré les clés. Ensuite il a ouvert la portière et détaché ma ceinture. Sa main constellée de taches de rousseur m'a attrapée par l'épaule.

– Hé, tout va bien se passer. Viens, entrons dans l'hôtel.

Il m'a pris la main et aidée à sortir du véhicule. N'importe quel autre jour, je me serais focalisée sur sa main, sur sa proximité. J'aurais peut-être même succombé à sa gentillesse. Mais il me mentait. Tout n'allait pas bien se passer. Et sur le coup je n'avais qu'une idée en tête : savoir si oui ou non l'hôtel avait un bar, et si le barman vérifiait ou non si on était majeur. J'ai lâché la main de Carvin et je me suis dirigée vers l'entrée.

– Je suis vraiment désolé pour Béatrice, a-t-il dit en m'emboîtant le pas à l'intérieur. Vous étiez bonnes copines toutes les deux.

Un panneau à l'autre bout du hall indiquait TAVERNE. J'ai pris cette direction, en passant devant l'accueil, pour m'engouffrer dans une salle fraîche, sombre et lambrissée. Il était trois heures de l'après-midi. L'endroit était complètement vide. Le barman avait l'air de travailler là depuis plus d'un siècle.

– Que puis-je vous servir ? a-t-il demandé.

– Je vais prendre un Old Fashioned, ai-je répondu sans hésitation, avant de m'asseoir sur un tabouret pivotant.

Carvin est entré et a balayé le bar des yeux. Il s'est installé sur le tabouret voisin du mien, puis s'est éclairci la voix. Le barman a posé ma boisson, puis a haussé ses sourcils blancs broussailleux, en attendant la commande de Carvin.

– Euh… vous avez du jus de pomme ?

Carvin a fait pivoter son tabouret pour me faire face. J'ai plongé le regard dans mon verre.

– Désolé, a-t-il répété. Tu sais, si je peux faire quoi que ce soit, s'il te plaît, n'hésite pas à me demander.

Sa main s'est vaguement approchée de mon oreille, comme s'il voulait m'effleurer les cheveux ou me tapoter l'épaule. Puis il l'a baissée.

– Je serais ravi de t'aider pour… quoi que ce soit.

J'ai siroté ma boisson en silence. Le bourbon glacé était un médicament familier. Atroce à boire, mais juste ce qu'il me fallait, ce que je méritais. Carvin buvait son jus de pomme à petites gorgées. Je savais qu'il attendait que je dise quelque chose. Au lieu de ça, j'ai fini mon verre et fait signe au barman de m'en servir un autre.

Carvin a écarté le sien.

– J'imagine qu'on devrait parler de Todd. Il a volé ma récompense d'hier. Pour acheter de la drogue. Il a piqué tous nos chèques. Ça m'étonnerait qu'on en reçoive ne serait-ce qu'un seul chez nos parents.

C'était donc ça le motif de son arrestation. J'avais du mal à m'y intéresser. Mon amie était décédée et c'était ma faute. Je n'avais pas envie de discuter avec qui que ce soit. Juste d'être seule.

– Si on doit continuer le circuit, on va avoir besoin d'un nouvel entraîneur, a insisté Carvin. Je suis sûr que M. de Rothschild…

– Continuer le circuit ? ai-je répliqué.

C'était quoi, ce délire ? Béatrice était morte. Red boitait. Todd était en prison. Tout était fini, basta. Il était temps de partir. Encore que je n'avais nulle part où aller. Je ne savais même pas où étaient mes parents.

Carvin s'est détourné pour tripoter les glaçons dans son verre.

– Ouais, j'imagine. Je veux dire, de grands championnats vont bientôt se dérouler. Et on est là pour ça.

J'ai bu une nouvelle gorgée. Le deuxième verre n'était pas assez corsé. Le vieux barman avait disparu. Je me suis agenouillée sur mon tabouret, j'ai attrapé la bouteille de bourbon derrière le bar et ai rempli mon verre à ras bord.

– *Tu* es là pour ça, ai-je dit. Moi, c'est terminé.

Carvin a de nouveau pivoté vers moi. Il a posé la main dans mon dos, près de mes omoplates, et l'a laissée là. Il essayait de me réconforter, je suppose. Je suis restée là, face au bar, sans le regarder. Je ne comprenais pas pourquoi il était aussi gentil. On se connaissait à peine. J'ai pensé lui dire que s'il tenait à la vie il ferait mieux de m'éviter, mais lui expliquer pourquoi allait nécessiter beaucoup d'énergie et de larmes. Et je n'allais pas m'arrêter de blablater. Au lieu de ça, j'ai continué à regarder droit devant moi en sirotant ma boisson, maintenant très forte.

– Si t'as besoin d'une pause, de prendre le temps de réfléchir ou quoi que ce soit, c'est le moment idéal, a déclaré calmement Carvin, sa main toujours dans mon dos. Red est hors course, alors laisse-le tranquille pendant ce championnat, le temps pour lui d'aller mieux et pour toi de te reposer. Ensuite on retournera aux Hits avec l'entraîneur que M. de Rothschild nous aura dégoté et tu pourras t'y remettre. Ou, si tu veux, je peux essayer de monter Red jusqu'à ce que tu te sentes d'attaque.

J'ai ricané.

– T'as ma bénédiction. Bonne chance.

Carvin a baissé la main et fait pivoter son tabouret pour se remettre face au bar.

Voilà. J'avais réussi mon coup. Il n'aurait plus envie d'être pote avec moi maintenant.

– Hé, vous deux !

J'ai recraché dans mon verre un glaçon imbibé de bourbon. Nadia Grabcheski – championne de l'excellent timing – débarquait dans la taverne d'un pas nonchalant. Elle s'est glissée contre le bar entre Carvin et moi, et dressée sur la pointe des pieds dans son jean découpé en minishort, faisant mine de regarder ce qu'il y avait comme alcools.

– Oh, ils ont de l'Absolut Coco. J'adooore !

Elle s'est tournée vers moi en baissant la voix.

– Alors t'es au courant pour cette fille, Béatrice ? J'ai entendu dire qu'elle avait déjà essayé. C'est vrai ?

Je les ai mitraillés du regard, elle et son petit débardeur en dentelles.

– Essayé quoi ?

– De se suicider, a précisé Nadia comme si on parlait shopping ou météo. Cette fois-ci, il se trouve que… je sais pas… ça a marché.

Carvin a déplacé son tabouret pour lui faire de la place.

– Attention Nadia. Vaut mieux éviter de parler d'un truc si tu sais pas ce qui s'est passé au juste. C'était un accident. Point barre.

Nadia l'a regardé en battant des cils de son air abruti.

– Je dis seulement que j'ai entendu dire que c'était peut-être pas le cas.

Elle a saisi le verre de Carvin et en a bu une gorgée.

— J'imagine qu'on saura jamais. Beurk, a-t-elle grimacé. C'est du jus de pomme ?

J'ai vidé le restant de mon verre dans un silence rageur. Je n'avais rien avalé de la journée. Mon estomac grondait. La Bête était de retour.

— Faut que j'y aille, ai-je articulé d'une voix rauque. Dites-lui de mettre les verres sur ma note.

Jusqu'ici je n'aurais jamais osé régler les boissons avec la carte de crédit de M. de Rothschild, mais je voulais lui prouver que je ne méritais pas de monter Red à nouveau. C'était fini. Pour de bon.

— Hé, attends ! s'est écrié Carvin, alors que je descendais de mon tabouret en chancelant. Je vais te raccompagner à ta chambre.

— Non, non, ça va ! lui ai-je lancé sans me retourner. S'il te plaît, reste là et demande l'addition.

— Elle est en vrac, ai-je entendue dire Nadia. Genre sérieusement perturbée.

— Personne ne t'a demandé ton avis, Nadia, a rétorqué Carvin.

Mais elle a raison, ai-je songé en me dépêchant de quitter le bar.

36.
Red

Si je devais choisir une chanson pour illustrer parfaitement ce que j'éprouvais, ce serait *Rudderless*[1], *She's Not There*[2] ou *A Horse with No Name*[3].

Je me sentais tout le temps dans cet état. Comme si je vivais dans une sorte d'incertitude, où rien n'avait vraiment d'importance. Je dormais si profondément et si longtemps sur le sol de ma stalle que je n'aurais su dire si c'était la veille ou le lendemain. J'attendais en permanence qu'il se passe quelque chose, et j'allais attendre à jamais.

Voilà ce que j'éprouvais avant de rencontrer Merritt.

Les chevaux ne sont pas de simples créatures sociables comme les chats ou les chiens ; nous avons réellement besoin de compagnie. Nous sommes des animaux grégaires. Nous avons besoin de *trouver notre place*.

Avant de la rencontrer, je n'avais personne.

Et puis Merritt est entrée dans ma vie, et pour une fois j'étais véritablement heureux. Jusqu'à ce que je fiche tout en l'air.

---

1. *Rudderless* (littéralement : « À la dérive »), Billy Crudup ; allusion au film musical éponyme sorti en 2014.
2. *She's Not There* (littéralement : « Elle n'est pas là »), The Zombies, 1965.
3. *A Horse with No Name* (littéralement : « Un cheval sans nom »), America, 1971.

Je n'ai jamais voulu faire de mal à Béatrice. Non, sincèrement. Bon, d'accord, inutile de mentir. J'ai certes parfois eu envie de lui faire du mal. Bon, d'accord : tout le temps. C'est la jalousie qui vous fait agir ainsi. J'avais envie de la mordre et de lui donner des coups de sabot. Mais surtout, j'avais envie qu'elle s'en aille. Qu'elle disparaisse. Je n'ai jamais prévu de la tuer. Je n'avais aucun plan. J'ai simplement profité de l'occasion qui s'offrait à moi. C'est arrivé *comme ça*, voilà tout. De la même manière que Merritt et moi nous sommes rencontrés. Un pur hasard. Un heureux hasard, dans le cas de Merritt et moi. L'autre événement fut un hasard malheureux, pitoyable. Mais les accidents se produisent. Il y en aura toujours.

J'admets qu'au moment où Béatrice est tombée dans le box de lavage et ne s'est pas relevée j'étais aux anges, ne serait-ce qu'une fraction de seconde. Je me sentais si fort et si puissant, et la foudre avait frappé juste à l'instant précis. C'était si facile. Puis j'ai soudain pris conscience de l'horreur de la situation et la peur m'a saisi. Béatrice était morte et c'était ma faute.

Puis Merritt ne vint pas. Et ne revint toujours pas. *Et le soleil cessait de briller en son absence*[1].

Où était-elle ? Deux jours s'étaient écoulés depuis l'orage, depuis que Béatrice n'existait plus, depuis que Tang et moi avions été transportés vers ce nouveau concours équestre. Deux jours et pas de Merritt. Ce n'était absolument pas ce que je souhaitais. Grâce à la disparition de Béatrice, nous aurions dû être tout le temps ensemble.

---

1. Allusion à la chanson *Ain't No Sunshine*, Bill Withers, album « Just As I Am », 1971.

Sans Merritt, je n'étais pas moi-même, pas au meilleur de moi-même, du moins. J'étais celui que j'étais avant. Je détestais tout et tout le monde. Je gardais la tête basse, l'air pitoyable. Je refusais de toucher à mes céréales. Lorsqu'on me faisait trotter, je boitais plus que jamais. Le vétérinaire a glissé un thermomètre dans mon arrière-train, braqué une lumière vive dans mes yeux et mes oreilles, prélevé un peu de mon sang, et m'a passé aux rayons X. Le maréchal-ferrant a retiré mes fers, paré et limé mes sabots, avant de me poser des fers plus légers doublés d'un coussinet en mousse. Ils pouvaient toujours essayer, j'avais surtout besoin de Merritt. Personne d'autre ne pouvait me rétablir.

J'ai regardé Carvin qui sortait Tang, toute nattée et pomponnée. Un lad aux cheveux blancs d'une autre écurie s'en était occupé. Il mit ma radio sur la station de musique classique, afin qu'on puisse entendre le New York Philharmonic jouer *Don Quichotte*, sous la direction de Ludwig Minkus, dans son intégralité. Les cordes en faisaient des tonnes pour imiter le mouvement des moulins à vent, la perte de la raison. Largement de quoi rendre fou n'importe qui, mais j'avais déjà perdu la tête.

Je faisais les cent pas entre les quatre murs et mordillais la porte. Dans la cacophonie ambiante, j'entendais le présentateur appeler les cavaliers et leurs montures, et annoncer les fautes de temps et les scores. Des mouches se posaient sur mes paupières, mais je ne me donnais pas la peine de les chasser.

Quelqu'un me lança une poignée de foin que je mangeai lentement, un brin à la fois, en mastiquant encore et encore. J'arpentais mon box et je ruminais.

Carvin revint faire boire Tang et changer son tapis de selle ; je les observais sans les voir. D'un air distrait, il tendit la main dans ma stalle et me gratta le bout du nez. Je ne réagis pas. Quelqu'un me lança encore du foin et je l'ignorai.

Carvin et Tang disparurent à nouveau. Des minutes, voire des heures plus tard, ils revinrent. Tang était en nage. Avec un ruban bleu géant accroché à sa bride.

— On a gagné, mon pote ! m'a lancé Carvin. Tang a été parfaite.

Comme si ça m'intéressait.

Ce soir-là, on me remit ma muselière. Je rêvai que Merritt sautait des obstacles, mais sans moi. Elle avait regagné la Floride, montait d'autres chevaux. Je me réveillai, paniqué, impatient de prouver que je ne boitais plus. Peut-être que Merritt n'était pas revenue parce qu'elle croyait ne pas pouvoir me monter.

Le lendemain matin, quand Carvin vint chercher Tang, je hennis à son approche, grattai du sabot la porte de mon box, bref, réclamai son attention. Il me donna des carottes et me regarda m'agiter. *Laisse-moi sortir*, lui dis-je de tout mon corps. *Je vais bien, plus que bien, même.* Il ouvrit ma porte, retira ma muselière et me sortit de l'écurie pour me laisser brouter.

— Je parie qu'elle te manque, hein ? dit-il en me regardant dévorer un carré d'herbe avec toute l'énergie d'un cheval en pleine forme.

Je voulais lui montrer que je n'avais mal nulle part. Je pouvais reprendre la compétition. *Allez, réveille-toi !* Je me mis à caracoler, à m'agiter, à hennir et à fléchir mon encolure. *Tu vois ? Je ne boite plus, tout va bien.* Je pouvais galoper de jour comme de nuit, et franchir des montagnes.

— Holà ! s'écria Carvin en raccourcissant la longe, avant de me flatter l'encolure, sans prêter attention à mon jeu de jambes élaboré. Elle va bientôt revenir. Il faut juste un peu de temps.

Je lui mordillai la chemise en lui donnant des coups de tête contre la poitrine. *Dis-lui*, l'exhortai-je en silence. *Dis-lui que je veux qu'elle veuille de moi. J'ai besoin qu'elle ait besoin de moi*[1].

---

1. Clin d'œil à la chanson de Cheap Trick *I Want You to Want Me*, album « In Color », 1977.

37.

Merritt

Deuxième jour du Saratoga Classic, mais je n'y participais pas. J'étais de retour à New York. Après que j'ai eu ingurgité encore plus de bourbon pris dans le minibar, c'était flou dans ma tête... Mais je sais que j'avais ignoré Carvin quand il avait frappé à ma porte, et des tas de coups de fil.

À mon réveil, le lendemain après-midi, j'avais pris un taxi depuis notre hôtel de luxe pour rejoindre la gare, où j'avais sauté dans un train régional qui desservait New York, puis j'avais pris un autre taxi une fois arrivée à Penn Station pour aller à l'appart. J'avais utilisé la carte de crédit de M. de Rothschild pour tout, y compris la note de bar dans le train.

Il était huit heures du soir passées quand j'étais arrivée.

– On ne t'attendait pas, m'a dit Salvador, le concierge, en m'ouvrant la porte de l'immeuble. J'ai vaporisé les fougères et déposé le courrier. Les journaux sont empilés dans l'entrée.

Personne à l'appart. Une vraie étuve. Les stores étaient baissés, et le plan de travail de la cuisine recouvert d'une pellicule de poussière. J'ai remonté les stores. Notre vue sur l'Hudson était striée d'éclats de rose. La dernière fois que j'avais admiré le fleuve, c'était avec Béatrice, deux jours plus tôt, en mangeant des beignets sur le capot de sa voiture.

Je suis restée un bon moment à la fenêtre et j'ai regardé le soleil disparaître derrière le New Jersey, en me demandant quoi faire maintenant que j'étais chez moi et complètement seule.

Sous la fenêtre du coin repas étaient posés deux cartons ouverts, remplis de bouteilles de vin – du rouge et du blanc – portant le logo de M. de Rothschild. Des cadeaux en provenance de son vignoble de Long Island.

Le vin blanc avait un bouchon à vis. L'étiquette indiquait « Servir frais », mais je m'en suis versé dans un mug, avant de m'attabler avec la bouteille, la tasse et le téléphone.

Six sonneries, suivies de parasites sur la ligne.

– Allô, c'est Susan. Qui est à l'appareil ?

La connexion était mauvaise. La voix de ma mère, hachée.

– C'est ta fille. Tu te souviens de moi ?

– Merritt ? Désolée, je ne t'entends pas très bien. Où es-tu ? À Lake Placid ? L'assistant de M. de Rothschild m'a envoyé par e-mail tout ton circuit de cet été, mais là je n'ai pas accès à Internet.

– En fait, je suis de retour à la maison. Je viens d'arriver. Et vous êtes où ?

– À la maison ? Pourquoi es-tu à la maison ? On est à Kulusuk, Groenland oriental. Dans un chenil pour chiens de traîneau. On est venus ici depuis l'Alaska. J'envisage même d'adopter un chien ou deux. Ce serait sympa, non ? Des chiens de traîneau à Manhattan ! Ah, voilà ton père. Je vais mettre le haut-parleur.

Encore plus de parasites, une bousculade, des bruits étouffés.

J'ai écarté le combiné de mon oreille et repris une gorgée de vin blanc chaud.

– Salut ma fille ! a braillé mon père à m'en percer le tympan. L'Alaska, c'était fantastique. Le Groenland, de la folie. Comment vas-tu ? Et ce cheval magnifique ?

– Elle est à la maison. Riverside Drive, murmurait la voix crachotante de ma mère en fond sonore. On a laissé du vin ?

– Fais gaffe aux bouteilles ! a tonné mon père dans le téléphone.

– Michael, c'est sérieux.

– Oups ! ai-je lâché, avant de reprendre une gorgée.

– Pourquoi es-tu rentrée ? m'a demandé maman. Il y a quelqu'un avec toi ? La fille de M. de Rothschild ? Comment s'appelle-t-elle, déjà ?

– Red est boiteux. Béatrice est morte. Todd est en prison.

La ligne grésillait et le son s'en allait par à-coups.

– Quoi ? On n'en a rien su, a dit papa d'une voix plus prudente.

– Si quelque chose n'allait pas, je suis sûre que M. de Rothschild nous aurait prévenus, a approuvé ma mère.

Ils ne me croyaient pas. Et peut-être qu'ils avaient raison, peut-être que j'hallucinais depuis le début.

– J'ai conduit une voiture. J'ai roulé tout du long de Saugerties à Saratoga Springs.

Je n'avais pas sitôt fini ma phrase que je réalisais qu'elle sonnait encore plus faux.

– Quelle voiture ? Tu n'as pas ton permis. Tu ne sais même pas conduire, commençait à s'impatienter ma mère.

– Béatrice m'a appris. C'était son véhicule. C'était mon amie. On s'est disputées. Puis elle s'est électrocutée dans le box de lavage. Il se peut qu'elle l'ait fait exprès. Mais je pense pas.

Nouveau silence parasité et leurs deux voix qui murmuraient, énervés. J'ai entendu maman prononcer les mots « rechute » et « Good Fences ».

J'ai rempli de nouveau mon mug, en attendant leur réaction.

– Qui est responsable là-bas ? a demandé mon père. J'aimerais parler à la personne responsable.

– Ben… euh, c'est moi, j'imagine ? Puisque je suis seule ici…

Grésillements et bruits de friction à l'autre bout du fil.

– Passe-moi le téléphone, Michael ! Allô ? Merritt ?

Elle avait coupé le haut-parleur.

– Je suis toujours là.

Je me suis levée et j'ai ouvert le carton de vin rouge. J'ai sorti une bouteille de zinfandel, avec le « R » géant facilement identifiable sur l'étiquette.

– Reste là où tu es. Ne bouge pas, a repris maman en prenant sa voix de petit chef, censée réconforter. On te rappelle dès qu'on se sera organisés.

– OK.

J'avais pas mal de vin pour m'occuper et on ne m'attendait nulle part. J'ai posé la bouteille de zinfandel sur le plan de travail et farfouillé dans les tiroirs à la recherche d'un tire-bouchon.

– Merritt ? Merritt ? Tu es toujours là ? a demandé ma mère. Je dois me sauver. C'est l'heure de nourrir les chiens. Ils mangent du renne cru…

Comme si ça pouvait m'intéresser !

– Je vais passer quelques coups de fil. On t'envoie de l'aide. Ne bouge pas.

– Ça me va. Bye !

Et j'ai raccroché.

Je regrettais d'avoir appelé. Je souhaitais juste me terrer dans ma chambre et regarder la télé, sans être dérangée par qui que ce soit.

Après avoir mutilé le liège avec nos deux tire-bouchons, j'ai trouvé une carte du restau Hunan Delight et commandé des nouilles au sésame épicées, du riz sauté aux crevettes et des coquilles Saint-Jacques, en utilisant la carte de crédit de M. de Rothschild.

Pendant que j'attendais ma livraison, j'ai trié la pile de courrier sur le plan de travail, en cherchant les enveloppes envoyées par Todd avec mes chèques à l'intérieur. Il n'y en avait que deux, une avec deux chèques de cent cinquante dollars et une autre avec un seul de cent soixante-quinze dollars. Alors que j'avais gagné près de sept mille dollars jusque-là. Je savais que Todd avait mal agi en détournant cet argent, mais ça m'était égal. Je n'étais pas là pour le fric. Je n'étais là pour rien du tout.

Ma commande est arrivée. J'ai sorti la boîte de nouilles au sésame et touché la masse gélatineuse avec des baguettes. Ça avait un aspect et une odeur atroces.

J'ai laissé le reste des aliments dans le sac sur le plan de travail, attrapé mon mug de vin rouge, et me suis dirigée vers ma chambre.

La télécommande était à sa place sur la table de nuit. J'ai allumé la télé et je me suis affalée sur mon lit. La plupart des chaînes diffusaient en boucle des programmes qu'elles avaient passés en hiver. Pas de souci. Je pouvais voir les épisodes de « Survivor » que j'avais loupés.

Mon vieux portable était posé sur mon bureau, débranché et déchargé. Je me suis levée, j'ai récupéré le chargeur et j'y ai branché le téléphone. Peut-être que j'enverrais un texto à Ann Ware et qu'on pourrait se faire un ciné ou je ne sais pas quoi demain. Je pourrais l'aider à écrire son nouveau tube, ou on pourrait s'allonger et bronzer à Riverside Park, comme on le faisait en cinquième. Fallait que j'uniformise mon bronzage. Seuls le bas de mon visage et le haut de mon cou étaient hâlés. Le reste affichait une pâleur hivernale.

Je me suis rallongée sur le lit, ravie de me prélasser dans la douceur de ma couette lavande et l'odeur de lessive qu'ils utilisaient au pressing où on déposait le linge sur Broadway.

Cette saison de « Survivor » s'intitulait *Sang pour sang*, parce que les équipes étaient formées de membres d'une même famille. Mes parents hyper en forme auraient fait un carton dans cette téléréalité. Ils auraient été finalistes. Mais ils auraient d'abord dû former une alliance et voter pour que je dégage. Je leur aurais fait perdre des tas de points. Ou j'aurais piqué une crise et des gens seraient morts. Personne n'était quand même censé mourir dans « Survivor ».

J'ai regardé trois épisodes d'affilée sans décoller de mon lit. Le quatrième allait commencer quand mon portable s'est mis à tinter plusieurs fois de suite. Je me suis levée pour regarder l'écran.

Des SMS d'Ann Ware, envoyés huit mois plus tôt, le jour où j'avais quitté l'exam et laissé mon téléphone – celui-ci – dans le train pour New Canaan. Je ne l'avais pas rechargé depuis ; on nous interdisait les portables à Good Fences et M. de Rothschild m'en avait offert un nouveau en Floride, dont il payait l'abonnement, et que j'utilisais rarement.

« Slt. Tu vas bien ? J'ai parlé à ta mère. L'exam, ça craignait. T'as eu raison de te barrer. »

J'ai commencé à répondre tout en souriant, en imaginant la surprise d'Ann quand elle aurait de mes nouvelles après tant de mois.

« Slt Ann. C'est Merritt. Ça fait un bail. J'suis de retour chez moi. T'es ds le coin ??? »

J'ai pressé la touche ENVOI. Quelques secondes plus tard, mon portable a bipé en recevant la réponse d'Ann.

« Merci d'avoir contacté Ann Ware.
Pour de plus amples informations sur son premier album dont la sortie est imminente et sur sa tournée, veuillez contacter
Jimi Jones à Hit! Management
jimi@hit!management.co.uk
ou consultez son site de fans sur Annwarefan.com
Merci. Sachez qu'Ann vous aime. Bises. »

Ann avait bien sûr un manager maintenant, un Britannique. Et sans doute des tas de numéros de téléphone, un styliste et une assistante pour mettre à jour son actualité sur les réseaux sociaux. Je suis allée sur Instagram et une succession d'images sont apparues. Tout en haut, le post le plus récent d'Amora Wells en provenance de Saratoga Springs. C'était une photo de Carvin et Tang, qui prenaient la pose avec leur médaille et leur ruban bleu obtenus aujourd'hui à l'épreuve d'équitation.

« Devinez qui va remporter la finale ? » avait écrit Amora sous l'image, avec une flopée de petits cœurs et de smileys envoyant des baisers.

Pourtant Carvin ne souriait pas. Il avait plutôt l'air lugubre, en fait.

Je me suis de nouveau avachie sur mon lit et j'ai monté le son de la télé, en regardant l'écran sans vraiment le voir.

Qu'est-ce que faisait Red au même moment ? me suis-je demandé. Carvin lui donnait des carottes ? Avec qui il s'entraînait, maintenant que Todd n'était plus là ? Ce n'était pas que je m'en souciais. Mais quelqu'un devait donner à Red des carottes.

* * *,

Le lendemain matin, je me suis plongée dans un bain d'eau froide, en essayant de me rafraîchir. Je gardais les yeux fermés pour éviter de voir mes jambes toutes pâles, mes ongles de pieds en lambeaux, mes bras musclés, mes mains calleuses et mes ongles de mains dégueu. Bizarrement, en l'espace d'une année, mon corps était passé de celui d'une lycéenne de l'Upper East Side à celui d'une ouvrière agricole de la Grande Dépression.

L'Interphone a interrompu ma rêverie aquatique. Il sonnait et sonnait non-stop. Je suis restée là, en tendant l'oreille, comme si c'était un signal pour d'autres gens, ceux qui bougeaient et fonctionnaient normalement. Puis la sonnerie de la porte d'entrée a retenti. Paupières closes, je n'ai pas bougé. Puis la porte de l'appart s'est ouverte et une voix autoritaire familière s'est mise à appeler dans le couloir.

— Merritt, où es-tu, ma belle ?

Je me suis redressée en éclaboussant de l'eau partout. C'était Kami. Le « docteur » Kami de Good Fences.

— Merritt, tu es réveillée ? Merritt ?

Elle se trouvait derrière la porte de la salle de bains à présent. La voix de petit chef se teintait d'une note de frayeur.

— Réponds-moi, s'il te plaît.

Je suis sortie de la baignoire et j'ai enfilé ce peignoir violet bizarre en stretch de ma mère. Puis j'ai ouvert la porte.

– Salut ! a lancé Kami, toute joyeuse.

Elle portait son uniforme favori par temps chaud : un short kaki à pinces et des Crocs roses. Elle avait l'air soulagée de me découvrir en vie.

– Tu vas bien ?

J'ai tripoté le Zip du peignoir de ma mère.

– Qu'est-ce que vous faites là ? ai-je demandé.

– Tes parents m'ont appelée. Je te ramène à Good Fences, a-t-elle répondu fermement.

J'ai croisé les bras en lui rétorquant :

– Et Red ?

Kami a secoué la tête.

– Il est à Saratoga Springs. Je n'ai pas tous les détails, mais j'imagine que quelqu'un le monte toujours pour les épreuves.

Un petit sourire malveillant s'est dessiné sur mes lèvres. *Bon courage à celui ou celle qui s'en chargera,* me suis-je dit.

Kami a remonté ses lunettes sur son nez et froncé les sourcils.

– M. de Rothschild m'a demandé de te remettre rapidement d'aplomb pour que tu puisses reprendre l'équitation.

Elle a ensuite soupiré en secouant la tête d'un air résigné, comme si elle trouvait l'idée carrément naze.

Je l'ai regardée en face, en devinant que c'était encore un de ses défis. Si elle me disait que j'étais nulle, alors je ferais mon possible pour lui prouver le contraire. J'allais retourner à Good Fences, partager mon expérience avec les autres, me sentir super épanouie et, en deux temps, trois mouvements, je serais de nouveau avec Red pour gagner des rubans bleus et sourire à l'objectif.

— Béatrice est morte, ai-je dit. On s'est disputées et elle est morte.

Kami a hoché la tête d'un air compatissant et ouvert les bras pour m'inviter à un gros câlin. Mais je suis restée là, bras croisés, à la fixer. Je n'avais pas d'autre choix que de réintégrer Good Fences – elle ne partirait pas sans moi –, mais je pouvais me dispenser de l'embrassade.

Elle a baissé les bras et fourré les mains dans les poches bouffantes de son short à pinces.

— Pourquoi ne pas aller t'habiller et préparer ton sac ? Je suis garée en double file.

38.
Red

Les jours s'écoulaient, et toujours pas de Merritt en vue. Des jours qui semblaient durer des semaines.

Étrangement, en me débarrassant de Béatrice, je m'étais aussi débarrassé de Merritt. Ce matin, Carvin me sortit de mon box au lever du soleil, me pansa rapidement, puis me sella. Il me conduisit ensuite dans le manège, où l'une des petites blondes que détestait Merritt attendait auprès d'une femme avec un visage buriné et une toux de fumeur, que j'avais vue à d'autres réunions équestres.

Qu'est-il arrivé à Todd ? me suis-je demandé. Mais bon… rien n'était plus comme avant, de toute manière.

– Vas-y doucement, Amora, conseilla Carvin.

Il fit la courte échelle à la blonde qui se mit en selle. Il avait l'air nerveux, comme s'il ne jugeait pas génial le fait qu'elle me monte. Ça ne m'enchantait pas non plus.

Amora était d'un bloc – ses jambes arrivaient à mi-hauteur de mes flancs – et elle respirait la confiance. Parce qu'elle était blonde et menue. Rien à voir avec son habileté à monter. *La magie, tu l'as dans le cœur*[1].

---

1. *Groove is in the Heart*, Deee-Lite, album « World Clique », 1990.

— Fais-le juste marcher en gardant les rênes souples et laisse-le s'habituer à toi, dit Carvin.

Amora soupira d'un air impatient, comprima mes flancs avec ses jambes courtes et raccourcit les rênes.

— Candace ? demanda-t-elle à son entraîneuse, dont le visage évoquait une selle tout usée. Ça me saoule. Je peux trotter ?

— Vas-y ! répliqua Candace de sa voix rauque. Trotte, ma belle.

Amora me donna un coup de talon et je partis au trot. En passant devant Carvin, je remarquai qu'il m'observait avec l'appréhension de celui qui me connaissait. Il savait que je n'écoutais pas les ordres de n'importe qui. J'appartenais à Merritt et à personne d'autre. Je n'étais pas du genre à me laisser faire. Pas question que ces gens-là prennent le dessus. Merritt m'appartenait. Et je lui appartenais. Elle représentait tout pour moi.

Pour commencer, je n'avais jamais apprécié les manèges, et les lumières vert fluo du plafond de celui-ci gênaient mon œil invalide. Je sentais la migraine arriver. *Voilà comment je fais*[1].

À l'autre bout du manège se trouvait une fenêtre en losange qui s'ouvrait sur un magnifique pré verdoyant. Quand on l'atteignit, je stoppai, renâclai et grattai le sol du sabot.

— Il va se rouler par terre ! s'écria Carvin.

— Donne-lui des coups de talon ! brailla Candace de sa voix cassée.

Amora s'exécuta en me frappant les flancs de ses talons pour tenter de me faire avancer. Je reculai.

---

1. Clin d'œil à la chanson *This is How We Do it* (littéralement : « Voilà comment on fait »), Montell Jordan, 1995.

— Avance, Red ! hurla Carvin en marchant à grandes enjambées vers nous et en agitant les bras.

— Coups de talon ! beugla Candace. Frappe-le avec la main !

Amora me donna d'autres coups de pied inutiles. Je grattai le sol et refusai de bouger. Elle tendit la main derrière elle et me frappa la croupe. Elle fit claquer les rênes. Nouveaux coups de pied dans les flancs, encore et encore. Je renâclai et m'emballai, comme si quelque chose m'avait effrayé dans le pré. La fille fut projetée en arrière de la selle et atterrit sur ma croupe lisse et glissante. Quelqu'un d'autre allait mordre la poussière, songeai-je, mais elle resta comme par miracle sur mon dos.

— Hé, les amis ? gémit-elle. Je fais quoi, maintenant ?

— Tiens bon, répondit Carvin en marchant vers moi la main tendue. Il n'était qu'à quelques mètres, mais ne voulait pas me faire peur. Du calme, bonhomme. Tu ne veux pas nous faciliter la tâche, pas vrai ? Bien sûr que non.

Irrité de n'avoir pu me débarrasser de cette naine d'Amora, je fléchis les genoux et m'écroulai par terre.

— Non ! fit Carvin qui se tenait de côté et assistait, impuissant, à la scène, tandis que j'allais me rouler au sol pour éjecter cette fille.

Je ne suis pas le cheval que tu souhaites, baby. *Je ne suis pas le cheval qu'il te faut*[1].

— Descente d'urgence ! beugla Candace.

Amora poussa un cri strident et s'éloigna de moi dans une roulade. Sa jolie tenue d'équitation était toute crasseuse à présent. La bonne vieille astuce consistant à se rouler sur sa cavalière. Ça marchait à tous les coups.

---

1. Clin d'œil à la chanson *It Ain't Me Babe*, Bob Dylan, album « Another Side of Bob Dylan », 1964.

Candace conduisit Amora, en pleurs, hors du manège. Je me redressai, m'ébrouai, et regardai ici et là, d'un air de dire : « À qui le tour ? Quelqu'un est assez stupide pour tenter le coup ? »

– Pas si vite, Red, dit Carvin qui s'empara de mes rênes, tandis que je frottai le bout de mon nez contre son avant-bras en manquant le faire tomber à la renverse. Ça suffit ! grogna-t-il en tirant d'un geste de professionnel sur les rênes.

Il allongea les étriers au maximum et se mit en selle, ses longues jambes m'enveloppant dans une sorte d'étau à la fois doux et autoritaire.

– Au galop ! Allez. On galope.

Candace revint pour nous observer.

– C'est ça, dit-elle quand on passa devant elle pour la énième fois. Mate-le.

Carvin me montait comme si j'étais un dauphin ou toute autre créature instable qu'il devait garder en équilibre et faire filer dans l'eau à une allure soutenue, sous peine que nous soyons anéantis et nous noyions. J'aimerais le voir surfer, j'imagine qu'il doit être fort doué. Je savais que je pouvais lui donner fière allure sur la piste aussi, si je voulais me comporter correctement. J'y réfléchissais comme il me faisait ralentir et passer au petit galop, avant de me diriger vers un obstacle.

Le parcours était simple : tracé extérieur, diagonale, tracé extérieur, diagonale. Carvin déplaça son poids en arrière et tenta de me faire aborder directement le premier saut, mais je fermai mon œil valide et virai d'un coup sur la droite. Carvin se retrouva propulsé sur la gauche, en pendillant comme une grosse épaulette fort décorative. Puis je changeai d'avis et me corrigeai. Pourquoi ne pas laisser Carvin me monter ? Il était tout à fait compétent et me semblait un gars honnête.

En outre, Merritt avait l'esprit de compétition. Si elle découvrait que Carvin et moi remportions les concours, elle ne pourrait pas le supporter. Si je ne pouvais pas être avec celle que j'aimais, je pouvais aimer celui avec qui j'étais. Du moins pour quelque temps.

Carvin rectifia sa posture juste à temps et je franchis le premier obstacle à la perfection. Puis j'abordai le suivant en six foulées régulières. Je flottai au-dessus et négociai le virage en souplesse. Doucement, doucement. Encore deux sauts. Un. Deux. À présent, vous pouvez applaudir.

— Bon cheval, me dit Carvin en me flattant l'encolure comme nous terminions notre tour au petit galop.

Puis il me ramena au pas et me flatta encore.

— Bon sang, mais c'était quoi, ça ? lâcha Candace de sa voix cassée, visiblement impressionnée.

— J'imagine qu'il a changé d'avis, gloussa Carvin en me flattant toujours.

— Refais-le, ordonna Candace. Dans l'autre sens, cette fois. J'ai besoin d'être sûre que c'est pas un coup de pot extraordinaire avant que je prévienne l'organisateur que tu montes Big Red.

Je partis au petit galop, désormais résolu à me montrer gentil envers Carvin.

J'allais le faire gagner si souvent qu'elle ne pourrait pas rester à l'écart. Elle viendrait forcément se rendre compte par elle-même pourquoi tout le monde ne parlait plus que de nous ! *Sweet child been holdin' out too long*[1]. J'allais lui manquer.

1. Littéralement : « La douce enfant résiste depuis trop longtemps » ; clin d'œil à la chanson *Miss You*, The Rolling Stones, album « Some Girls », 1978.

Quatrième partie

Juillet-août

39.

Merritt

— Pourquoi ne pas monter dans ta chambre, pendant que Céline déjeune ? m'a suggéré Kami tandis qu'elle se garait devant le Pavillon. Le temps de déballer tes affaires et de te remettre dans le bain des règles en vigueur.

— Céline ? ai-je répété, un peu paumée.

Quel rapport avec moi ?

Je suis descendue de la camionnette avec mon gros sac sur l'épaule. Good Fences n'avait pas changé depuis octobre dernier, sauf les feuilles qui étaient plus vertes et la porte calcinée de la Petite École qu'on avait changée contre une rouge flambant neuve. En haut de la butte, le vieil abri de Red était vide. On n'y entendait plus de rock classique ni de hennissements affectueux.

— Viens, a repris Kami en claquant sa portière. Suis-moi.

Elle m'a amenée au premier, dans ma nouvelle chambre, juste à côté de celle que j'avais été censée partager avec Béatrice. Il y avait deux lits dans cette pièce. L'un était fait, avec les draps et le couvre-lit blanc standards de Good Fences. L'autre, au carré, avec une couette à rayures roses et blanches. Sous celui-là, il y avait aussi une paire de mules roses minutieusement alignées. Une chemise de nuit rose pâle était soigneusement pliée sur l'oreiller à rayures. Sans oublier le gros panda en peluche rose, qui trônait dessus et me fixait de ses yeux noirs perçants en plastique.

– Houlà ! ai-je lâché en faisant volte-face. S'il vous plaît, ne m'obligez pas à partager sa chambre. Je vous en prie ! Et Tabitha ? Je veux bien être sa coloc.

Kami se tenait dans l'entrée et me barrait le passage, le visage déterminé.

– Tabitha est rentrée chez elle. Merritt, ta stratégie d'adaptation, c'est l'évitement. Tu veux rester seule pour ne parler à personne, ne voir personne ou ne pas devoir gérer ce qui te dérange. Eh bien, je suis désolée, mais à moins d'être peintre ou poète, il y a des tas de choses qu'on ne peut pas accomplir toute seule.

– M'enfin… Céline ? Pourquoi elle à tout prix ?

Kami remonta ses lunettes sur sa tête, puis les rabaissa sur son nez.

– Vous avez toutes les deux perdu quelqu'un dont vous étiez proches. Lacey, la jument avec laquelle Céline a toujours travaillé ici, a souffert d'une colique un soir, peu après ton départ. On a tout essayé. Céline est restée auprès d'elle pendant quarante-huit heures à lui parler et à la faire marcher. Mais Lacey avait vingt-six ans. Et plus la force de lutter, tout simplement.

– Je suis désolée.

Je n'avais jamais vraiment appris à connaître les chevaux de Good Fences, à part Red, mais c'était triste quand un animal disparaissait, quel qu'il soit.

– Et tu as perdu Béatrice, a poursuivi Kami. Je sais que vous étiez proches toutes les deux. Son père craignait le pire quand elle est devenue ta palefrenière, mais c'était mon idée. Je pensais que vous formeriez une bonne équipe. Et ce fut le cas.

Je l'ai regardée en battant des paupières.

– Jusqu'à ce que je pète un câble et qu'elle meure.

Kami a inspiré un grand coup et souri d'un air lugubre.

– Tu veux en parler ? Alors parlons-en. Plus tôt tu te sortiras ça de la tête, mieux ce sera. Normalement, j'aborderais le sujet de manière plus détournée et je te laisserais y venir quand tu serais prête. Mais je n'ai pas le temps. M. de Rothschild veut te revoir en selle pour je ne sais quel grand événement de jumping à Lexington, dans le Kentucky. Mon job, c'est de t'aider à t'y préparer.

Je lui ai lancé un regard assassin, tandis qu'elle battait en retraite dans le couloir.

– Et si j'ai pas envie d'aller dans le Kentucky ? ai-je riposté.

Elle s'est retournée, mains sur les hanches.

– Tu as cinq minutes pour t'installer. Ensuite je veux te voir en bas, à l'écurie. Céline et toi allez vous occuper d'Arnold, le gros cheval de trait.

40.
Red

Je n'étais pas du tout certain d'y parvenir : me comporter correctement, je veux dire. Mais il fallait que j'essaye. Je devais tenter de gagner. Afin que Merritt l'apprenne, soit jalouse et revienne pour moi.

On était toujours à Saratoga Springs. Carvin avait hâte de concourir en me montant. À juste titre, d'ailleurs. Il tenait les rênes hautes lorsqu'on fit notre tour d'ouverture au petit galop, en se préparant à sauter la grande haie barrée à l'autre bout de la piste. Certains cavaliers font semblant de comprendre cette notion de « partenariat », mais je sentais qu'au tréfonds de son cœur de surfeur californien Carvin était du genre à tout vouloir régenter. Il aimait mener son cheval le long du parcours, le diriger avec ses genoux, ses chevilles, ses épaules et ses coudes. Il manipulait sa monture comme sa planche de surf, qui était un objet inanimé.

Je décidai de ne pas le laisser s'en prendre à moi et de me borner à faire mon travail. On franchit la haie avec style et je tournai pour prendre la diagonale, en sautant du côté gauche de l'obstacle en rondins, puis j'attaquai avec mon antérieur droit le tracé courbe vers la droite, et franchis l'effrayant saut de puce en tonneaux de bière avec les lapins gris qui couraient en travers des chandeliers. Je ne pense pas avoir jamais sauté de manière aussi directe et aussi vive. Dans la vision périphérique de mon œil partiellement aveugle, je voyais les dents blanc perle du juge qui nous souriait. Carvin semblait de plus en plus angoissé à mesure qu'on avançait. Il gardait les mains haut placées et son poids à l'arrière, comme s'il s'attendait que j'effectue un saut périlleux par-dessus un obstacle et que je le fasse dégringoler par terre sur la tête. J'imagine que je l'avais traumatisé, le pauvre petit. Je négociai le virage au petit galop avec toute la grâce et le rythme que je pouvais puiser en moi, en dépit de ses mains très haut placées. Un, deux, trois. Un, deux, trois. J'attaque et hop ! je franchis la palanque, réception… Puis cinq, quatre, trois, deux, un, et hop ! je saute par-dessus cet étrange obstacle d'eau qui ressemble vaguement au pont de Brooklyn.

No sleep in Brooklyn[1] *!*

Le *boum-boum-tchak* de la célèbre chanson des Beastie Boys résonnait dans ma tête, et les deux derniers obstacles évoquaient ce léger soubresaut qu'on éprouve en roulant sur la seule aspérité d'une route au bitume parfaitement lisse sur des kilomètres. Avant qu'on nous attribue un sans-faute, on avait franchi l'unique oxer, atterri et effectué une pirouette cadencée qui en mit plein la vue au juge à moustache souriant jusqu'aux oreilles. *Oh ouais, je fais ça, je fais ça, je fais ça tellement bien*[2]…

Victime d'amnésie passagère, j'attendais les sifflets admiratifs de Béatrice, sa marque de fabrique. Puis Candace éructa un « Ouaaaaais ! » éraillé, et je me suis

---

1. Clin d'œil à la chanson *No Sleep till Brooklyn*, Beastie Boys, album « Licensed to Ill », 1986.

2. Clin d'œil à la chanson *Doin' it* du rappeur LL Cool J, album « Mr. Smith », 1995.

souvenu : Béatrice n'était plus là. Le tableau d'affichage fit apparaître une série de chiffres lumineux, sous les cris de la foule en délire. Nous étions en tête.

Carvin se pencha sur mon encolure et me frotta le haut de la nuque.

– Tu m'avais bien caché ton jeu, murmura-t-il. Qu'est-ce que je vais dire à Tang ?

Je secouai la tête et renâclai. Ce n'était pas mon problème.

Il restait encore deux chevaux en compétition, mais le premier refusa de sauter l'obstacle d'eau et le second n'avait pas mon niveau impeccable. Il m'arrivait parfois de mal négocier un virage ou deux, mais pas aujourd'hui. Aujourd'hui, j'étais parfait.

Si seulement elle pouvait voir combien *son amour me portait toujours plus haut*[1].

Je restai immobile et élégant pour les photographes, le ruban bleu flottant à ma bride. Carvin ne cessait de me flatter, sans doute plus soulagé de ne pas avoir été tué par mes soins qu'enthousiasmé par notre victoire. J'étais capable à la fois de tuer et de gagner. C'était le sombre secret que j'aurais à porter pour le restant de mes jours, mon véritable handicap.

– Vous formez tous deux une grande équipe, dit le juge à Carvin en lui remettant notre médaille.

Pas si vite, mon pote. Mon équipe ne comptait que deux membres et l'un de nous manquait à l'appel.

---

1. Clin d'œil à la chanson *(Your Love Keeps Lifting Me) Higher and Higher*, Jackie Wilson, album éponyme, 1967.

41.

Merritt

En été, la sortie shopping était remplacée par la sortie à la plage.

Moi et le reste de la troupe de détraquées sommes descendues pêle-mêle de la camionnette de Kami, avant d'attaquer sur la pointe des pieds le sable chaud de Hammonasset Beach. L'endroit semblait étonnamment joli et propre, en dépit de sa proximité avec l'autoroute et New Haven.

Pendant que les autres filles couraient en tête pour se réserver un bon coin, je me suis mise à ralentir, ma serviette de bain plaquée contre ma poitrine. Je me sentais dans le même état qu'au centre commercial – comme une extraterrestre en visite. En chemin, le « Dr » Kami avait proclamé que la vitamine D était bonne pour la dépression. Elle avait tort. En me retrouvant au milieu de toutes ces personnes insouciantes qui profitaient des embruns et du soleil, je n'avais qu'une envie : plonger sous la couette, télécommande en main.

– Qui est partante pour du bodyboard ? s'est écriée Sloan en piquant un sprint vers les vagues, avec la seule planche de surf disponible, coincée sous son bras tout maigre et criblé de taches de rousseur.

– Deuz ! braïlla Amanda en lui courant derrière, suivie par les trois nouvelles de treize ans qui s'étaient trouvées dans un accident de bus scolaire à Darien et souffraient de stress post-traumatique – Sloan et Amanda étaient les meneuses.

– Vous deux, gardez la boutique pendant que je pars acheter de l'eau, a dit Kami à Céline et moi.

Tout en plissant les yeux à cause du soleil, je regardais les jeunes ados gambader joyeusement dans les vagues.

– C'est quoi, leur problème, au juste ?

– À qui ? m'a demandé Céline en dépliant sa serviette.

Elle s'est étendue dessus, nez au soleil, paupières closes, manifestement décidée à soigner son bronzage. Les os de ses épaules, de ses hanches et ses côtes étaient si saillants que je devais regarder ailleurs.

– Sloan et Amanda, pourquoi elles sont là ?

Céline s'est redressée sur les coudes et m'a regardée en plissant les yeux.

– C'est un peu dingue, en fait. Sloan est une menteuse pathologique. Franchement, tu ne peux rien croire de ce qu'elle te raconte. Et Amanda prétend avoir un grand secret qu'elle peut pas répéter mais qui implique plus ou moins Sloan. Elles ne parlent que de ça entre elles. Elles rendaient leurs parents cinglés, alors ils les ont envoyées ici. Kami n'arrive pas à en tirer quoi que ce soit non plus. Et elles adorent être ici, parce qu'elles peuvent être tout le temps ensemble. Elles ne vont jamais révéler leur secret.

J'ai observé les deux filles qui pataugeaient dans l'eau. Elles souriaient et rigolaient, me paraissant tout à fait inoffensives.

– Peut-être qu'il n'y a pas de secret. Peut-être que c'est juste un autre mensonge de Sloan.

Céline s'est rallongée sur sa serviette.

– Peut-être, a-t-elle déclaré d'un air dubitatif.

Je me suis alors dit que je n'avais pas vraiment réfléchi à la raison de ma présence à Good Fences... pour la deuxième fois. Depuis mon arrivée, une semaine plus tôt, j'évitais les discussions que Kami tentait d'aborder avec moi, comme l'exam que j'avais esquivé, la mort de Béatrice et tout autre sujet délicat, en préférant considérer l'endroit comme un centre de remise en forme ou faisant partie d'un programme de protection des témoins, où on n'exigeait rien de moi hormis respirer, manger, dormir et accomplir les corvées d'écurie.

— J'espère que vous avez de l'écran solaire, a dit Kami à son retour, avant de déplier son transat. J'ai de l'indice 50, au cas où.

— Moi ça va, a murmuré Céline sans rouvrir les yeux.

Kami avait apporté une radio avec elle, le modèle identique à celui qu'on utilisait dans le box de Red. Elle l'a allumée et réglée sur la station de rock classique, la seule qu'on captait à Good Fences. Sur la plage, ou devait pouvoir en capter d'autres avec une bonne réception.

— Ça te dérange ?

J'ai secoué la tête. À tous les coups, c'était encore une de ses tentatives pas très subtiles pour me triturer l'esprit. Comme si les premiers accords de *Jack & Diane*[1] me feraient tellement regretter Red que j'allais sauter le pas et lui déballer tout ce qui me perturbait, avant d'être aussitôt guérie, comme M. de Rothschild et elle le souhaitaient.

— Non, ça va... ai-je ajouté en croisant les bras et en regardant vers le large.

—————————

1. Chanson de John Mellencamp, album « American Fool », 1982.

La station enchaîna sur *Mellow Yellow*[1]. À un moment donné, le chanteur parlait de « bananes électriques ». Ben j'étais moins ravagée que lui, en tout cas.

– Oh, j'ai failli oublier ! a lâché Kami en plongeant la main dans son sac fourre-tout en toile vert et rose de chez L.L. Bean, dont elle a sorti une poignée de feuilles qu'elle m'a tendues par-dessus le corps allongé de Céline. Tes e-mails ! Désolée. J'étais tellement à la bourre ce matin que je n'ai pas pu les imprimer pour te les donner au petit déj. Je me suis dit que tu aurais le temps de les lire ici, à la plage.

J'ai pris les feuilles. Kami a baissé le son de la radio et s'est calée dans son transat.

– Pas plus loin, les filles ! a-t-elle crié aux autres. Il faut que je puisse vous voir !

J'ai attrapé la serviette où j'étais assise pour me la coller sur la tête, histoire d'improviser une minitente où je pouvais lire à moitié à l'ombre et en toute intimité.

Dans un mélange d'impatience et d'appréhension, j'ai examiné la petite liasse de feuilles. Le premier e-mail venait de ma mère. Il était très court, ce qui m'a agacée. Qu'est-ce qui déconnait chez mes parents, au juste ?

Chère Merritt

Désolée de ne pas t'avoir donné de nouvelles plus tôt, mais on n'a pas toujours accès à Internet ici. Je voulais rentrer et passer te voir, mais ton père m'en a dissuadée. Kami me tient au courant et j'ai l'impression que tu es là où tu as besoin d'être en ce moment. J'espère que c'est aussi ce que tu ressens. Je viens d'envoyer une lettre de condoléances à M. de Rothschild. Quelle affreuse tragédie ! Sinon ce voyage a été très épuisant. Ton père et moi avons travaillé sur nos

---

1. Chanson de Donovan, album « Mellow Yellow », 1967.

propres problèmes, un sujet que je ne vais pas aborder ici.
La grande nouvelle, c'est que je risque de rapporter un ou
deux chiens de traîneau avec moi. Sympa, non ?

Kami m'a appris que vous alliez à la plage tous les
dimanches ; j'espère que tu profites du soleil. Mais avant
tout, on souhaite que tu te sentes mieux d'ici peu.

Ton père t'embrasse.

Et moi aussi,

Maman

Je me suis brièvement demandé ce qu'elle voulait
dire par « travailler sur nos propres problèmes ». Quels
problèmes ? Ils avaient toujours eu l'air parfaitement
compatibles : deux profs de fac qui aimaient courir. Sous
ma serviette, j'ai changé de feuille. La sueur perlait sur ma
lèvre. Le deuxième e-mail provenait de M. de Rothschild.

Ma très chère Merritt,

Tout d'abord, j'espère que tu voudras bien m'excuser de
ne pas t'avoir écrit plus tôt. La disparition si soudaine de
Béatrice a été un grand choc. Dans ma peine, je suis resté
en France auprès de sa mère. Ce matin, nous avons donné
une petite cérémonie en sa mémoire et déposé ses cendres
dans le caveau familial, avec ses grands-parents, sur la colline
située derrière notre château, à Saint-Rémy-de-Provence. Je
sais que tu étais là avec nous en pensée. Béatrice n'était pas
douée pour conserver ses amitiés, mais tu fus pour elle une
bonne amie. Elle a eu de la chance de t'avoir.

Todd, ton entraîneur talentueux mais ingérable, suit un pro-
gramme de désintoxication dans le Kentucky. Il s'agit d'une
exploitation agricole, où sa contribution est très appréciée.
J'espère qu'ils pourront l'aider en retour.

J'espère aussi que tu profiteras de ton séjour à Good
Fences et laisseras Kami faire son excellent travail afin que

tu puisses terminer le circuit estival avec Big Red. Le nouvel entraîneur m'a confié hier que Carvin avait monté Red dans la dernière épreuve du Hunter Classic à Saratoga Springs et qu'ils étaient champions ! Carvin a également gagné les deux épreuves d'équitation et il est arrivé deuxième sur Sweet Tang dans la catégorie junior hunter. C'est un cavalier chevronné, mais ta présence le stimule et lui apporte toute la compétitivité nécessaire.

Les chevaux ont été acheminés à Lake Placid, où il fait beau et frais. Carvin y montera aussi Red. Puis ils se rendront à Devon en Pennsylvanie, pour le Championnat national de la côte Est. C'est un événement très important et tu as suffisamment bien monté Red pour y participer. Si tu dois le manquer, tant pis, mais espérons que ce sera le dernier concours que tu manqueras.

Dans l'intervalle je vais rester en France, pour soutenir la mère de Béatrice dans sa douleur. Avec le temps, notre chagrin à tous finira par s'apaiser.

J'espère te voir à Lexington. Ton cheval t'attend. Nous t'attendons tous... à bras ouverts.

Tous mes vœux t'accompagnent,

Roman de Rothschild

J'ai relu la lettre. J'avais oublié combien M. de Rothschild était sympa. Il n'essayait pas de me forcer la main. Il tenait sincèrement à moi, davantage que mes parents, j'avais l'impression.

Et Red convenait à Carvin. Il n'avait pas besoin de moi, au final. Il continuerait à gagner ; Carvin passerait sans doute pro pour ses dix-huit ans, et ferait une longue et belle carrière.

J'ai glissé la feuille sous les deux autres et je suis passée au troisième e-mail, m'attendant qu'il provienne encore de mes parents. Mais c'était Carvin qui m'avait écrit.

Salut Merritt,

Je sais que t'étais en pétard de me voir rester au championnat et continuer de monter après ce qui s'est passé. Je ne sais toujours pas si c'était la meilleure chose à faire. Pourtant je ne me sentais pas le courage de rentrer chez moi en Californie. On n'en a jamais vraiment parlé, mais ma mère est super possessive et mon père est parti pour de bon, alors la maison, c'est pas un endroit génial pour moi. J'espère que tu peux comprendre.

Ici c'est très tranquille depuis un moment. Je pense à toi tout le temps. J'espère que tu vas bien.

J'ai monté Red... Oui, je sais, c'est dingue, hein ? En fait, il me laisse faire. Au début, il était atroce, mais j'imagine qu'il a changé d'avis. Peut-être que tu lui as envoyé un texto ? Ma mère a un petit yorkshire appelé Toast qu'elle adore, et chaque fois qu'elle doit le laisser à la maison, elle vérifie sur son portable si Toast ne lui a pas envoyé un SMS... Maintenant tu dois carrément me prendre pour un fou. Enfin bref, Red a été trop génial. J'essaye de lui parler comme tu le fais toujours, mais j'ai l'impression qu'il préfère juste écouter sa musique. Tu nous manques à tous les deux.

Bon, ben c'est tout, je pense. Je voulais juste te faire un coucou.

Prends soin de toi,

Carvin

J'ai relu trois fois l'e-mail. L'anecdote sur sa mère et son chien, c'était exactement le genre de truc dont Carvin n'aurait jamais parlé devant Béatrice. Elle se serait moquée de lui. Je manquais à Red. Mais Red était « génial » et ils gagnaient tous les deux. Carvin disait aussi que je lui manquais.

J'ai écarté la serviette. J'avais le visage dégoulinant de sueur. Mon tee-shirt me collait à la peau. Le soleil m'aveuglait. Céline s'était retournée sur le ventre. Elle me faisait penser à un de ces squelettes de dinosaure en modèle réduit. Je voyais chacune de ses vertèbres. Ses omoplates saillaient comme des ailerons de requin.

– Un peu d'eau ? m'a proposé Kami.

J'ai hoché la tête et elle m'a lancé une bouteille. Je l'ai ouverte et ai avalé tout le contenu. Kami avait dû lire mes e-mails, puisqu'elle les avait elle-même imprimés.

– Tu veux qu'on en parle ?

Elle a sorti de son sac un énorme chapeau de soleil.

J'ai secoué la tête. La transpiration gouttait de mon menton et perlait sur mes cils.

– Piquer une tête te ferait du bien, j'ai l'impression.

Je me suis levée et j'ai couru vers l'eau. Je n'étais pas en maillot de bain et n'avais pas apporté de quoi me changer, mais l'eau froide me faisait l'effet d'un baume apaisant sur les chevilles. J'ai pataugé un peu, je suis tombée à genoux et j'ai plongé tête la première.

42.
Red

Il existe une idée fausse couramment répandue, selon laquelle les chevaux seraient daltoniens. Eh bien non. L'herbe est verte. Le ciel est bleu, sauf quand il devient gris ou noir. En outre, nous pouvons voir sur le côté – grâce à notre vision périphérique, pour être plus précis. Et notre acuité visuelle nocturne se révèle bien meilleure que chez la plupart des animaux, humains y compris. Alors que vous roulez tant bien que mal les phares allumés, nous pouvons traverser un champ au galop à minuit sans faire le moindre faux pas. C'est la raison pour laquelle nous préférons les sorties de nuit. Brouter la nuit en été est absolument fabuleux.

J'imagine que ce fut ma récompense pour avoir effectué non pas un, non pas deux, mais *trois* parcours spectaculaires à Saratoga.

Après avoir quitté cet endroit, nous avons voyagé pendant quelques heures et sommes arrivés dans un lieu plus frais appelé Lake Placid. On m'a sorti dans mon propre petit paddock verdoyant avec vue sur les montagnes, mais pas le moindre lac à l'horizon.

Même si le soleil était couché depuis un moment, je voyais Tang brouter dans le paddock voisin du mien. Puis le veilleur de nuit debout à l'entrée de l'écurie, à quatre cents mètres de là. J'apercevais un petit mulot qui fuyait une couleuvre ondulant dans l'herbe. Je sentais les pins, et peut-être même le fameux lac, et j'aurais aimé que Merritt soit là pour les sentir aussi.

Ma vision double me jouait des tours, car lorsque je tentais de me rappeler ce jour-là, le dernier où nous étions ensemble, tout était sombre et confus, un peu comme ce que doivent voir les humains la nuit, dans le noir.

Ce qui était arrivé ce jour-là dans le box de lavage me hantait et me tourmentait, mais pas de la manière dont vous pourriez le penser. Béatrice ne me manquait pas. J'étais ravi de m'en être débarrassé. Toutefois je regrettais ce que j'avais fait. Parce que Merritt n'était plus là à présent. Et même si je gagnais avec Carvin, j'avais l'impression que l'animateur passait en boucle un silence radio, ou cette chanson, *Comfortably Numb*[1].

Comment avait-elle pu disparaître comme ça ? Elle ne m'aimait pas ? Elle ne tenait pas à moi ?

---

1. Littéralement : « Agréablement engourdi », chanson des Pink Floyd, album « The Wall », 1979.

43.

Merritt

Céline avait attrapé tellement de coups de soleil qu'elle ne pouvait ni marcher, ni parler ni manger. Encore qu'elle n'avalait jamais grand-chose.

– Je peux entrer ? ai-je demandé en entrouvrant la porte de notre chambre.

Quand j'étais descendue dîner, elle faisait trempette dans un bain glacé aux flocons d'avoine. Kami m'avait donné un milkshake à la vanille et un spray à l'aloe vera pour elle.

– Ça fait mal, a gémi Céline.

J'ai ouvert grand la porte. Elle était allongée sur le dos, sous son drap rose à rayures.

– Je t'aurais sans doute mise en garde, mais t'as tellement de produits de beauté que j'ai supposé que t'avais mis de l'écran solaire.

– J'avais envie de bronzer, a ronchonné Céline.

Je suis allée dans la salle de bains me brosser les dents et enfiler le tee-shirt vert et jaune de l'Ox Ridge Club avec lequel j'aimais dormir. Puis je me suis allongée sur mon lit. La pièce était dans le noir, hormis une faible lumière qui passait par les fenêtres ouvertes. De temps à autre, un des poneys dans le pré renâclait doucement d'un air satisfait, pendant qu'ils broutaient au clair de lune.

Je les écoutais, tranquillement étendue, et repensais à mes e-mails lus sur la plage. J'y avais songé toute la journée. J'aurais voulu qu'on me dise que personne ne pouvait monter Red comme moi, mais ce n'était pas le cas. Red et Carvin gagnaient. Alors, pourquoi M. de Rothschild était si pressé de me voir reprendre la compétition ? Il n'avait pas besoin de moi. Carvin se débrouillait très bien tout seul.

— J'ai jamais eu de petit copain, et toi ? m'a soudain demandé Céline en m'arrachant à mes pensées.

J'ai secoué la tête dans le noir.

— Non…

— Et une petite copine ? a-t-elle ajouté en gloussant.

Mal à l'aise, j'ai repoussé le drap d'un coup de pied. Si j'allumais et me mettais à lire, Céline cesserait de me parler. Je ne crois pas qu'elle espérait une réponse. Elle essayait juste d'être drôle. Mais je ne trouvais pas sa question drôle.

— Béatrice a tenté de m'embrasser une fois, ai-je avoué. Enfin, je crois que c'est ce qu'elle a tenté de faire. Ça m'a mise en pétard. Mais pas juste à cause de ça. C'est la manière dont elle traitait Red aussi.

J'ai alors entendu Céline heurter sa tête de lit dans un bruit sourd.

— Attends. Ça veut dire que vous deux… Beurk !

Elle s'est agitée sur son matelas.

— Aïe ! Mes coups de soleil !

Je n'avais pas envie que Céline continue de s'imaginer je ne sais quoi.

— Ça m'a fait flipper, ai-je admis.

— Quand elle est morte, tu veux dire ?

— Non, quand elle m'a embrassée. Elle l'a fait. Et ça m'a mise en rogne, ai-je grimacé. Et après elle est morte.

— Béatrice était tellement zarbi. Au moins elle était sympa avec toi, remarque. Avec moi, jamais.

– Pour être sympa avec toi, faut se lever de bonne heure ! ai-je répliqué en essayant de rigoler pour me détendre.

– Ben merci ! Pas étonnant que tes parents soient au Groenland ou je sais pas où – le plus loin de toi possible.

– Oh, trop aimable ! Pas étonnant que tes parents t'envoient toujours ici.

– Hé, évite de passer tes nerfs sur moi. Personne ne m'envoie ici. Je viens de mon plein gré. Contrairement à certaines personnes.

Je me suis redressée comme une furie. J'ai cherché dans le noir autour de moi un truc à balancer sur le corps en feu de Céline. Un livre, c'était ce qui se trouvait de plus proche. Cartonné, en plus.

– Hé ! Aïe, aïe, aïe ! s'est écriée Céline quand le bouquin a cogné le mur avant de dégringoler sur elle.

Son panda rose géant a valsé en travers de la chambre puis percuté la fenêtre au-dessus de mon lit. Je le lui ai renvoyé.

– Mes cloques ! pleurnichait Céline.

Toujours aussi furax, je me suis levée, j'ai attrapé sur la commode son précieux kit de produits de beauté format voyage et je l'ai balancé à l'autre bout de la chambre. Les petits flacons en plastique ont heurté le mur, puis déferlé par terre.

– Arrêêête ! a hurlé Céline.

La porte de notre chambre s'est ouverte et le plafonnier s'est allumé.

– Qu'est-ce qui se passe, bon sang ?

C'était Kami, dans un affreux peignoir imprimé camouflage. On aurait dit la gardienne d'une prison pour chasseurs de canard.

Je l'ai regardée en plissant les yeux sous la lumière aveuglante.

– Je vous avais prévenue que ça pourrait pas coller, ai-je dit d'un ton catégorique. Peut-être que je devrais aller dormir à la Petite École.

Céline est sortie du lit pour se mettre à ramasser les flacons éparpillés par terre. Puis elle a refermé d'un coup de Zip la petite trousse de beauté et l'a posée sur la tablette du lavabo de la salle de bains. Elle est ensuite revenue s'asseoir sur son lit, en croisant les jambes bien sagement dans sa minichemise de nuit rose. Sa peau était encore plus rose que le tissu. Elle a inspiré un grand coup, puis soupiré :

– On se disputait pas vraiment.

Je l'ai fusillée du regard, mais elle m'a souri. J'ai encaissé le coup. OK, peut-être que j'avais dramatisé.

Kami a palpé les poches de son peignoir, avant d'en sortir un cookie aux pépites de chocolat.

– Vous en voulez ?

On a secoué la tête toutes les deux.

– C'est quoi ? a repris Kami en ramassant le bouquin que j'avais balancé – le recueil de poèmes d'Anne Sexton. Elle l'a retourné pour lire la quatrième de couverture. Tu sais qu'Anne Sexton s'est suicidée ?

Kami a croqué dans son cookie.

– Elle avait deux filles. C'est très triste.

J'ai hoché la tête.

– C'est triste, ouais…

Mais, bizarrement, Kami et son cookie me faisaient sourire.

Elle a reposé le bouquin sur la commode et sorti un autre cookie de sa poche, avant de mordre dedans.

– Normalement, a-t-elle dit en parlant la bouche pleine, je confisquerais ce livre parce qu'il est inconvenant, pourrait avoir une mauvaise influence, et tout ça.

Nouvelle bouchée de cookie, avant d'enchaîner.

– Mais puisqu'il appartenait à Béatrice, je pense qu'il pourrait t'apporter du réconfort. Comme un souvenir. OK ?

Je n'avais pas vraiment lu les poèmes, mais ça me plaisait d'avoir le bouquin. J'ai hoché la tête en essayant de ne pas sourire, parce que la situation n'avait franchement rien de marrant. Mais si Kami continuait de s'exprimer la bouche pleine de cookies, j'allais à tous les coups exploser.

Elle a regagné la porte en traînant les pieds et repris un troisième cookie de sa poche.

– Vous vous êtes calmées, maintenant ?

J'ai jeté un regard à Céline. Elle tenait son panda rose contre son visage, ses yeux bleus écarquillés à fond. Elle aussi avait l'air de ne plus pouvoir se retenir.

– Alors ? a insisté Kami, la bouche pleine.

Céline et moi avons éclaté de rire. De vraies larmes ruisselaient sur mon visage. Céline a reniflé fort, de manière pas très classe.

Kami s'est essuyée la bouche du revers de sa manche.

– Bonne nuit, a-t-elle dit, avant d'éteindre et de fermer la porte.

– Oh… mes coups de soleil, a gémi Céline.

Je me suis glissée sous le drap.

– Désolée si ça te fait mal.

En m'endormant peu à peu, j'ai encore songé à l'e-mail de Carvin. À l'anecdote trop mignonne sur le chien de sa mère. Il disait qu'il pensait à moi tout le temps et que je lui manquais. Je me suis alors souvenue de cette première nuit à Old Salem, quand je m'étais endormie tout près de lui, allongée sur son lit. Je me suis sentie rougir dans le noir… en me rappelant pour la centième fois qu'il était sans doute homo.

44.
Red

Le domaine de Devon respirait le bon goût. J'étais logé dans une irréprochable écurie marron aux garnitures blanches, bordée de plates-bandes disposées avec soin. Aucun camion-restaurant ni toilettes portables dégageant de mauvaises odeurs. Les marchands ambulants travaillaient sous de jolies tentes vertes et blanches, et les W-C se situaient dans une vraie bâtisse avec des murs et des portes.

Mon box était tapissé de rubans bleus.

Les gens venaient m'admirer. Ils me photographiaient, prenaient de selfies avec moi. Même Sweet Tang – qui me battait parfois, mais très rarement – me considérait désormais avec une sorte de vénération, comme si elle était fière de partager l'écurie d'un animal aussi prestigieux. J'avais fière allure, mais vous le savez déjà.

Je me disais que les ragots allaient bon train à mon sujet. J'imaginais même la discussion dans une émission de libre antenne à la radio.

– J'ai entendu dire qu'on l'a cloné à partir de crottin lyophilisé de Secretariat[1].

– J'ai entendu dire qu'il ne mange que du chou frisé par bottes entières.

_____
1. Également surnommé « Big Red », Secretariat (1970-1989) était un pur-sang anglais considéré comme l'un des plus grands champions de l'histoire des courses.

– J'ai entendu dire qu'on saupoudre l'eau de son bain de poussière d'or.

– J'ai entendu dire qu'il a tué une jeune fille.

Ce qui était vrai.

Toute l'attention qu'on me portait ne me faisait pas oublier Merritt pour autant. C'était comme si je m'éloignais d'elle de plus en plus, et qu'on aurait de plus en plus de mal à se retrouver. Mais je l'aimais toujours. J'avais toujours besoin d'elle. Comme dans cette chanson de Fleetwood Mac, *Go Your Own Way*[1], ou celle des Indigo Girls, *Closer to Fine*[2]. Ou peut-être tout le contraire... Je ne comprenais pas grand-chose à la plupart des morceaux que j'entendais. Mais peu importe les paroles. La moindre chanson d'amour me rappelait Merritt. *Et mes intentions étaient pures*[3].

* * *

Le dernier jour du Championnat national de la côte Est, le jour des épreuves de Handy Hunter, Carvin ne me lâchait pas d'un sabot. Il avait déjà défait la moitié des nattes de ma crinière pour les refaire. Ensuite, ce fut ma queue qui ne lui plaisait pas.

– Salut, Carvin !

C'était l'une des blondes. Amora ou Nadia. Impossible de les différencier. Carvin ne réagit pas, continuant de séparer les longues mèches de crin de ma queue épaisse.

– Je voulais juste te souhaiter bonne chance pour aujourd'hui. Tu vas gagner, c'est sûr. Je venais aussi te dire au revoir. On part dans le Maine.

---

1. Voir note page numéro.

2. *Closer to Fine*, Indigo Girls, album « Indigo Girls », 1989.

3. *Alison (My Aim is True)*, littéralement : « Mes intentions sont pures ». Elvis Costello, album « My Aim is True », 1977.

— Hmm… Hmm, marmonna Carvin.

Je pense qu'il n'écoutait même pas.

Amora ou Nadia – on s'en moque – ouvrit ma porte et entra dans le box. Elle me contourna sans même me regarder.

— Alors au revoir, dit-elle en se postant tout près de Carvin et très près de mon postérieur gauche. Tu le montes tellement mieux que Merritt. À tous les coups, tu vas gagner.

Je fouaillai de la queue et reculai d'un pas, en mordant sur son pied avec mon sabot. Elle portait des tongs.

— Hé ! glapit-elle. Ça fait mal !

— Red, grogna Carvin en me poussant sur la croupe.

Je m'écartai en boudant et Carvin conduisit la blonde boiteuse à l'extérieur de ma stalle.

— À un de ces jours, dit-il. Et soit dit en passant, tu te trompes. Merritt le monte beaucoup mieux que moi. Si je gagne, c'est uniquement parce que Red se sent d'humeur à gagner. D'un jour à l'autre, il pourrait changer d'avis. De plus, Merritt va revenir. M. de Rothschild souhaite la voir monter à Lexington.

Amora ou Nadia ignora ce qu'il disait et se dressa sur la pointe des pieds pour l'embrasser sur la joue.

— Bonne chance. Même si t'en as pas besoin.

On la regarda quitter l'écurie, puis Carvin revint démêler ma queue.

— T'as intérêt à ne pas changer d'avis aujourd'hui, marmonna-t-il.

Je ne cessai de me répéter ce qu'il avait dit plus tôt : *Merritt va revenir.*

La vie d'un cheval se résume à la personne à laquelle il appartient. Je lui appartenais. Elle m'appartenait.

Elle allait revenir !

45.

Merritt

C'était dimanche – la journée craignos, celle où on devait toutes parler à nos parents et participer à mort à des groupes de parole. Ça faisait maintenant un mois que j'étais de retour à Good Fences et mes parents se trouvaient au Canada, histoire d'oublier un peu les chiens de traîneau pour participer à un ultramarathon dans la toundra. Cette fois-ci, ils m'ont parlé séparément.

– Ça fait du bien d'entendre que tu te sens mieux ! s'enthousiasma mon père – alors que je n'avais pas dit comment je me sentais.

– Ton père et moi avons eu une discussion à ton sujet, a expliqué maman quand il lui a passé le combiné.

– Ah bon ? ai-je répliqué d'un ton amer.

J'étais à Good Fences et on s'occupait de moi. Pourquoi gaspiller une précieuse énergie à discuter de mon cas ?

– M. de Rothschild a envie de te voir participer à ce grand événement équestre de Lexington, dans le Kentucky, dans deux ou trois semaines. Ton père trouve que c'est une bonne idée, mais je ne veux pas que tu y ailles si tu ne te sens pas prête. Il y aura d'autres championnats. D'autres chevaux, même.

Je n'ai rien dit. Chaque fois que Kami abordait Lexington ou me parlait de remonter Red, je changeais de sujet.

– Merritt ?

– Je dois raccrocher, m'man.

Il n'y avait pas beaucoup de battement entre mon coup de fil et le groupe de parole.

– Bonne chance pour le marathon.

– Oh… d'accord. Merci.

Ma mère a poussé un long soupir contrarié.

– Passe une bonne semaine.

* * *

Un nouvel e-mail imprimé m'attendait sur mon oreiller quand je suis montée me changer. Je l'ai descendu dans le box surdimensionné d'Arnold et me suis assise dans un coin pour lire le message, pendant qu'il mastiquait les brins de foin de son déjeuner.

Salut Merritt,

Devon, c'était super. Red a été champion du Junior Hunter et Tang est arrivée deuxième, alors c'était plutôt cool. Après le concours, je suis allé au Hershey Park et j'ai testé quelques manèges, mais les parcs d'attractions, c'est pas marrant quand on est tout seul. J'ai pas mal traîné avec Amora Wells et Nadia Grabcheski cet été, ne me demande pas pourquoi. Elles sont toutes les deux parties dans le Maine, tant mieux ! Si seulement t'étais là pour qu'on se balade.

Nous voilà de retour à Saugerties pour les Hits V et VI. Red a été champion dans les épreuves de hunter et Tang est encore deuxième aujourd'hui. Ça commence à devenir une habitude ! M. de R. m'a dit que la rivalité entre toi et moi avait suscité pas mal de bons articles et qu'il souhaitait te voir revenir. Il a aussi dit que je ne pourrai pas monter deux chevaux dans la même épreuve à Lexington. Le règlement l'interdit.

Moi aussi, j'ai envie que tu reviennes, mais pas à cause de ça. J'espère en secret que tu vas débarquer comme ça un beau jour. Ce serait fabuleux. T'es une cavalière géniale et tu manques tellement à Red : il m'a demandé de le te répéter ! ;) Sans compter que M. de R. a loué un appart à Lexington avec piscine, Jacuzzi et tout le bazar. Ce serait trop bien si t'étais là.

Bises,

Carvin.

— Qu'est-ce que tu fabriques ? a demandé Céline en passant la tête par-dessus la porte d'Arnold. Ça vient de ce garçon ?

À tous les coups Kami avait recruté Céline pour essayer de me motiver. Tout ce que Céline savait, c'était qu'un mec montait Red maintenant, un mec que Béatrice n'avait pas trop apprécié, et que tout le monde voulait que je participe au championnat de Lexington. Tout le monde, sauf moi – et ma mère, apparemment.

Elle a ouvert la porte de la stalle et est entrée.

— Lis-la-moi, a-t-elle demandé d'une voix de petit chef.

Après l'épisode Kami-et-le-peignoir-magique-aux-cookies, les choses avaient changé entre nous. On continuait à se balancer des vacheries, mais tout en sachant que c'était juste pour rigoler. Ça voulait dire qu'on était amies, j'imagine.

Je l'ai mitraillée du regard, j'ai inspiré un grand coup, puis je me suis éclairci la voix et mise à lire tout haut l'e-mail de Carvin.

— Waouh ! a lâché Céline, interloquée, quand j'ai eu terminé.

— Quoi ? ai-je répliqué en m'éventant avec la feuille tellement j'étais rouge.

— Faut qu'on parle à Kami. Allez, debout !

Elle a rouvert la porte du box d'Arnold.

313

– Qu'on lui parle de quoi ? ai-je demandé en repliant soigneusement le papier, avant de la suivre à l'extérieur.

– Du Kentucky, a répondu Céline, comme si ça tombait sous le sens. Faut absolument que t'y ailles !

* * *

Le groupe de parole s'était déplacé dans la nouvelle Petite École améliorée. Plus douillette que l'ancienne et plus intime, sans la grande baie vitrée. Et il y avait une clim portable sur roulettes, qu'on pouvait diriger vers soi pour recevoir de l'air glacé sur la figure.

Sloan et les trois gamines, Kristyn, Charlotte et Emma, étaient déjà avachies sur les fauteuils poires violets. Amanda a réquisitionné la clim sur roulettes.

– Kami est au téléphone, nous a-t-elle annoncé. Elle arrive dans quelques minutes. On réchauffe des mini-pizzas dans le petit four. Elle a dit qu'on pouvait.

Je me suis assise par terre, les jambes repliées contre moi, tandis que Céline s'installait dans un grand fauteuil blanc capitonné, telle une reine sur son trône.

– Merritt a des trucs importants à aborder, a-t-elle annoncé. Alors quand Kami viendra, tâchez de ne pas l'interrompre et pleurnicher pour aller chercher des glaces à la Cold Stone Creamery, ou de vous plaindre qu'il n'y a pas de piscine, ou le genre de conneries que vous sortez tout le temps. OK ?

Les autres filles ont hoché la tête avec respect. Céline pouvait se montrer drôlement intimidante quand elle le voulait. Mais elle ne me faisait pas peur.

– En fait, j'ai rien de spécial à aborder.

– Oh ! si, a-t-elle insisté.

J'ai secoué la tête.

– Oh ! non.

Ding ! Le minifour avait tinté et les filles se sont levées d'un bond pour aller chercher leurs pizzas. Kami a ouvert la porte. Elle était en nage et semblait lessivée.

— Z'avez intérêt à me réserver un fauteuil, et je veux la clim braquée sur moi.

Céline lui a aussitôt cédé son siège et a fait de son mieux pour replier les longues baguettes qui lui servaient de jambes en s'asseyant par terre à côté de moi ; on aurait dit une sauterelle géante. La petite remise était pleine à craquer, mais plutôt sympa. J'ai collé mon dos contre la cloison en bois sous l'unique fenêtre. J'avais l'habitude de me planquer au maximum pendant les réunions ; j'écoutais les autres filles parler et se plaindre, et je gardais un air moyennement intéressé. Mais Céline n'allait pas me laisser faire aujourd'hui.

— Merritt veut la parole, a-t-elle annoncé à Kami. Que personne d'autre ne s'exprime avant elle, OK ?

— Non, ça me dérange pas, ai-je protesté. Allez-y, parlez.

Kami s'est installée dans le fauteuil blanc et a orienté la clim vers elle.

— Aaaah… a-t-elle soupiré en baissant les paupières. C'est agréable.

Elle a rouvert les yeux et m'a regardée.

— Vas-y. Ne t'occupe pas de moi, a-t-elle ajouté avant de refermer les yeux.

Encore une astuce à elle : faire semblant de ne pas écouter pour que je parle.

Les autres filles me dévisageaient, impatientes.

J'ai regardé par terre. Good Fences était censé nous soutenir, pas nous mettre la pression. Ce n'est pas du tout ce que je ressentais.

— OK, c'est bon, ai-je commencé. Tout le monde veut que je revienne. Et Red me manque. Et monter me manque. Vraiment. Mais…

Céline a mis son grain de sel :

— N'oublie pas Carvin.

— Silence ! a rugi Kami, qui me regardait avec intensité maintenant. Continue, Merritt. Mais *quoi* ?

— Qui est Carvin ? a demandé Sloan.

J'ai piqué un fard.

— Il a un nom trop sexy, a observé Amanda.

— C'est clair, a approuvé Céline. C'est pourquoi elle doit aller dans le Kentucky.

Kami a fait pivoter la clim.

— Houlà, houlà, houlà... J'étais pas au courant de ça. Si c'est juste une histoire de garçon, pas question que tu retournes dans le circuit.

Elle a remonté ses lunettes sur la tête, puis les a rabaissées sur le nez.

— J'en parlais à l'instant avec M. de Rothschild et ta mère. On avait une téléconférence.

Je me suis redressée d'un coup.

— Comment ça ? Là maintenant ?

— Oui. L'International Hunter Derby se déroule à Lexington, dans le Kentucky, à partir du 4 septembre. Tu as donc encore le temps de t'y rendre et de te préparer.

Elle a froncé les sourcils.

— M. de Rothschild a suivi tes progrès et il pense que tu seras au point. Le hic, c'est que j'hésite à t'envoyer dans le Kentucky toute seule. Et si tu reprenais tes mauvaises habitudes ?

Exact, ai-je approuvé en silence. C'est bien pour ça que *je ne devais pas y aller*. Pourtant j'en avais envie. Vraiment. Sauf que j'étais... terrifiée.

— Je t'accompagne ! a lâché Céline, avant de se tourner vers Kami. Je serai son chaperon. Au cas où elle serait tentée de faire des bêtises.

Kami a tricoté des sourcils, puis hoché la tête.

– Je suppose que ça pourrait marcher. Ta mère a dit qu'elle passerait certainement te voir là-bas. Et Luis y sera, M. de Rothschild lui a demandé de revenir comme palefrenier.

– Luis ? Vraiment ?

Ça m'a donné la pêche. Ce serait sympa de le revoir.

Tout à coup, j'ai eu l'impression que la décision était déjà prise, peu importe ce que j'éprouvais. Bref, j'allais dans le Kentucky.

– Je vais devoir régler les détails. Réserver vos billets d'avion à toutes les deux, a poursuivi Kami. Et, n'oublie pas, c'est uniquement pour la finale.

J'ai hoché la tête. Je ne me projetais pas au-delà du Kentucky, de toute manière.

– Bon, on peut parler maintenant ? a dit Amanda d'un ton plaintif.

Kami nous a souri, à Céline et moi, d'un air fatigué.

– Je ne le dis pas souvent, a-t-elle avoué, mais vous allez vraiment me manquer.

Cinquième partie

Septembre

46.
Red

*The sun shines bright in my old Kentucky home / 'Tis
summer, the people are gay[1] !*

Lorsqu'on pense au Kentucky, on pense courses hippiques et pur-sang. Dès que j'ai descendu la rampe
de la camionnette et reniflé l'air doux et humide, j'ai
compris : c'était mon lieu d'origine.

Très peu de mes camarades de championnat partageaient cette expérience. La plupart des chevaux concou-
rant dans les épreuves de hunter, de sauts d'obstacles
et de dressage appartiennent à des races dites « à sang
chaud » en provenance d'Europe : hanovriens, holstei-
ners, oldenbourg, trakehners et westphaliens, chevaux
de selle français, hollandais, suédois et belges.

Apparemment, le sang-chaud est plus athlétique et
énergique que le cheval de trait dit « à sang froid », plus
robuste et d'une humeur plus égale que les fougueux
pur-sang ou arabes. J'avais certes une tendance irascible.
Était-ce à cause de mon tempérament marqué ? *J'ai le*

---

1. « Le soleil brille dans mon vieux Kentucky natal / C'est
l'été et les gens sont joyeux. » *My Old Kentucky Home*, hymne
officiel du Kentucky ; paroles et musique de Stephen Collins
Foster (1826-1864), considéré comme le « père de la musique
américaine ».

sang chaud, tu n'as qu'à vérifier. Ma fièvre dépasse les 40 degrés[1] !

Ouais, je sais. Ça ne fonctionne pas comme ça.

En tout cas, il faisait chaud dans le Kentucky. Une chaleur à vous faire fondre les sabots. Une chaleur où les ailes des mouches grésillent et tombent du ciel. Une chaleur où vous êtes en nage sans même bouger. Une chaleur où il est inutile de prendre un bain, car vous devrez en prendre un autre dix minutes après. Mes seaux d'eau semblaient remplis de soupe chaude. Mes naseaux et mes oreilles transpiraient. Mes postérieurs se frottaient, tout moites. La sangle m'irritait. Même les os de mes canons[2] étaient en sueur, et ce n'étaient que des os. Le derby du Kentucky se déroule en mai, pas début septembre. Je me demande à quoi pensaient les organisateurs de ce championnat, l'International Hunter Derby. Le Kentucky début septembre, c'est franchement cruel.

Cet État évoquait une planète totalement à part. L'atmosphère, l'herbe, l'eau, les gens, les voitures, les odeurs et les bruits étaient différents de tout ce qu'on voyait, entendait ou sentait ailleurs. Même les chiens se distinguaient des autres. Ici les jack russel étaient plus répandus que les enfants. On en voyait partout, qui jappaient, aboyaient, pissaient sur le foin et les seaux de fourrage quand personne ne regardait, faisaient la sieste au soleil, ignoraient leurs maîtres qui rouspétaient, et mangeaient les restes dans les poubelles. Observer ces

---

1. Clin d'œil à la chanson *Hot Blooded* du groupe Foreigner, album « Double Vision », 1978.

2. Les canons sont situés entre le boulet et le genou pour les membres antérieurs, et entre le boulet et le jarret pour les membres postérieurs. Ils peuvent être protégés par des guêtres ou des bandes de polo au travail et par des bandes de repos au box.

facéties canines en écoutant le jazz dixieland sur ma radio, c'était comme regarder un vieux film muet.

Candace était ravie de participer encore aux épreuves finales. Elle n'avait jamais entraîné de chevaux aussi talentueux que Tang et moi, si bien qu'elle n'avait jamais rempli les conditions requises pour concourir. Carvin, quant à lui, ne cessait de revérifier si j'allais bien. Le jour de notre arrivée, ils nous sortirent, Tang et moi, dans un petit paddock verdoyant, puis s'appuyèrent contre la barrière pour nous regarder.

— Il a intérêt à ne pas la mordre, dit Carvin en m'enlevant la muselière.

— Il fait trop chaud pour qu'il morde qui que ce soit, gémit Candace, dont le visage était si tanné qu'il ne devait sans doute pas transpirer.

Mais elle disait vrai. Même si c'était encore le matin, Tang et moi étions apathiques à cause de la chaleur. Je reniflai la *bluegrass*[1], la fameuse « herbe bleue », et fermai les yeux, en essayant – mais en vain – de revivre des souvenirs de mon enfance dans le Kentucky. D'autres odeurs flottaient dans l'air. Friture. Poulet grillé. Pluie. Et autre chose encore, qui se dégageait de Carvin, une sorte d'enthousiasme agité.

Une attente empressée.

— Tu crois qu'il le sait ? demanda Candace.

— Oui, répondit Carvin avec un sourire radieux. Il n'a peut-être pas conscience de le savoir, mais il le sait.

Ce fut à ce moment-là que je le sus : Merritt n'allait pas tarder à arriver.

---

1. La *bluegrass* (pâturin) est une herbe courante dans les prairies de la région ; sa feuille n'est pas bleue, mais le nom provient de la coloration bleutée de son épi. *Bluegrass* fait aussi référence à un style musical, variante de la country apparue à la fin des années trente.

47.

Merritt

Lexington était verdoyant, étouffant, et totalement consacré à la gent équine, même à l'aéroport, où un magasin appelé The Paddock Gallery vendait les photos sous verre de célèbres chevaux de course. Encore que je ne captais pas tout ce que je voyais. J'étais dans une sorte de coma que je m'auto-infligeais. J'allais revoir Red. J'allais à nouveau monter dans un grand championnat. Et Carvin serait là.

Heureusement que Céline m'accompagnait. Grâce à elle, on est montées dans l'avion. Elle a récupéré nos bagages et pris la voiture de location. Elle tenait le volant.

– Regarde, Merritt, des chevaux ! s'exclamait-elle en montrant par la vitre, tandis qu'elle suivait les indications du GPS pour rejoindre l'appart loué par M. de Rothschild.

D'interminables clôtures blanches longeaient les prairies ondoyantes de pâturin du Kentucky, parsemées de magnifiques pur-sang. Poulinières et poulains. Étalons au galop. Chevaux de l'année en troupeaux.

– Regarde ! Regarde !

– Je suis pas aveugle, ai-je grogné, une boule de nerfs dans l'estomac.

– J'essaye juste de te secouer un peu, a-t-elle répliqué. T'as pas dit un mot depuis notre arrivée.

Mais je ne pouvais pas parler. J'arrivais tout juste à respirer. Si Béatrice était là, elle m'aurait collé une baffe et versé de la glace sur la tête, mais je ne suis pas certaine que ça m'aurait aidée. J'étais tout excitée, mais je culpabilisais de l'être. J'avais peur, mais je me sentais débile d'être aussi effrayée. Et surtout, j'avais envie de voir Red.

* * *

« Vous êtes arrivé à destination », a annoncé le GPS à notre entrée dans la résidence. Derrière nous il y avait un parcours de golf avec des fontaines cascades. À droite, une piscine qui miroitait sous le soleil et des courts de tennis. À gauche, encore un élevage de chevaux. Les habitations proprement dites n'étaient pas aussi somptueuses que celles de Floride, avec leur marbre blanc, leurs flamands roses et leurs palmiers. Ici, c'étaient des bâtisses un peu austères avec des bardeaux blancs, mais leur vue paisible sur les pur-sang qui broutaient donnait presque l'impression de rêver.

La porte de notre appart n'était pas fermée à clé. Carvin se trouvait déjà au championnat, mais on voyait partout des preuves de son passage. Chaussures de running dans l'entrée. Carton de barres énergétiques sur le plan de travail de la cuisine. Compotier rempli de pommes. Berlingots de jus de fruits vides sur la table basse.

Céline a fait rouler sa valise à l'intérieur, avant de monter au premier jeter un œil sur les chambres.

– C'est super joli ! s'est-elle écriée de là-haut. Waouh ! Carvin a une photo de toi dans sa chambre !

– Ça m'étonnerait !

J'ai monté les marches quatre à quatre en suivant le son de sa voix. Les chambres étaient décorées d'épais tapis couleur crème, chics et moelleux sous les pieds. Celle de Carvin abritait un lit *king size* avec une tête de lit en cuir marron et un couvre-lit à motifs cachemire bleu et or, sorti tout droit d'un catalogue Ralph Lauren. D'énormes baies vitrées donnaient sur un océan d'herbe bleu-vert, constellé de poulinières et de poulains qui broutaient.

— Tu vois ? a dit Céline en me montrant une coupure de magazine.

C'était une photo de Carvin et moi aux Hits, un peu plus tôt cet été, quand Red et moi avions remporté le Hunter Derby et Carvin et Tang avaient été sacrés champions des Junior Hunters. On était en selle côte à côte sur nos chevaux respectifs, et on brandissait nos rubans en souriant jusqu'aux oreilles. Béatrice apparaissait à l'arrière-plan, entre les croupes des montures, et grimaçait d'un air comique en faisant le V de la victoire avec ses doigts.

— C'était une épreuve sympa, ai-je dit d'un ton qui se voulait désinvolte, alors que j'avais un nœud dans la gorge. Remets ça où tu l'as trouvé, ai-je ajouté en lui rendant la coupure de presse. On ne devrait même pas être là.

Céline se mit à glousser :

— Le lit est assez grand.

Je lui ai lancé un regard noir.

— On peut pas se grouiller un peu et aller au concours ?

* * *

Il n'était que dix heures du matin et la finale ne débuterait pas avant quatre jours, mais le parc grouillait déjà de monde. Chevaux, cavaliers, lads et entraîneurs étaient partout et se préparaient pour le grand événement. Il y avait des cours de saut d'obstacles sur les pistes d'échauffement, des grooms promenaient à la longe des chevaux dans de petits enclos ou les savonnaient dans des box de lavage, et d'autres chevaux faisaient un somme dans des paddocks gorgés de soleil ou passaient la tête par-dessus la porte de leur stalle, en observant d'un œil somnolent l'activité ambiante.

Céline et moi avons arpenté les allées centrales des écuries, avant que je repère la rangée de malles bleu ciel portant le « R » bleu marine de Rothschild.

– Il n'y a personne, a dit Céline.

L'ancienne muselière pour brouter de Red était accrochée à un clou devant son box vide. Sa radio était allumée et passait une sorte de jazz hystérique avec beaucoup de cuivres. J'imaginais Béatrice danser le charleston avec sa cigarette électronique aux lèvres.

– Viens ! ai-je dit en tournant les talons.

Céline m'a suivie jusqu'au bout de l'allée.

– Hé, j'aperçois Luis là-bas ! C'est eux ? a-t-elle dit en montrant une carrière où un garçon faisait sauter un alezan à la tête blanche par-dessus de petits obstacles.

Près de la barrière, Luis tenait une jolie jument grise.

Mon cœur s'est quasiment arrêté de battre, puis il a repris de plus belle.

– Oui, c'est eux. Viens !

Au petit galop, Carvin et Red exécutaient un enchaînement « ligne médiane, ligne médiane, trois foulées et saut de puce ». Ils étaient tous les deux très concentrés. Red sautait à la perfection et prenait appui sur ses postérieurs en levant les sabots à hauteur des oreilles. Mais au milieu des trois foulées, il s'est arrêté et a virevolté comme un cheval de ranch qui trie le bétail. Carvin a dû se cramponner à son encolure pour éviter la chute.

— Ne le laisse pas s'en tirer comme ça ! Fais-le sauter le prochain obstacle ! a braillé une blonde au visage basané et à la voix éraillée de fumeuse. Notre nouvelle entraîneuse, ai-je deviné. Je m'en fous s'il trotte, débrouille-toi pour qu'il termine !

Mais Carvin ne pouvait plus rien obtenir de Red. Le grand cheval avait les yeux braqués sur moi, la tête haute, les oreilles dressées, et il tremblait de partout. Il a soudain poussé un hennissement gigantesque qui résonna dans tout le parc, et s'est mis à trotter vers moi.

— Waouh… on dirait qu'il t'a sentie ! a dit Céline, interloquée. C'est trop mignon !

— Holà ! s'est écrié Carvin en arrêtant Red à la clôture, avant de quitter les étriers pour sauter à terre d'un mouvement souple et athlétique.

La sueur dégoulinait de ses mèches brun-doré en pétard, qui dépassaient de sa bombe, et ruisselait sur son visage souriant, tout rouge, et plein de taches de rousseur. Ses dents étaient d'une blancheur éclatante – je ne l'avais jamais remarqué.

— Je suis content que tu sois là, a-t-il dit – comme ce fameux soir dans sa chambre d'hôtel avant que je m'endorme.

J'avais l'estomac en vrac.

— Moi aussi, ai-je dit sans pouvoir effacer ce sourire débile qui me collait au visage.

Red hennissait comme un fou et tout son corps vibrait. Il piaffait d'impatience.

— Je suis ravie de te voir *toi aussi* ! lui ai-je lancé en rigolant.

Je suis alors passée sous la barrière et me suis jetée sur mon cheval pour entourer son encolure de mes bras et coller ma joue sur son épaule. J'ai fermé les yeux et respiré son odeur, celle qui me manquait tellement. Red a cogné la tête contre mon dos.

– Bon cheval… ai-je murmuré, le nez dans sa robe.

Tous mes doutes concernant ma venue à Lexington s'envolaient. J'étais à ma place ici.

J'ai rouvert les yeux et vu Carvin détailler du regard Céline avec son débardeur rose, son minishort rose et ses tongs roses. Il lui a tendu la main de sa manière bizarrement guindée.

– Salut, je suis Carvin.

Elle a gloussé en gardant sa main dans la sienne une seconde de trop.

– Je sais. J'ai beaucoup entendu parler de toi.

OK, je devrais la tuer un peu plus tard.

Red baissait le nez et frottait toute sa tête contre moi.

– Du calme, bébé. Je me suis rattrapée d'une main sur son encolure en sueur. Ne me fais pas tomber !

– Tu dois être Merritt, a dit l'entraîneuse à la voix cassée. Moi, c'est Candace.

Elle me faisait penser à ces calebasses qui décoraient les tables de Thanksgiving : burinée et robuste, avec des yeux bleu vif qui saillaient de ses orbites.

– Salut, ai-je dit en chaloupant comme un clown, tandis que j'essayais de garder l'équilibre sous les assauts d'affection de Red.

– Regarde-le, a grogné Candace. Je n'ai jamais vu ce cheval faire autre chose qu'essayer de mordre ou de piétiner les gens. Regarde-le maintenant, regarde-le !

J'ai rigolé et repoussé la grosse tête de Red, mais il est revenu à la charge pour grignoter les boutons de mon polo.

– Dommage que je ne sois pas en tenue d'équitation, ai-je dit d'un air pensif.

— Tu veux le monter ? Monte-le ! répliqua Candace, avant de faire signe à Luis. Tu veux bien filer à l'écurie récupérer la bombe de Merritt dans la malle ?

— Attends, ai-je dit en collant les rênes dans la main de Carvin pour courir étreindre Luis.

— T'as réussi ! m'a-t-il dit en me serrant fort dans ses bras. Qu'est-ce qu'elle fabrique ici, la blondasse ? a-t-il ajouté en me chuchotant à l'oreille. Je croyais qu'on la détestait.

— Pas de souci, on est copines maintenant, lui ai-je assuré comme Céline approchait derrière moi. Mais elle est encore langue de pute, ai-je précisé à voix haute.

— Hé ! Je t'ai entendue. Céline a fait la bise à Luis sans lui toucher les deux joues. Je suis là pour veiller à ce que Merritt se tienne bien.

Elle a pouffé en voyant Carvin s'avancer vers nous en menant Red.

— Mais je suis pas sûre de le vouloir…

— Je vais te faire la courte échelle, m'a proposé Carvin.

— Franchement, je ne devrais pas monter en short, ai-je objecté.

— Ne fais pas ta coincée, a rétorqué Céline, avant de prendre les rênes de Tang pour que Luis aille récupérer ma bombe. Elle a exactement la même couleur de robe que Lacey ! a-t-elle ajouté en caressant l'élégante tête grise de la jument.

J'ai pris les rênes de Red et levé la jambe gauche.

— À trois, ai-je dit à Carvin.

Il m'a attrapé le genou dans ses mains en coupe et j'ai essayé de ne pas rougir ou quoi que ce soit pendant qu'il me hissait sur le dos de Red.

Le cheval a fait un bond en avant, alors que je m'installais sur la selle, et il s'est mis à piaffer. Je l'ai retenu.

– Holà ! Doucement, bébé. Attends que je mette ma bombe.

Candace m'a aidée à remonter les étriers. Puis Luis est revenu et m'a tendu mon casque Charles Owen bien-aimé. Le bout de ruban bleu de mamie Jo était toujours noué à l'intérieur. J'ai glissé ma queue-de-cheval sous la bombe, puis réglé la jugulaire. J'étais parée comme jamais. La bombe m'allait à merveille.

Carvin a sorti une barre énergétique de sa poche arrière et a déchiré l'emballage. Il a mordu dedans, puis levé la tête en mastiquant.

– Comment tu te sens ?

J'ai raccourci les rênes, ajusté ma posture et tendu les talons.

– Bien !

Impossible de m'arrêter de sourire. Céline s'est remise à pouffer sans raison apparente, jusqu'à ce que je me rende compte que Carvin et moi, on se dévorait des yeux. Je me suis forcée à détourner le regard.

– Qu'est-ce que je dois faire avec lui ? ai-je demandé à Candace.

– Contente-toi de le faire marcher. Laisse-lui prendre le temps de tout regarder. Qu'il se familiarise avec l'environnement du championnat. On fera une séance de jumping avec Carvin et toi ce soir, à la fraîche. Il ne nous reste que quatre jours pour vous préparer.

48.
Red

Je savais qu'elle revenait. J'ignorais simplement quel jour. Et je commençais à m'impatienter. Juste avant qu'elle n'apparaisse, j'avais décidé de changer d'avis et de mal me comporter. Il était temps de chambouler un peu tout ça. De me rouler sur Carvin, de ruer sur Candace, de libérer Tang de son box – n'importe quoi, pourvu que je sème la pagaille. Mais sitôt que je la sentis et qu'elle fut là, à me parler, me cajoler, je redevins un cheval – un bon cheval, *son* cheval. Luis était de retour aussi, ce qui me plaisait. Mais elle ne semblait pas si intéressée par les autres. Uniquement par moi, nous deux. Le paradis.

Carvin lui fit la courte échelle et Candace ouvrit la barrière. Puis on marcha et on marcha encore. On fit le tour des pistes, où ils installaient les parcours. On passa derrière les tribunes principales, puis autour des parkings. On découvrit un chemin, qu'on emprunta jusqu'au bout : une clôture longeant la grand-route. Puis on revint sur nos pas et on dénicha une autre piste, et on se perdit pendant un petit moment. Ça nous était égal.

Pendant qu'on marchait, elle restait allongée sur mon encolure, me serrait et me parlait.

– Tu vas gagner pour moi, hein, bébé ? Et moi, je vais tâcher de gagner aussi. Je suis un peu rouillée. Désolée. Tu m'en voudras pas. T'es un bon cheval.

Je vous jure que des chevaux sauvages n'auraient pas pu me détourner d'elle[1].

On sortit du bois, derrière les tentes abritant les snacks ambulants. Le concours n'ayant pas débuté, la plupart étaient fermés, mais un homme vendait des esquimaux dans une petite charrette et Merritt en acheta un et le dégusta, toujours en selle. Elle lâcha les rênes et je me promenai librement, au fil des musiques diffusées sur diverses radios, en broutant de l'herbe lorsque j'en trouvais. J'avais peine à y croire. J'étais vraiment au paradis.

J'aurais aimé qu'on puisse s'éloigner du parc et fuir ensemble, parce que c'était tout simplement fabuleux de se balader comme ça, rien que nous deux. Comme au bon vieux temps. C'était si agréable. Et je savais par expérience que les choses agréables ne duraient jamais.

---

1. Clin d'œil à la chanson *Wild Horses* des Rolling Stones, album « Sticky Fingers », 1971.

49.

Merritt

Roman de Rothschild était arrivé à Lexington quelques jours avant Céline et moi. Hébergé chez des amis européens milliardaires comme lui, dans leurs haras situés à l'extérieur de la ville et spécialisés dans les pur-sang, il n'avait pas encore mis les pieds au centre équestre, mais organisé un dîner au bord de la piscine de notre résidence en l'honneur de mon retour.

— Si c'est une soirée au bord de la piscine, on doit porter un maillot de bain ? me suis-je questionnée tout haut en sortant de la douche.

J'entendais Carvin s'agiter dans sa chambre. On aurait dit qu'il faisait sa gym.

Assise sur son lit, Céline se vernissait les ongles des pieds.

— Tu vas porter ça, m'a-t-elle dit en me montrant une robe bleu marine à dos nu étalée sur mon lit.

Je l'ai soulevée pour la regarder. Plutôt simple et courte, elle me camouflerait tout juste le haut des jambes.

— Je risque de ne pas aller à ce dîner, a-t-elle ajouté.

Je me suis demandé si ce n'était pas une espèce d'embrouille : elle resterait dans la chambre en faisant mine d'être malade ; Carvin risquait de monter voir comment elle allait et elle l'aurait pour elle toute seule.

— Je suis quasi certaine que Carvin est homo, tu sais.

J'ai prononcé cette phrase, alors que je commençais à en douter, surtout après la manière dont il m'avait souri, quand il chevauchait Red, lors de nos retrouvailles le matin même.

Céline a levé le nez de ses orteils.

— Vraiment ?

J'ai passé la robe par-dessus la tête. Elle était ajustée mais confortable. J'avais les jambes aussi bronzées que mon visage maintenant que j'étais allée à la plage et que je passais plus de temps en short.

— J'ai eu comme l'impression que tu le draguais, tout à l'heure.

Elle a levé les yeux au ciel, puis est revenue à ses ongles.

— T'es pénible. Merritt, jamais je... OK, laisse tomber. Je vais aller à ce dîner, après tout. Je suis censée garder un œil sur toi. Je tiens aussi à remercier M. de Rothschild d'être aussi génial et de nous avoir loué un super appart.

* * *

Le soleil touchait presque l'horizon, projetant des ombres allongées sur la piscine. Candace, Luis et M. de Rothschild étaient déjà installés à l'une des tables et buvaient de grands verres de thé glacé. M. de Rothschild semblait avoir perdu la moitié de son poids et vieilli de vingt ans. La dernière fois que je l'avais vu, il avait les cheveux bruns ; à présent ils grisonnaient et il flottait dans son costume en lin couleur crème.

— Merritt !

Il s'est levé pour m'accueillir et j'ai failli m'étrangler en le découvrant aussi amaigri. Il m'a ouvert les bras et m'a enveloppée de lin et de son parfum d'agrume boisé.

— Candace me racontait à l'instant combien Big Red était heureux de te voir ce matin.

Il m'a affectueusement tapoté la tête, puis a reculé en me souriant. Ses yeux marron exprimaient la tristesse.

— Je suis si content que tu sois là. Ça adoucit le reste…

Je ne savais pas quoi dire. Il avait perdu sa fille. J'avais perdu une amie. Comme une vieille blessure, certains jours je pensais beaucoup à Béatrice, et d'autres jours, pas du tout. Qu'est-ce qui ne collait pas ? Ça ne me paraissait pas normal.

Céline toussota discrètement. Je me suis souvenue des bonnes manières.

— Monsieur de Rothschild, voici mon amie Céline.

— Merci pour votre grande générosité, a-t-elle dit en lui serrant la main. C'est magnifique ici, a-t-elle ajouté en passant en mode « charme ».

Impossible de ne pas me rappeler la manière dont Béatrice se comportait en présence de son père, à rouler des yeux et à grimacer chaque fois qu'on le complimentait. Ça m'avait toujours déroutée.

— Et voilà Carvin, a annoncé M. de Rothschild.

Carvin sortait de la résidence et nous rejoignait en passant par le chemin dallé qui menait à la piscine. Ses jambes parsemées de taches de rousseur semblaient très pâles dans son bermuda rouge et ses tongs noires. Ses cheveux mouillés étaient coiffés, et sa raie si impeccable que ça m'a fait sourire.

— C'est un plaisir de vous revoir, monsieur, a-t-il dit en serrant la main de notre hôte.

— Mon sauveur, a déclaré M. de Rothschild avec sincérité. Sans toi, Carvin, tout serait tombé en miettes. Et tous ces succès – ils ont dépassé mes espoirs les plus fous !

J'ai réfléchi à ça pendant qu'ils discutaient. Carvin avait vraiment sauvé la mise le jour où Béatrice était morte. Par la suite aussi, en montant deux chevaux tour à tour et en raflant toutes les récompenses. Pendant ce temps, j'étais carrément à l'ouest. Comme M. de Rothschild, apparemment.

— Nous allons nous développer. Nous avons de grands projets, disait-il — mais il s'adressait à Céline et je n'ai pas tout entendu.

Le traiteur avait installé un gril au feu de bois et faisait des pizzas à la demande. J'ai remarqué qu'il n'y avait aucune bouteille d'alcool en évidence, sans doute pour mon bien.

Je suis allée m'asseoir au bord de la piscine, entre Céline et Carvin, nos pieds trempant dans l'eau, tandis que Luis, Candace et M. de Rothschild surveillaient la cuisson de leurs pizzas.

— Merci pour tes e-mails, ai-je dit à Carvin en fixant les reflets du soleil sur le bassin.

— Je t'en prie, a-t-il dit en contemplant l'eau lui aussi. C'est bizarre, a-t-il ajouté. *Il* est bizarre, je veux dire. Tout est bizarre.

Il a mordillé sa lèvre et m'a lancé un regard. J'ai eu le sentiment qu'il voulait en dire plus, mais ne se sentait pas à l'aise pour en parler aussi près de M. de Rothschild.

— Bizarre… ai-je répété, tout en étant persuadée qu'on ne faisait pas allusion à la même chose.

Pour moi, c'était Carvin que je trouvais étrange, ou plutôt l'espace qui nous séparait sur le bord carrelé de la piscine. Un tout petit espace, tellement chargé d'électricité que toute une partie de mon corps – du côté de Carvin – semblait crépiter. La partie du côté de Céline, en revanche, restait de marbre.

Elle agita ses longues jambes maigres et parfaitement bronzées, et ses pieds de Barbie aux ongles parfaitement vernis, et étira ses longs bras maigrichons au-dessus de sa tête. Je ne l'avais jamais vue aussi détendue.

— Je croyais que Good Fences me manquerait, a-t-elle avoué, mais c'est trop cool ici. C'est clair que je pourrais facilement m'habituer au mode de vie version Rothschild.

J'ai pris une profonde inspiration et poussé un long soupir. Carvin sentait bon, comme le savon Ivory et le liniment qu'on utilisait pour laver les chevaux.

— À quelle heure est notre séance du matin ? ai-je demandé, alors que je le savais très bien. J'ai envie d'y aller une heure avant pour faire marcher Red en main, ai-je ajouté en bafouillant. Pour le décontracter.

— Les enfants, à table ! s'est écrié M. de Rothschild.

Carvin s'est levé d'un bond et m'a tendu la main pour m'aider à me redresser.

— Tu le sens déjà nerveux ?

J'ai souri d'un air gêné et il a pris ma main. Je n'avais pas monté depuis plus d'un mois. Tous les muscles de mes jambes ont protesté tandis que je me remettais debout.

— Un peu, ai-je grimacé. Oui. Aïe…

On était en train de s'attabler devant nos pizzas quand une autre convive est arrivée. Elle ressemblait à Audrey Hepburn dans *Diamants sur canapé* : élégant chignon brun, lunettes géantes, rouge à lèvres écarlate, petite robe noire sur corps menu.

— Une entrée remarquée, comme toujours ! s'est exclamé M. de Rothschild en lui tendant la main. Mes amis, je vous présente Helena de Rothschild, mon épouse.

Il a reculé la chaise vide à côté de moi et lui a fait signe de nous rejoindre. Je l'ai dévisagée quand elle s'approchait. Ses pieds minuscules dans leurs sandales en cuir verni semblaient à peine toucher le sol.

— Bonsoir, a-t-elle dit en m'embrassant sur les deux joues.

Elle dégageait un parfum aussi fort que l'eau de toilette de son mari.

— Tu es Merritt, c'est bien ça ?

J'ai reconnu la voix entendue sur le portable de Béatrice, celle qui avait laissé ce message triste qui respirait la solitude. Elle prononçait mon prénom à la française, en traînant sur le « i » de Merritt.

— Ou... oui, c'est exact, ai-je bégayé.

Elle a salué Carvin de la même manière, en se dressant sur la pointe des pieds pour lui faire la bise. Quant à Céline, elle était si grande qu'elle dut se courber pour l'embrasser.

— Helena est... *était*... la mère de Béatrice, a expliqué M. de Rothschild. Son visage s'est assombri lorsqu'il s'est corrigé.

Comme pour prouver ce qu'il venait de dire, Helena de Rothschild a sorti une cigarette électronique de sa petite pochette et l'a allumée.

J'ai retenu mon souffle et Carvin a posé la main sur mon bras pour me calmer. J'ai ensuite bu mon verre d'eau en espérant me ressaisir. Helena de Rothschild était une Béatrice version française, toute menue et à la mode. C'était trop bizarre et déstabilisant.

L'un des cuisiniers lui a apporté une pizza et un verre de thé glacé. M. de Rothschild a poussé un bruyant soupir et pris la main de sa femme.

— Parfois, il faut un grand malheur pour rapprocher les gens. Helena et moi avons eu des différends dans le passé et de nombreuses disputes au sujet de Béatrice.

Il s'est interrompu, le visage tellement peiné que j'en avais une boule dans la gorge.

— Je pense que j'ai appris à mes dépens que je devais rester auprès de mes êtres chers. Donc, dès lors que mes affaires seront réglées ici, je retournerai dans mon château en France, où je résiderai en permanence, avec Helena.

Il a levé son verre et esquissé un sourire.

— Portons un toast. À une nouvelle vie !

— À la vôtre ! se sont écriés Candace et Luis en chœur.

J'ai évité de croiser les regards quand tout le monde a trinqué. Les autres ont continué à bavarder et à manger. Moi, je n'avais plus faim. Helena de Rothschild n'a rien mangé non plus. Elle se contentait de fumer sa cigarette électronique. J'ai essayé de sourire mais j'ai eu l'impression que j'allais vomir. Comment pouvaient-ils tous être aussi désinvoltes ? Moi, impossible. Tout ça n'allait pas. Béatrice aurait dû se trouver là, parler fort, se goinfrer de pizza et agiter sa cigarette électronique en se moquant de ses parents et de Candace derrière leur dos.

— Ça va ? m'a demandé Céline en articulant en silence. J'ai secoué la tête. Elle m'a montré l'appart en chuchotant. Va t'allonger et regarder la télé ou je sais pas quoi.

J'ai hoché la tête et je me suis levée.

— Excusez-moi, ai-je dit en évitant toujours les regards, sauf celui de Céline. La journée a été longue, ai-je ajouté en regardant vaguement du côté d'Helena de Rothschild. J'ai été ravie de vous rencontrer.

— Bonne nuit, Merritt, a dit son mari. Oui, va te détendre, je t'en prie. Tu auras besoin de toutes tes forces pour battre Carvin !

Il a éclaté de rire, mais ça sonnait tellement faux que c'en devenait horrible.

— Merci beaucoup pour ce dîner, ai-je bredouillé avant de filer.

* * *

De retour dans notre chambre, j'ai enlevé la robe bain de soleil de Céline pour enfiler mon vieux tee-shirt et mon pantalon de jogging recoupé. Je suis passée dans la salle de bains, j'ai regardé ma tête dans le miroir et je me suis brossé les dents. J'avais trop pris le soleil aujourd'hui et mes yeux bleus avaient un air ahuri dont je n'arrivais pas à me débarrasser. Je suis descendue dans la cuisine pour prendre une bouteille d'eau au frigo. Carvin a ouvert la porte de derrière tandis que je remontais dans la chambre.

— T'es pas encore au lit, a-t-il dit en affirmant une évidence. Bien. Je veux te montrer un truc.

J'ai rougi quand il m'a effleurée en passant devant moi dans l'escalier. Je regrettais de ne pas avoir enfilé une tenue plus glamour et pris le temps de me donner un coup de peigne.

— C'est là-dedans.

Carvin est entré dans sa chambre et je l'ai suivi. Comme partout où il s'installait, des emballages de barres énergétiques et des berlingots de jus de fruits vides jonchaient le sol autour de la corbeille à papier.

— Désolée pour le souk, j'arrête pas de louper mes paniers. Il m'a tendu la coupure de magazine avec notre photo en selle aux Hits de Saugerties. T'as vu ça ?

— Plus ou moins, ai-je répondu bêtement.

Qu'est-ce qui me prenait ? Sa chambre sentait son odeur. Je lui ai rendu l'image.

— Trop mignon. J'ai encore piqué un fard. *Red* est trop mignon, je veux dire.

Carvin s'est débarrassé de la photo sur le lit.

— Bon, a-t-il repris en me regardant d'un air impatient. T'es fatiguée ?

— Je crois que je suis juste trop nerveuse, ai-je bafouillé. Je m'attendais pas à rencontrer la mère de Béatrice. C'était dingue. Et puis j'ai pas monté depuis plus d'un mois. Et si je tombais ou faisais le parcours de travers ?

Je ne disais rien de ce que j'avais envie de dire. Je parlais, c'est tout.

Carvin a secoué la tête.

– Ça n'arrivera pas.

– Tu l'as déjà amené à un tel niveau de classement que ce que je vais faire n'a quasiment aucune importance. On n'est même pas obligés de gagner.

– Non, en effet, a admis Carvin, avant de sourire jusqu'aux oreilles. Même si c'est trop cool de gagner.

Son sourire s'est évanoui.

– Sinon, ça va aller ?

J'ai hoché la tête, en rougissant sous l'intensité de ses yeux verts qui me dévisageaient.

– Viens par ici, a-t-il dit.

J'ai cessé de respirer, mais je n'ai pas bougé.

Il l'a fait à ma place en comblant le vide qui nous séparait, a pris mon visage dans ses mains et m'a embrassée. Il s'est écarté presque aussitôt en gardant mon visage entre ses mains. Nos têtes se touchaient quasiment.

– Tu te rappelles le Hampton Inn au championnat d'Old Salem, où on était tous les trois allongés sur mon lit ?

J'ai hoché la tête, en retenant toujours mon souffle.

– J'ai envie de t'embrasser depuis ce soir-là. Et quand tu as conduit la voiture de Béatrice à Saratoga Springs. T'étais si perturbée. J'en ai eu envie à ce moment-là aussi. Et dans le bar à Saratoga, j'en ai eu envie aussi.

Il a souri et m'a attirée de nouveau vers lui. Ses lèvres ont effleuré ma joue.

– J'ai eu envie de t'embrasser des tas de fois.

– Mais je croyais que t'étais homo ! ai-je gloussé en m'étouffant presque.

Il m'a encore embrassée, puis a secoué la tête.

– Ben non, je suis pas homo.

Il s'est écarté en souriant.

— Je pensais que tu l'étais peut-être. Béatrice et toi...

J'ai rougi et je me suis mordillé la lèvre, l'esprit en ébullition. Béatrice était mon amie. Ça me semblait irrespectueux et plutôt méchant de déclarer qu'elle avait placé notre relation à un niveau qui n'existait pas en réalité. Mais c'était Carvin qui me plaisait depuis le début, et je savais à présent que je lui plaisais aussi.

— C'est vrai qu'elle a essayé de m'embrasser, ai-je reconnu. Elle était si sûre d'elle. Elle faisait tout ce qu'elle voulait. Et se débrouillait pour accaparer toute mon attention. Elle trouvait tout le monde débile, y compris toi. J'imagine que je savais pas trop où j'en étais...

Je me suis interrompue. Une fois encore, je n'exprimais pas tout à fait ce que j'avais l'intention de dire. J'avais aimé Béatrice, mais je ne m'étais jamais sentie comme ça avec quelqu'un.

Carvin m'a pris par la taille.

— Moi aussi, j'étais paumé, a-t-il avoué d'une voix sensuelle. Mais plus maintenant.

Il m'a embrassée. Encore et encore. On ne pouvait plus s'arrêter.

Par la fenêtre de sa chambre, des lumières multicolores ont alors explosé dans le ciel : un feu d'artifice. On s'est tournés pour le regarder. Carvin m'a pris la main. J'étais trop distraite tout à l'heure pour me rendre compte qu'il faisait nuit maintenant.

— En l'honneur de qui ? ai-je murmuré.

— Le nôtre ! a-t-il pouffé en me pressant la main. En fait, c'est en hommage à George Morris[1]. Il n'est jamais venu en Californie, mais j'ai souvent regardé ses vidéos

---

1. George H. Morris est un célèbre entraîneur et juge de jumping américain, qui a représenté les États-Unis dans de nombreuses compétitions équestres internationales.

sur YouTube. C'est une légende vivante. J'ai envie de devenir comme lui quand je serai vieux.

– Tu le deviendras, ai-je murmuré.

Le feu d'artifice a paru durer des heures. Carvin a lâché ma main et passé son bras autour de ma taille pour le bouquet final, une montée en puissance d'explosions bleues et blanches qui retombèrent en laissant chaque fois une poussière d'étoiles dans le ciel.

– Je te jure que j'avais pas prévu ça, a dit Carvin quand ça s'est terminé.

Je me suis appuyée contre lui et il s'est tourné pour me faire face. J'ai posé les mains sur ses épaules. J'aimais la douceur de son tee-shirt gris. Et, sous le tissu, le tracé des muscles de ses épaules. Et ses cheveux dorés par le soleil, juste assez longs pour effleurer le col de son tee-shirt au niveau de la nuque. Et ses biceps saillants sous les manches.

– J'aime bien ton tee-shirt… ai-je dit dans un souffle en me lovant tout contre lui.

50.
Red

Une seule nuit, et tout avait changé.

Merritt se tenait là, debout devant mon box, mais elle n'avait pas ouvert la porte. Elle ne m'avait même pas encore dit bonjour. Ma radio diffusait une chanson nunuche, le dernier morceau version acoustique d'Ann Ware – censée être « la future Taylor Swift » – qu'elle chantait en duo avec le jeune Anglais d'un *boys band* à la voix de fausset, comme si on le piquait avec une fourche.

– Je sais que c'est cucul, mais j'aime bien ce morceau, dit Merritt.

Carvin sortit alors du box de Tang et l'attrapa. Ils entamèrent un slow sous mes yeux, en se cramponnant l'un à l'autre comme s'ils étaient en train de se noyer. J'étais si surpris par la tournure bizarre des événements que je n'avais d'autre choix que de réduire ma stalle en miettes.

Je grattai la porte et lui flanquai des coups d'épaule, mais Merritt ne lâchait pas Carvin. Elle tourna seulement la tête vers moi, sa joue plaquée contre la poitrine de Carvin.

– Un peu de patience, me dit-elle. Je suis à toi dans une seconde.

Elle revint à Carvin et se dressa sur la pointe des pieds pendant que j'observais la scène. Cela dura un long moment, plus long que la chanson. Je ruai dans les murs et creusai un trou profond dans ma litière. Ils ne s'arrêtaient plus.

— Hé, les amis ? cria Céline depuis la sellerie. C'est un peu trop calme de votre côté. Vous êtes encore habillés, au moins ?

— On peut vous apporter le matos ? brailla Luis. Faut vous mettre en selle. Candace vous attend !

— Tout va bien ! répondit Carvin en repoussant Merritt. Arrête, maintenant. J'ai du boulot.

Je dressai les oreilles et heurtai ma porte d'un coup de sabot rageur. Je n'aimais pas la façon dont il la malmenait. Merritt continuait de m'ignorer. Elle gloussa et rabaissa son tee-shirt. Carvin lui claqua les bottes d'un petit coup de sa cravache.

Oh mon cœur, mon cœur brisé qui souffre[1]. Les quelques brins de foin que j'avais à peine mâchés me laissaient un goût amer sur la langue. Merritt finit par ouvrir mon box, puis elle entra, retira ma muselière et me conduisit dans l'allée centrale afin de me seller.

— Bon cheval, dit-elle en me frottant la liste entre mes yeux comme si rien n'avait changé.

Mais je savais à quoi m'en tenir.

* * *

Ce jour-là et le suivant, je suivis toute la routine du dressage en vue du concours. Je me conduisis même peut-être encore mieux que d'habitude, parce que je

---

1. Clin d'œil à la chanson *Achy Breaky Heart* de Billy Ray Cyrus, album « Some Gave All », 1992.

n'étais pas impliqué. Mon cœur était brisé. Et je ne savais tout bonnement pas comment réagir.

La dernière fois que j'étais intervenu, quelqu'un avait fini par y laisser la vie.

La veille au soir de l'ouverture du championnat, M. de Rothschild m'exhiba à son épouse. Je la reconnus aussitôt, tandis que me revenait en mémoire le souvenir insoutenable de ma seule et unique course hippique.

— Tu te souviens, Helena, à Keeneland, quand il a sauté par-dessus la corde et qu'il est allé percuter cette pauvre pouliche ? Ils ont failli les abattre tous les deux, soupira M. de Rothschild.

Plutôt que de s'approcher, Helena de Rothschild s'éloigna de la porte de ma stalle. Elle aspira une cigarette rougeoyante, comme celle que Béatrice avait l'habitude de fumer, et me considéra froidement. Elle était très petite et menue, ses minuscules pieds nus étaient laqués comme ses lèvres.

— Oui, je me souviens du cheval de Béatrice.

Quelque chose dans sa façon de me regarder, si impassible, si détachée, me donnait envie de l'effrayer. Je la toisai de mon œil valide, tel le meurtrier d'un film d'horreur. Personne n'allait la sauver de la bête qui s'apprêtait à frapper. Béatrice était morte.

— Il faut que j'écoute ça, dit M. de Rothschild en tournant les boutons de ma radio pour la régler sur une course de chevaux dans laquelle il avait dû investir de l'argent.

« Et ils sont partis ! »

D'instinct, je me crispai, chaque muscle de mon corps frémissant. La sueur envahit mon encolure par endroits. Je me mis à faire les cent pas dans mon box, la voix surexcitée de l'animateur radio m'obligeant à piétiner de plus en plus vite.

Helena de Rothschild continuait à fumer sa petite cigarette jouet.

– On le rend nerveux, observa-t-elle.

Son mari secoua la tête.

– Tout le rend nerveux. Je ne suis pas mécontent de le vendre, celui-ci. Mais pas avant que Merritt ne l'ait monté ici. Gunnar Soar m'a promis deux millions pour Tang et lui, avec cinq cent mille en prime si l'un d'eux gagnait demain.

Il monta le son de la radio, en écoutant attentivement, tandis que je tournai en rond, encore et encore, dans ma stalle. Tang et moi allions donc être vendus. Et Merritt et Carvin, qu'allaient-ils devenir ? Ils faisaient partie du lot ? Merritt était à peine revenue que je la perdais déjà une nouvelle fois. Dans mon esprit en effervescence, des paroles de chansons se bousculaient, s'entrechoquaient en une sorte de charabia musical. *Je dégringolais en chute libre dans des eaux troubles*[1].

Au garde-à-vous, M. de Rothschild écoutait la voix braillarde et frénétique du présentateur, tandis que les chevaux attaquaient la dernière ligne droite.

– Attends une minute, je pense que notre cheval tente quelque chose.

« Et c'est Waiting Game qui, fidèle à son nom, attendait son heure pour se démarquer des outsiders. Le voilà à présent en deuxième position dans le dernier droit... »

---

1. Clin d'œil aux chansons *Free Fallin'* de Tom Petty, album « Full Moon Fever », 1989, et *Bridge Over Troubled Water* de Simon & Garfunkel, album « Bridge Over Troubled Water », 1970.

Je tournais toujours en rond, ma robe écumant de sueur sous mes frissons. *Tous les amoureux solitaires de Starbucks me disent que les braves gens meurent jeunes*[1].

La vie d'un cheval se résume aux gens auxquels il appartient. Mais je n'appartenais plus à personne.

1. Clin d'œil aux chansons *Blank Space* de Taylor Swift, album « 1989 », 2014, et *The Good Die Young*, du groupe Scorpion, album « Sting in the Tail », 2010. À l'instar de Red, quand la chanson de Taylor Swift est sortie, nombre d'auditeurs, dont la propre mère de la chanteuse, croyaient entendre : « Got a lot of Starbucks lovers » (« J'ai beaucoup d'amoureux de Starbucks ») alors que les vraies paroles sont : « Got a long list of ex-lovers » (« J'ai une longue liste d'ex-amants »).

51.
Merritt

Il était huit heures et demie, le jour de l'ouverture du concours. Les ouvriers passaient une dernière fois la barre sur la piste principale, tandis que Carvin et moi, on effectuait le parcours à pied. On était en retard, après avoir passé la moitié de la nuit à « discuter ». Carvin et Tang avaient le numéro 41 sur la liste. Red et moi, le 56. Les cent soixante-dix autres cavaliers qui concouraient contre nous dans l'International Hunter Derby avaient déjà fait la reconnaissance du parcours et se préparaient pour l'échauffement avec leurs chevaux respectifs.

Le parcours avait été conçu par Scott Stewart, un entraîneur renommé. Il paraissait simple, mais les obstacles étaient énormes et placés à des angles bizarres et à des distances surprenantes. Ce qui avait l'air d'un tracé tout droit en huit foulées à l'extérieur était en réalité une courbe en douze foulées, avec une combinaison dont le premier obstacle était de travers par rapport au second. Vieux tracteurs, charrettes à foin, chariots, arbres en pots et moulins à vent servaient de décoration à l'impressionnant parcours, ce qui donnait aux chevaux davantage de raisons de s'effrayer et aux cavaliers davantage de choix sur la meilleure façon d'aborder les obstacles. Je n'avais jamais vu un parcours aussi complexe et aussi beau. Ça ressemblait plus à un parc rempli de sculptures, en fait.

— Facile ! ai-je dit en rigolant nerveusement, après qu'on eut reconnu le parcours pour la troisième fois.

Appuyée contre la barrière, je me le suis repassé dans la tête, juste pour être certaine de l'avoir mémorisé.

Carvin s'est glissé sous le rebord de ma bombe pour m'effleurer la joue de ses lèvres.

— Si tu le dis.

J'ai rougi, en le repoussant.

— Arrête, faut que je me concentre, ai-je protesté, alors que je savais que c'était impossible.

Je n'avais jamais été douée pour faire deux choses à la fois. C'était tout ou rien. Maintenant que je savais qu'entre Carvin et moi c'était réciproque, eh bien j'avais du mal à me focaliser sur le championnat.

Carvin a fait claquer sa cravache sur le haut de ma botte cavalière.

— Récite-moi le parcours une dernière fois.

— Est-ce que je dois vous séparer, tous les deux ? nous a lancé Céline en s'approchant de nous depuis l'autre côté de la clôture.

Vêtue d'un combi-short rose et blanc en imprimé zèbre, avec une ceinture en cuir verni rose, elle n'avait pas du tout le look jumping. Elle a brandi un sac en papier.

— Merritt, j'ai ton sandwich œuf, bacon, fromage, et ton café glacé !

J'avais commandé la collation favorite de Béatrice en son honneur. Même si je n'avais pas vraiment le temps de manger. Les épreuves allaient commencer dans dix minutes et je n'étais même pas passée voir Red.

Céline a sorti d'un autre sac en papier un gobelet en plastique rempli d'un liquide marron verdâtre.

— Carvin, voilà ton jus dégueu. C'est quoi des graines de chia, au fait ?

– Un super aliment qui date de l'époque des Aztèques, a-t-il répondu avant d'attraper la boisson, dont il a bu une longue gorgée à la paille. Il m'a lancé un sourire narquois. Maintenant, je vais gagner, c'est sûr !

– Alors si je ne gagne pas, c'est parce que j'aime le bacon ? ai-je riposté.

Céline m'a alors touché le bras par-dessus la barrière. Elle avait l'air inquiète.

– Non, si tu ne gagnes pas, c'est parce que ton cheval est cinglé. Tu l'as vu ce matin ?

* * *

– Quand je suis arrivé, il était en nage et n'arrêtait pas de remuer, a expliqué Luis. Quelqu'un – peut-être le toiletteur qui fait les nattes, je suis pas sûr – a mis la radio sur les courses hippiques. Je pense que ça l'a rendu nerveux.

Il a fini de racler l'excès d'eau sur la robe de Red et m'a tendu la longe.

– Je ne voulais pas lui donner un bain et trop ébouriffer ses nattes, mais c'était plus ou moins nécessaire.

– Merci Luis.

J'ai conduit Red hors du box de lavage, dans l'espoir de lui dénicher un coin tranquille pour le faire brouter, pour qu'il se sèche et se calme.

– Qu'est-ce qui va pas, bébé ? ai-je demandé en lui grattant la nuque pendant qu'on marchait. C'est moi qui suis censée être nerveuse.

La radio de Red était branchée sur de la musique classique, maintenant, un quatuor à cordes apaisant. Carvin se trouvait dans le box de Tang et lui enlevait ses bandes.

– Besoin d'un coup de main ? m'a-t-il demandé.

En entendant sa voix, Red a relevé la tête, dressé les oreilles et lancé des coups de sabot dans la porte de la stalle.

– Hé ! ai-je hurlé. Ça suffit !

– Je vais sortir, a dit Carvin.

– Non, reste là-dedans.

J'ai fait avancer Red. Sitôt qu'on a eu dépassé le box de Tang, son petit numéro a cessé.

– C'était quoi, ça ? lui ai-je demandé – mais il ne pouvait pas me répondre, bien sûr.

Je l'ai emmené brouter au soleil, près du parking. Pendant qu'il mâchouillait l'herbe, je lui ai gratté le garrot, à l'endroit où il appréciait d'habitude, mais il s'est ébroué en guise de réaction, comme si j'étais une mouche qui le gênait.

Carvin est sorti des écuries et nous a fait signe de loin. Il a levé le pouce et j'ai fait pareil, même si je n'étais pas certaine que tout soit OK. Puis Carvin a pointé sa montre de l'index, avant de lever les deux mains, doigts écartés.

L'entraînement avec Candace commençait dans dix minutes.

Luis et moi avons brossé et sellé Red en vitesse. Il semblait plus calme, mais pas tout à fait lui-même encore. Juste au moment où j'allais le sortir pour le monter, ma mère a débarqué dans l'écurie.

– Maman ?

Je savais qu'elle était susceptible de venir, mais elle s'était bien gardée de me préciser à quel moment.

– Surprise ! m'a-t-elle lancé, toutes dents dehors.

Bronzée et élancée, elle était habillée pour une fois comme une personne normale et pas comme une mara-thonienne, avec une jupe kaki et un chemisier blanc. Deux chiots – plus loups que chiens – étaient assis à ses pieds. Ils gémissaient d'un air inquiet et bavaient en montrant leurs canines affamées à Red.

– J'ai croisé les Rothschild. Ils m'ont indiqué où te trouver.

Même si elle souriait, j'ai décelé une sorte de tristesse lugubre aux coins de ses lèvres. Elle a montré les chiens.

– Désolée de ne pas m'approcher davantage. Je n'ai pas envie de salir ta jolie tenue toute propre.

J'ai baissé mes étriers et mené Red vers le montoir, à l'extérieur de l'écurie.

– Où est papa ? ai-je demandé en me mettant en selle.

Maman a hésité.

– Ton père est au Canada. On fait un break pendant quelque temps. Il semble ne pas se faire à l'idée que tu te donnes à fond dans le jumping. À l'entendre, je t'autorise à devenir comme sa mère, mamie Jo. Je trouve ça absurde. Tu as ta propre personnalité. Tu es plus forte qu'elle. Mamie Jo était une alcoolique. Elle s'est montrée méchante – envers lui, du moins – quand il était enfant. Et je n'aurais jamais permis que…

– M'man, s'il te plaît, l'ai-je interrompue.

Tout ça me donnait le vertige. Mamie Jo… Ce n'était pas le moment de penser à elle.

– Faut que j'aille m'échauffer, ai-je ajouté lamentablement.

– Cela vaut sans doute mieux pour toi, de toute manière, a ajouté ma mère comme si ça voulait dire quelque chose.

– Faut que j'y aille, ai-je répété, en dirigeant Red vers la piste d'échauffement.

* * *

L'International Hunter Derby était un événement hyper stressant qui se déroulait sur deux jours. Tous les chevaux et les cavaliers au top y participaient. Le gagnant repartait avec plus de cent mille dollars. Je n'étais pas là pour l'argent – aucun d'entre nous ne l'était –, mais on voulait tous gagner !

J'ai inspiré un grand coup et tenté de me concentrer sur les « instants privilégiés », comme Kami me l'avait appris à Good Fences. Le grand ciel bleu, le soleil étincelant, la nuque cuivrée et scintillante de Red, mes bottes sur mesure qui m'allaient à merveille, la voix répétitive et apaisante du présentateur qui proclamait les noms des chevaux et des cavaliers, l'odeur de pop-corn et de l'herbe fraîchement tondue, la sensation agréable de mes mains gantées sur les rênes, la cuisse extérieure musclée de Carvin, tandis que Tang et lui sautaient leur dernier obstacle d'échauffement…

Puis le tour de Carvin est arrivé. Dès la barrière, il a attaqué au petit galop et dirigé Sweet Tang dans la diagonale, les basques de sa veste noire claquant au vent avec élégance. Ils ont poursuivi jusqu'au bout de la carrière, en gagnant directement le premier obstacle, la haie barrée, décorée d'une dizaine de petits moulins à vent qui tournoyaient. Sweet Tang a dressé les genoux à hauteur de ses oreilles et jeté un regard sur l'obstacle entre ses sabots, les oreilles joliment dressées, l'encolure arquée et musclée, tout en élégance. Carvin a gardé sa posture par-dessus l'obstacle, avant de galoper vers le saut de puce en douze foulées parfaitement cadencées. Il a tourné la tête une fois en l'air et ouvert la rêne extérieure pour que Tang se pose à main droite, puis ils ont exécuté un impeccable demi-tour sur les hanches en se dirigeant vers la partie haute du vaste obstacle d'eau. Si les chevaux devaient avoir peur, ce serait en abordant celui-ci. Tang l'a sauté sans broncher.

Venait alors le virage en direction de l'imminente butte verdoyante et de son obstacle fleuri, en trois foulées en rêne directe[1] mais brèves vers la partie basse, ou quatre longues foulées en rêne indirecte[2] vers la partie haute. Carvin a sauté le monticule en longues foulées et s'est posé tout près, si bien qu'il a choisi l'option basse, plus directe, ce qui lui a permis d'effectuer un virage plus doux et plus allongé au bout de la carrière pour aborder la partie haute de l'obstacle bottes de foin en cinq foulées bien équilibrées entre les sauts. Il a ensuite continué jusqu'au tournant, en passant devant la barrière, pour attaquer le tracé extérieur avec les puits sans dénivelé : vertical, quatre foulées vers l'oxer, cinq foulées vers l'oxer encore plus grand.

Tang a sauté à merveille, mais trébuché une fraction de seconde dans le tournant, en changeant de pied.

Si Carvin était agacé, il ne l'a pas montré, en tout cas. Encore un dernier obstacle, la longue approche vers l'imposant mur de brique placé de travers, au centre de la carrière, légèrement sur la gauche. Dès qu'elle a posé les yeux sur l'obstacle, Tang a semblé évaluer la distance d'appel. Carvin n'avait plus qu'à maintenir l'allure et sa posture, et ils réussiraient le saut sans problème.

J'ai avalé une grande bouffée d'air au moment où ils se sont posés. Je n'avais pas réalisé que je retenais mon souffle.

— Yeaaaaah ! s'est écriée Candace à la barrière. Nous avons soit un nouveau champion, soit une belle deuxième place. Sinon, je vais voir le juge et je le défonce à coups de pied dans le cul !

---

1. Rêne qui amène le cheval à se déplacer du côté où elle est appliquée.

2. Rêne qui amène le cheval à se déplacer du côté opposé à celui où elle agit.

J'ai gloussé nerveusement. D'une épreuve à l'autre, le vocabulaire de l'entraîneuse semblait devenir de plus en plus fleuri.

— Bravo ! a hurlé encore plus fort que d'habitude M. de Rothschild, debout au premier rang des tribunes bondées.

Sa femme était assise à côté de lui, ses jambes pâles élégamment croisées ; elle portait un chapeau de paille à large bord et s'éventait avec le programme du championnat, sa cigarette électronique coincée entre ses lèvres laquées de rouge qui ne souriaient pas. Tout à coup, elle s'est levée, a lâché le programme et s'est mise à siffler comme Béatrice.

J'ai tressailli. Sous la selle, j'ai cru sentir Red frémir aussi. Juste derrière les Rothschild, Céline a fait un bond et applaudi comme une folle, en dominant la mère de Béatrice qui ne s'arrêtait plus de siffler.

Le score de Carvin et Tang s'afficha sur le panneau lumineux : deux cent quatre-vingt-neuf sur trois cents. Les acclamations ont fusé dans le camp de Teton, l'adversaire. Carvin et Tang arrivaient deuxièmes – Teton avait un point d'avance.

— Ha ! Deuxième place, pas mal, pas mal du tout ! a grogné Candace en flattant l'encolure de Sweet Tang, tandis que Carvin menait la jument à l'extérieur de la piste.

Sa robe gris pommelé écumait de sueur à en devenir presque bleutée.

— Vous avez été géniaux ! ai-je lâché. Vraiment sup…

— Arrête de draguer et remue-toi. Tout de suite ! m'a braillé Candace. Tu peux le battre si tu t'y mets. Mais soigne les obstacles élevés quand même. T'as le parcours en tête ?

Sans le vouloir, j'ai repensé à mon premier jumping, quand Béatrice m'avait appris à mémoriser le tracé. Je me suis répété celui d'aujourd'hui, en prononçant les noms en silence, à mesure que je repérais les obstacles. Puis j'ai serré les dents d'un air décidé.

– C'est bon !

– OK, petit galop sur la piste d'échauffement et tu lui fais sauter le vertical plusieurs fois. Ensuite, va attendre à la barrière, m'a répliqué Candace, en m'encourageant de son regard bleu perçant. Tu peux décrocher la première place.

Mon cœur faisait des bonds dans ma poitrine. Candace avait l'impression que Red et moi, on s'était déjà échauffés, alors qu'en fait je n'avais même pas essayé de le faire trotter.

– Red se comporte un peu biz… ai-je commencé à expliquer, mais Carvin arrivait devant nous en tenant Tang en longe.

Son visage était rouge et ruisselant de transpiration. Red a dressé les oreilles et grincé des dents.

Carvin a desserré sa cravate blanche et défait le premier bouton de sa chemise trempée. Il a souri d'un petit air suffisant.

– J'allais t'embrasser pour te souhaiter bonne chance, mais vaut mieux pas.

J'ai hoché la tête, trop nerveuse pour parler, et lancé Red au petit galop. On a fait le tour de la carrière en décrivant un grand cercle et je l'ai dirigé vers l'extérieur, puis vers l'intérieur, pour le maintenir bien souple et concentré. En tout cas, il faisait ce que je lui demandais… pour le moment. Peut-être qu'on s'en tirerait grâce à moi aujourd'hui et que Red fermerait les yeux. Non, ça ne pourrait jamais marcher. Peut-être qu'il avait uniquement besoin d'être encouragé.

– Bon cheval, lui ai-je murmuré en me penchant pour caresser son encolure cuivrée.

52.
Red

— Bon cheval…

J'avais décidé de tout saboter. J'allais refuser de sauter le premier obstacle, faire tomber Merritt, la traîtresse, avant de m'enfuir au grand galop, *auréolé de gloire*[1].

J'allais accomplir un acte spectaculaire, inoubliable.

Mais le parcours était magnifique. Je ne pouvais pas laisser Tang l'emporter. Pourquoi ne pas tenter ma chance une dernière fois et tirer ma révérence avec panache ?

Merritt avait les nerfs en pelote, comme lors de notre tout premier concours, mais elle avait appris depuis et me faisait davantage confiance. Plus besoin de la jeter à terre pour qu'elle m'écoute. Tandis qu'on s'échauffait, je sentais qu'elle me laissait prendre l'initiative. Peut-être même qu'elle gardait les yeux fermés. *Ne te fais pas de souci*[2]…

— Big Red, à toi de jouer !

On entra aussitôt en piste au petit galop en attaquant direct le premier obstacle. C'était le meilleur moyen

---

1. Clin d'œil à *Blaze of Glory*, chanson de Jon Bon Jovi, album « Blaze of Glory », 1990.
2. Clin d'œil à *Three Little Birds*, chanson de Bob Marley, album « Exodus », 1980.

d'attirer l'attention du juge. Pas de petit tour de présentation, on allait droit au but.

Direct à main gauche vers la partie haute de l'énorme buisson avec des tas de moulins à vent. Douze foulées plus loin, tel un cheval de course, le saut de puce avec un mouvement de balancier sur les hanches comme un cheval sauvage pour éviter de rater l'enchaînement. Puis virage en épingle à cheveux pour gagner l'obstacle d'eau d'une largeur effroyable. Je le sautai comme s'il atteignait six mètres de haut.

— Bon cheval, me murmura Merritt — à moins que ce soit sa voix dans ma tête.

Je contournai à longues foulées les grosses balles de foin pour atteindre cette drôle de butte fleurie. Je restai en l'air pendant dix bonnes secondes. J'entendis japper les chiens de la mère de Merritt et une chanson des Beatles sur l'autoradio de quelqu'un.

— Bon cheval, me chuchota Merritt quand on toucha terre.

Ensuite quatre foulées rapides vers la grande barrière et virage à gauche vers les balles de foin. Cinq foulées pour atteindre le prochain obstacle, en passant devant la tribune officielle. Je sentais le parfum français hors de prix de Mme de Rothschild et l'eau de toilette boisée de son époux. L'obstacle avec les puits sur le tracé extérieur, quatre foulées, puis six foulées.

— Bon cheval…

Ensuite le grand tour jusqu'au virage à l'autre bout, en passant devant les vieux tracteurs, puis la longue approche vers le mur de brique final.

— Fais gaffe. Tâche de ne pas le foirer, grogna Candace à la barrière.

Paf ! Je repliai mes sabots sous moi, dressai les oreilles et sautai l'obstacle comme un dieu !

Oh yeah, baby, Thunder Road[1] *!*

– Bon cheval ! s'écria Merritt dans un éclat de rire, tandis qu'on quittait la carrière au petit galop, toujours très pro et sans minauder.

Elle se laissa choir sur mon encolure et me serra fort.

– Bon cheval…

Un mot doux que je n'entendrais plus jamais.

---

1. Clin d'œil à la chanson *Thunder Road*, de Bruce Springsteen, album « Born to Run », 1975.

53.

Merritt

Les sifflets admiratifs d'Helena de Rothschild et les bravos de son mari résonnaient dans mes oreilles.

J'ai mis pied à terre et tendu les rênes de Red à Luis pour qu'il puisse le faire marcher et décompresser. Notre score n'était pas encore affiché. Le présentateur avait pris du retard, apparemment. Les Rothschild se trouvaient dans leur tribune, en compagnie d'un homme élégant en nœud papillon violet avec des cheveux roux qui lui tombaient sur les épaules. M. de Rothschild serra la main de M. Nœud Pap, puis tous deux serrèrent à tour de rôle celle du présentateur.

— Tu vas continuer à me parler, maintenant que t'es une célébrité ?

Carvin est arrivé par-derrière en tirant sur ma veste. J'ai virevolté et me suis jetée à son cou. On était en nage et on crevait de chaud, mais peu importe.

— J'y suis pour rien, ai-je admis, encore essoufflée par notre prestation. C'est Red qui a tout fait.

— Ben voyons, a-t-il ricané. Tu t'es juste mise en selle et t'as fermé les yeux.

— En fait, c'est exactement ce que j'ai fait, ai-je dit, même si je savais que Carvin ne me croirait pas.

Une série de chiffres s'affichèrent alors sur le panneau des résultats, mais j'étais encore trop tendue pour les lire.

— Qu'est-ce que ça dit ?

— Deux cent quatre-vingt-quatorze. Un score difficile à battre.

Carvin a glissé la tête sous ma bombe et son visage était tout près du mien.

— Tu sais que je te déteste, hein ?

Je me suis mordu la lèvre.

— On peut garder ça pour plus tard ? ai-je demandé, en rougissant. Ma mère est là, et M. de Rothschild et Candace viennent pour nous parler.

— Remarquable ! s'est écrié M. de Rothschild qui arrivait effectivement d'un bon pas, l'air plus radieux que l'autre soir au bord de la piscine. Absolument remarquable !

— Carrément énorme ! a renchéri Carvin.

Il s'est écarté pour serrer la main de M. de Rothschild, qui m'a prise dans ses bras, en m'enveloppant de son eau de toilette.

— J'ai décroché le jackpot avec vous deux ! s'est-il exclamé avec joie. Vraiment !

À quelques mètres de là, sa femme tenait sa cigarette électronique dans ses doigts délicats et pâles, ses yeux disparaissant derrière une énorme paire de lunettes de soleil. Elle m'a fait un signe de tête mais sans sourire.

— Je sais pas ce que t'as fait ! a braillé Candace en s'approchant. Mais tu l'as fait à la perfection !

Céline et maman nous ont rejoints ensuite, un peu chancelantes, chacune traînant un chiot pantelant.

— On dirait que tu as hérité de l'esprit de compétition de ton père, a observé maman avec son nouveau sourire triste.

— C'est pas encore fini ? a demandé Céline. C'est qui, la vieille dame ?

On est tous retournés vers la piste. Le dernier duo qui passait était un hongre oldenbourg bai sombre appelé

Strauss et monté par sa propriétaire, une femme toute mince dans la soixantaine avec un nez sévère et des lunettes rondes à montures d'écaille.

– On dirait Harry Potter, a lâché Céline. Tu vas foirer ! Tu vas foirer ! a-t-elle ajouté en brandissant une baguette magique imaginaire.

Strauss était adroit et raffiné, jusqu'à ce qu'ils parviennent à la combinaison d'obstacles. Strauss a pris son appel sur le pied avant gauche une fraction plus tard que sur le droit, si bien qu'il a donné l'impression de pédaler en l'air.

Le reste du parcours fut un sans-faute. Il a ensuite quitté la piste au trot allongé enlevé, avec fierté et panache.

Je suis restée plantée sur place, les yeux rivés au panneau de résultats, le bras de Carvin enroulé autour de ma taille.

– Oh là là… Oh là là… murmurait Céline, cramponnée au poignet de ma mère avec ses ongles longs et roses. Je crois que je ne vais pas pouvoir supporter ça.

Le score de Strauss s'est affiché sur le panneau. Deux cent quatre-vingt-huit.

– Tu as remporté cette manche, m'a glissé Carvin à l'oreille. Mais n'oublie pas la deuxième demain.

« Mesdames et messieurs, a dit le présentateur dans le haut-parleur, j'aimerais que vous vous joigniez à moi pour féliciter les champions de la manche d'aujourd'hui, Big Red, qui appartient à l'écurie Rothschild et qui est monté par Mlle Merritt Wenner. »

Luis a amené Red à la barrière et je lui ai repris les rênes, prête à entrer la première en trottant.

« Le cheval arrivé deuxième est Teton, qui appartient à Mlle Kennedy Sawyer et qu'elle a elle-même monté. La troisième place revient à Tang, également de l'écurie Rothschild et monté par M. Carvin Oliver. »

Strauss arrivait en quatrième position. Les cinquième et sixième étaient deux chevaux dont je n'avais pas vu le parcours. On a fait trotter les nôtres et le juge a validé le classement pour la manche du lendemain. J'ai ramené Red à la barrière, pressée de prendre une longue douche et de piquer une tête dans la piscine de la résidence avec Carvin et Céline. Luis m'a repris les rênes et j'ai déboutonné le col étriqué de ma chemise.

« Nous apprenons à l'instant de la bouche de M. de Rothschild que Big Red et Sweet Tang ont été vendus aujourd'hui même à M. Gunnar Soar de la Soar Farm & Vineyards, État de Victoria, en Australie, a ajouté le présentateur. M. de Rothschild consacrera la totalité du produit de leur vente au développement de Good Fences, son Centre équestre de thérapie par le cheval à Hamden, dans le Connecticut, en mémoire de Béatrice, sa fille récemment décédée. »

Je me suis figée sur place.

– En Australie ? s'est exclamé Carvin dans mon dos. C'est quoi, ces conneries ?

J'ai fait volte-face, j'arrivais à peine à respirer. Les yeux verts de Carvin lançaient des éclairs. Il était tout autant sous le choc que moi.

– Il peut pas agir comme ça ! grognait-il en serrant les poings sur le cuir tressé des rênes de Tang. Pas question de le laisser faire !

Je l'ai fixé un moment, tellement ébranlée que je l'entendais à peine. Sans un mot, j'ai tourné les talons en direction de l'écurie. Impossible de parler à Carvin. Impossible de parler à qui que ce soit.

Roman et Helena de Rothschild étaient déjà interviewés par un journaliste du *Chronicle of the Horse*, de même que le rouquin très chic que j'avais vu un peu plus tôt avec eux à la tribune du présentateur. Il me faisait penser à un dresseur de lion ou à une espèce de lutin. Le lutin veinard de M. de Rothschild.

Les jambes lourdes comme du plomb, j'ai regagné l'écurie. Toute la gloire et l'euphorie de ma victoire d'aujourd'hui s'étaient évanouies. Red et Tang avaient été vendus. M. de Rothschild avait touché le jackpot, c'est clair. Les paroles de Béatrice me sont alors revenues en mémoire : « Il a toujours une idée derrière la tête. » Puis je me suis souvenue des documents officiels tombés de la boîte à gants de sa voiture, le jour où elle m'avait appris à conduire. Certains portaient l'en-tête « Soar Farm » avec le dessin d'une mouette qui volait. Béatrice était au courant. Elle m'en aurait sans doute parlé si je n'avais pas été autant en colère contre elle, si elle était encore en vie.

Maman m'attendait à mi-chemin de l'écurie avec ses chiens de traîneau ridicules. Elle souriait à belles dents, comme si je ne venais pas d'apprendre la pire nouvelle de toute mon existence.

— M. de Rothschild est aux anges ! Tu as réussi, ma puce. Tu as fait de l'excellent travail. Peu importe ce qui se passera demain. Tu as tellement bien monté. Il me disait à l'instant que tu es quasiment une professionnelle maintenant. Tu peux monter pour n'importe qui et tu seras rémunérée. Tu recevras même une commission pour cette vente ! Tu as sans doute plus gagné cet été que moi dans toute une année. Tu as toujours été en avance ; tu es entrée en terminale alors que tu n'avais que seize ans. Regarde-toi à présent. Je suis si fière !

Je l'ai dévisagée.

— T'étais au courant ? Tu savais que Red allait être vendu ?

Elle souriait toujours.

— Bien sûr. Cela a toujours fait partie de l'accord. Tu monterais Red jusqu'à ce qu'il soit vendu. M. de Rothschild est un homme d'affaires. Il a su déceler ton talent et t'a fait travailler.

— Il m'a utilisée, tu veux dire !

Comment pouvait-elle accepter la situation ? Elle n'avait donc pas vu que Red était à moi ? Je croyais qu'elle ne voulait que mon bonheur. Comment pourrais-je être heureuse si *je ne montais pas Red* ?

— Il y aura des tas d'autres chevaux...

— Non ! Il n'y en aura pas !

J'étais tellement en rage que je tremblais de tout mon corps.

J'ai traversé la pelouse d'un pas rageur avec maman sur mes talons. Luis m'attendait avec Red à l'entrée de l'écurie. Il lui avait enlevé sa selle et fait boire de l'eau.

— Je vais lui donner une douche, a-t-il annoncé en voyant mon regard de folle furieuse.

Il a conduit Red dans l'écurie. Je suis restée là, le cœur battant.

— Merritt ?

J'ai jeté un regard derrière moi. C'était Céline, avec ses coups de soleil et son allure décalée. Ses sandales roses et ses ongles de pied tout sales. Ses jambes maigrichonnes dévorées par les moustiques.

— T'as été géniale. Mais je suis désolée pour le reste... Ça craint.

Elle m'a ensuite prise dans ses longs bras et m'a serrée fort.

— Carvin veut te parler, m'a-t-elle chuchoté à l'oreille. Il est là-bas, près du box de Tang. Je pense qu'il mijote un truc. Vas-y. Je m'occupe de ta mère. File !

Je l'ai laissée et suis entrée dans l'allée centrale de l'écurie.

– Ces chiots ont besoin de se désaltérer, madame Wenner ! ai-je entendu Céline s'exclamer dans mon dos. Donnez-moi une laisse. Je vais vous montrer où il y a un point d'eau.

* * *

Un orage se préparait. Aucun éclair pour l'instant, mais le grondement lointain du tonnerre. Une pluie dense et régulière commençait à pilonner le toit.

Six cubitainers de vin violets s'empilaient contre le mur, à côté de la rangée de malles de sellerie. Sur les cubis, une étiquette indiquait SOAR VINEYARDS, VINS AUSTRALIENS D'EXCEPTION avec des grappes de raisin vert sous les lettres et une mouette qui volait au-dessus – un cadeau du nouveau propriétaire de Red. Pourquoi tant de gens riches fabriquaient-ils leur propre vin ? me suis-je demandé. Parce qu'ils en avaient les moyens, ai-je supposé. Ils pouvaient faire tout ce qui leur plaisait. J'ai arraché ma bombe Charles Owen et je l'ai jetée sur le côté. Elle a roulé sur le sol en ciment, avant de s'arrêter sous les cubitainers.

« Mesdames et messieurs, a grésillé la voix du présentateur sous la pluie diluvienne. Les autres épreuves de cet après-midi ont été reportées en raison de la météo incertaine dans la région. Merci. Nous vous retrouverons demain pour la deuxième manche du Classic, si le temps le permet. Je vous souhaite à tous une excellente soirée. »

Carvin n'était pas dans l'écurie et la stalle de Tang était vide. Luis s'occupait de Red dans le box de lavage.

– Merci Luis. Ça t'embête si je termine ?

Luis m'a adressé un regard compréhensif et tendu la longe.

– Bien sûr que non. Tu veux passer le plus de temps possible avec lui. Je comprends.

Red a gratté le sol du sabot. J'ai pris l'éponge imbibée de liniment, je l'ai pressée pour retirer l'eau, puis je l'ai frottée sur la liste de Red entre ses yeux.

– Je suis désolée… ai-je dit dans un sanglot, les larmes coulant sur mes joues. Je suis vraiment désolée, ai-je répété en pressant mon front contre sa tête.

Red se tenait très tranquille. Je me suis écartée et j'ai fixé ses yeux ambrés. Ils étaient très doux mais insondables. Tout à coup, il a redressé la tête et couché les oreilles.

Je me suis retournée. Carvin se tenait à l'entrée du box de lavage, essoufflé et trempé comme une soupe. Sa chemise blanche était toute sale, sortie de son jodhpur et ses bottes noires, maculées de boue.

– Grouille-toi, on n'a pas beaucoup de temps ! m'a-t-il lancé. J'ai chargé Tang dans la camionnette. Luis m'a aidé. On charge Red avec elle et on se casse !

Sans demander d'explication, j'ai fait pivoter Red dans le box et j'ai suivi Carvin avec lui dans l'allée centrale jusqu'à la sortie de derrière. La lumière du jour avait faibli en raison de l'orage. Red agitait ses oreilles humides alors qu'on passait devant les autres chevaux, qui nous regardaient filer dans le vacarme ambiant. La pluie crépitait sur le toit comme des balles. Carvin marchait à toute vitesse.

– On va où ? lui ai-je crié alors qu'on sortait sous le déluge.

Une camionnette blanche était garée sur la pelouse, ses feux arrière rougeoyant dans la brume. La rampe de chargement était baissée et j'apercevais la croupe grise et trempée de Tang.

Carvin s'est arrêté près de la rampe en attendant que je le rattrape.

— Où est-ce qu'on les emmène ? ai-je demandé.

Il ne m'a pas répondu tout de suite. Son front était livide sous ses cheveux mouillés. Son nez gouttait. Ses yeux verts étaient injectés de sang. Lui aussi avait pleuré.

Il m'a attrapée par les bras et a collé son front contre le mien.

— Je ne sais pas où on va. En Californie, j'imagine ? Je ne peux pas laisser faire ça. Surtout pas à Red et à toi.

— Alors on va voler les chevaux ? ai-je dit, incrédule, en tenant à peine la longe de Red.

Carvin a écarté les mèches trempées de mes yeux et les a ramenées derrière mes oreilles.

— Il y a une écurie sympa près de chez moi. Ma mère a un nouveau copain, alors elle sera moins en demande. Mon père est à Tahiti pour le Billabong Pro. Il m'a prise par la taille et attirée contre lui. Je sentais son cœur battre sous sa chemise.

— On se casse et c'est tout, a-t-il murmuré.

J'ai gardé ma joue contre sa poitrine et fermé les yeux, en priant pour qu'on reste comme ça pour toujours, sans prendre aucune grande décision susceptible de changer notre vie, simplement enlacés sous la pluie.

Tout à coup, la grosse tête de Red a surgi, menaçante, au-dessus de nous deux ; les oreilles couchées, il roulait des yeux et montrait les dents.

— Red, ça suffit !

J'ai tiré violemment sur la longe, mais Red était plus grand et plus fort. Il a bondi en avant, renversant Carvin de toute la puissance de son corps massif. Carvin s'est cogné la nuque contre la rampe de chargement de la camionnette.

– Ça va, a-t-il gémi, étendu sur le dos dans l'herbe boueuse. Laisse-moi une seconde, le temps que je récupère.

Red se trouvait maintenant à l'autre bout de la longe, la tête dressée, les oreilles toujours couchées. Je sentis une colère familière m'envahir. C'était exactement la manière dont il se comportait en présence de Béatrice.

– C'est quoi, ton problème, Red ? ai-je demandé en serrant les dents. Pourquoi tu peux pas juste être sympa ?

Le tonnerre a grondé et un éclair a zébré le ciel. Red a encore roulé des yeux. Ses naseaux palpitaient comme par défi.

– Red ! ai-je hurlé comme une furie.

Des images se bousculaient dans ma tête. Quand je me mettais en colère, les gens mouraient. D'abord mamie Jo, puis Béatrice. Béatrice se trouvait avec Red quand elle est morte. J'ai tiré sur la longe. Red a reculé brusquement à grands pas.

Carvin s'est redressé.

– Tiens-le bien !

La corde lisse me glissait entre les doigts en me brûlant la peau. Je l'ai lâchée. Red s'est cabré comme pour tester l'étendue de sa liberté. La longe pendait mollement de son licol. Puis il a virevolté et s'est enfui au galop.

Carvin se relevait tant bien que mal.

– Tang est tranquille dans la camionnette, a-t-il dit, haletant. Je vais aller chercher du foin à l'écurie pour qu'on puisse l'attraper.

Je restais là comme paralysée.

– J'ai pas envie de l'attraper. Laisse-le s'en aller…

Carvin m'a dévisagée, l'inquiétude lui creusant le front.

– Quoi ?

– Laisse-le partir...

Ma voix était glaciale et sonnait creux.

L'inquiétude de Carvin s'est soudain muée en une prise de conscience. Il reconnaissait la Merritt du bar de l'hôtel de Saratoga Springs, possédée par un démon qu'elle ne pouvait contrôler. Lui ne savait pas le nommer, mais moi, si. La Bête était de retour.

– Peu importe, a-t-il dit gentiment. Je vais aller le récupérer. Rentre et rassemble tes affaires.

– Non, ai-je répliqué, mi-têtue, mi-suppliante. N'y va pas.

Carvin a posé ses lèvres sur mon front.

– Il y a une clôture là-bas. Il ne peut pas aller loin. S'il te plaît, prends tes affaires et retrouve-moi ici. Je reviens vite, m'a-t-il promis avant de filer sous la pluie.

Je suis restée là un moment, abasourdie et grelottante dans ma tenue d'équitation trempée. Les gouttes d'eau déferlaient sur mon visage, mais la foudre ne m'a pas frappée. Dans la camionnette, Tang secoua son filet à foin et poussa un hennissement étouffé et résigné. J'ai tourné les talons et je suis repartie vers l'écurie.

Ma bombe Charles Owen oscillait sur le sol en ciment, sous la pile de cubitainers Soar Farm & Vineyards. J'ai lu les mots « vin de pique-nique » imprimés en petites lettres noires sur le carton violet. Je me suis approchée et j'en ai pris un.

54.
Red

Quand un cheval est lâché dans un endroit grouillant de monde, les gens présents réagissent de deux manières : soit ils reculent, morts de peur, craignant d'être piétinés, soit ils écartent les bras et se plantent sur le chemin du cheval pour tenter de l'arrêter. Il pleuvait à torrent et il flottait une sorte de brume. Personne ne parut me remarquer en train de galoper sur le champ de foire, la longe se balançant à mon licol.

– Red !

Je crus entendre une voix dans la bourrasque et les gouttes de pluie qui éclaboussaient tout, mais je savais que mon esprit me jouait des tours. Personne ne se souciait de ce qui m'arrivait. *Je n'étais qu'un cheval qu'ils avaient connu*[1].

Je continuai, en passant devant les tentes qui abritaient les stands de restauration, mes naseaux frémissant devant ces odeurs inhabituelles. Sur une scène abritée par un auvent en plastique, des musiciens bravaient le déluge. Je me suis arrêté et j'ai tourné la tête dans cette direction, pour écouter.

Une main saisit alors ma longe.

C'était Carvin. On resta là quelques instants sous la pluie à reprendre notre souffle en se lançant des

---

1. Clin d'œil à *Somebody That I Used to Know*, chanson de Gotye, album « Making Mirrors », 2011.

regards noirs. Puis il me fit rebrousser chemin pour me reconduire à l'écurie.

Je me suis laissé mener, en réfléchissant aux choix qui s'offraient à moi. Les jambes de son jodhpur beige étaient éclaboussées de boue et ses jolies bottes en cuir, trempées et détruites.

– Bon cheval…

Mais je savais qu'il ne le pensait pas. J'ai stoppé net.

– Allez, Merritt t'attend, s'impatienta Carvin.

C'était lui qu'elle attendait, pas moi. Je dressai les oreilles et me mis à encenser. Si je faisais du mal à Carvin, elle ne me le pardonnerait jamais. Je grinçai des dents et grattai du pied, contrarié. *Si tu aimes quelqu'un, rends-lui sa liberté*[1].

Une nuée de voiturettes de golf déboulèrent tout à coup sur nous, remplies d'hommes portant tous le même ciré vert. Je détectai l'odeur boisée de M. de Rothschild. Un palefrenier se précipita sur moi et m'entoura l'encolure et le bout du nez avec une chaîne. Puis il reprit la longe des mains de Carvin.

– Tu as dépassé les bornes, Carvin! tonna M. de Rothschild sous un énorme parapluie au manche en bois, qu'il partageait avec un homme plus jeune aux cheveux roux qui lui tombaient sur les épaules.

– Mes lads vont le ramener avec Sweet Tang dans mes stalles pour la nuit, dit le rouquin à M. de Rothschild. Demain, nous partons pour Melbourne.

– Demain ? répéta Carvin.

La pluie s'était transformée en bruine. M. de Rothschild replia son parapluie et descendit de la voiturette pour se planter devant Carvin en le dominant de toute sa hauteur.

---

1. *If You Love Somebody Set Them Free*, chanson de Sting, album « Bring On the Night », 1985.

– Monsieur Soar ici présent allait t'offrir un emploi de cavalier, mais il risque d'avoir changé d'avis, je pense. Les organisateurs du jumping ont été mis au courant. Ils t'ont exclu de tout championnat pendant cinq ans, Carvin. Rassemble tes affaires et va-t'en.

Il lança un regard à M. Soar.

– À moins que vous ne vouliez toujours de lui. Il pourrait sans doute concourir en Australie.

Carvin n'attendit pas la réponse de M. Soar. Il leva la main et se renfrogna.

– Ouais. Mais non, merci. Vous devriez engager Merritt. Elle est bien meilleure cavalière.

M. Soar secoua la tête.

– Navré, mais j'ai plus ou moins eu vent de son histoire. Elle est trop peu fiable. Je ne peux pas prendre ce genre de responsabilité.

Carvin baissa la main.

– Parfait, dit-il. On se reverra un de ces jours, alors. Ou pas.

Il tourna les talons. Je savais que par « on » il sous-entendait « Merritt et lui ». *C'était lui le vrai gagnant et il raflait tout*[1].

Mes nouveaux dresseurs me firent traverser le parc pour rejoindre ma nouvelle écurie. Tang s'y trouvait déjà. Ils m'installèrent dans le box vide voisin du sien, y lancèrent quelques brins de foin frais, puis remplirent mon seau d'eau. Ils me retirèrent ensuite mon licol et me donnèrent des céréales. Pas de muselière, ce qui me convenait très bien. Dès qu'ils furent partis, je me mis à pousser du nez le loquet de ma porte.

---

1. Clin d'œil à la chanson *The Winner Takes it All*, Abba, album « Super Trouper », 1980 (adaptée en France par Charles Level pour Mireille Mathieu, sous le titre *Bravo, tu as gagné*, 1981).

55.
Merritt

– Merritt ? C'était Carvin. Merritt, t'es là ?

– Ici ! ai-je répondu depuis le coin du box de lavage.

Carvin s'est planté à l'entrée. Dégoulinant d'eau et de boue.

– J'ai retrouvé Red, a-t-il dit, haletant. Il va bien.

Il s'est éclairci la voix, en faisant mine de ne pas voir le cubitainer de vin partiellement consommé sur mes genoux.

– Mais ce mec, Soar, a récupéré les deux chevaux. Il les emmène demain.

Il s'est appuyé contre le mur et s'est frotté les yeux avec les paumes.

– Il allait m'offrir un boulot en Australie, mais je le lui ai quasiment rebalancé dans la gueule.

Il a inspiré un grand coup, puis rabaissé les mains.

– C'est toi qui devrais y aller.

J'ai levé les yeux depuis mon coin, en observant les biceps de Carvin se contracter sous la fatigue nerveuse. La peau autour de ses yeux était gonflée et rosée. Pourtant une vague de soulagement m'envahissait. Red ne l'avait pas blessé. Il allait bien. Et si je parvenais à le sortir de là et à l'éloigner de moi, il n'aurait plus rien à craindre.

J'ai enlevé le cubi de mes genoux et je me suis levée.

– Allons-y, ai-je dit en essayant de garder une voix neutre.

Carvin m'a prise par les épaules et guidée hors de l'écurie vers sa voiture. La pluie avait cessé, mais une bruine légère flottait encore sur le champ de foire.

– Céline doit s'inquiéter, a-t-il dit en marchant. Elle savait que je préparais un truc. Et tu dois parler à ta mère. J'ai envie que tu viennes avec moi en Californie, a-t-il continué d'une voix de plus en plus animée. Je te présenterai à des entraîneurs avec lesquels tu pourras monter sur le circuit, là-bas. Ils ont toujours des chevaux d'enfer. Et puis on sera ensemble.

On s'est arrêtés devant son véhicule. Il m'a attirée contre lui.

– Je t'aime, tu sais.

J'ai enroulé mes bras autour de sa taille et je l'ai serré fort en guise de réponse. J'avais envie de lui confier tout ce qui me perturbait, mais j'ignorais par où commencer. C'était trop d'infos à gérer et à débiter d'un coup. Au lieu de ça, j'ai penché la tête en arrière et je l'ai embrassé, en lui laissant croire que c'était le début d'une histoire et pas la fin. Au moins, on aurait cette nuit-là à nous.

Finalement, je me suis détachée de lui pour monter dans la voiture.

Le parc était tranquille après l'orage. Carvin s'est arrêté devant l'une des grandes écuries. Une équipe d'ouvriers en ciré vert est passée devant nous dans une voiturette de golf.

– Tu veux dire au revoir à Red ?

J'ai secoué la tête. Carvin a fait marche arrière.

– Il sait que je l'aime, ai-je dit tandis qu'on s'éloignait et que l'écurie disparaissait peu à peu.

56.
Red

Le temps de m'échapper de mon nouveau box pour rejoindre mon ancienne écurie, Merritt et Carvin avaient disparu.

D'étranges boîtes violettes s'empilaient contre le mur voisin de la sellerie. On avait ouvert celle du haut. J'étirai mon encolure pour renifler le bec verseur. L'odeur m'était familière. Cette même odeur de fruit fermenté que j'avais sentie sur la peau de Merritt la première fois que je l'avais vue à Good Fences.

J'ai mâché le bec verseur jusqu'à ce que le liquide rouge sucré se mette à couler. J'ai bu toute la boîte. Puis j'en ai fait tomber une autre et j'ai trouvé le bec verseur et l'ai rongé jusqu'à ce que du liquide coule encore. Puis j'en ai bu une autre. J'ai bu jusqu'à ce que mes entrailles soient toutes dilatées, et ma vision, trouble. Puis je me suis éloigné en titubant et j'ai cherché mon ancienne stalle, pour m'y allonger et dormir. Impossible de la trouver. Chaque box était occupé par un étranger qui me regardait droit dans les yeux.

Mes flancs palpitaient. *La fête était finie, j'étais en retard*[1].

J'ai chaloupé le long de l'allée centrale et je suis sorti.

---

1. *1999*, Prince, album éponyme, 1982.

J'arrivais au bout… là où j'ai commencé mon histoire.

* * *

J'ai quitté l'écurie à présent. La tempête s'est calmée et le ciel s'est dégagé. La terre évoque une immense tarte sortie du four qu'on a laissée refroidir. Demain matin, Merritt et moi sommes censés participer à cette épreuve. Et la remporter. Mais je sais à présent que demain n'existera jamais.

Je virevolte de la manière la plus insolite qui soit. Tout mon corps tremble et je m'écroule par terre. *Un autre cheval mord la poussière*[1].

Les étoiles scintillent. Je suis étendu avec mon œil valide tourné vers le ciel, jusqu'à ce que la douleur s'évanouisse et que je sois confortablement engourdi. *Mieux vaut brûler d'un coup que s'éteindre à petit feu*[2]. *Comme une pierre qui roule. Vers une destination inconnue*[3].

C'est la fin, ma douce amie, ma petite Merritt. *Je m'en vais d'ici*[4].

S'il te plaît, ne m'oublie pas[5].

Fini *les voyages en tapis volant*[6].

---

1. Clin d'œil à la chanson de Queen *Another One Bites the Dust*, album « The Game » (1980).

2. *My My, Hey Hey (Out of the Blue/Into the Black)*, Neil Young, album « Rust Never Sleeps », 1979.

3. *Like a Rolling Stone*, Bob Dylan, album « Highway 61 Revisited », 1965.

4. *The End*, The Doors, album « The Doors », 1967.

5. *Don't You (Forget About Me)*, Simple Minds, album éponyme, 1985.

6. *Magic Carpet Ride*, Steppenwolf, album « The Second », 1968.

Épilogue
Décembre

Cher Carvin,

C'est un nouvel exercice qu'on doit accomplir à Good Fences : écrire une lettre à quelqu'un, vivant ou mort, en lui disant ce qu'on a dans la tête. On n'est pas forcées de l'envoyer, on doit juste la rédiger.

J'ai pensé écrire à mamie Jo. J'ai pensé écrire à Béatrice. J'ai pensé écrire à Red. Mais finalement je t'ai choisi, j'imagine, parce que tu es toujours en vie. Et parce que j'ai vraiment envie de t'envoyer cette lettre. Mes pensées s'embrouillent, au cas où tu ne l'aurais pas remarqué. Mais bon, je me lance.

Désolée de ne pas avoir été là à ton réveil et de ne pas t'avoir accompagné en Californie. Je ne voulais pas que tu te sentes obligé de me prendre en charge. Il faut que je le fasse moi-même.

Tu as dû apprendre que Red était mort. Red, Béatrice, mamie Jo — à croire que je suis maudite, comme si ce qui leur est arrivé, c'était à cause de moi. C'est sans doute plus sûr que tu restes loin de moi. Je m'en tiendrai à t'envoyer des lettres.

Je sais que Tang gagne des concours en Australie, parce que je l'ai cherchée sur Google. Ça a l'air génial là-bas, encore mieux que la Floride. On reçoit The Chronicle ici et j'y vois souvent le nom de Todd aussi. Il a repris *l'entraînement, la plupart du temps avec des cavaliers de poneys, d'après ce que j'en sais. Ils partiront bientôt en Floride.*

Céline va bientôt entrer à la fac, alors j'aurai de nouveau une chambre pour moi toute seule. Il y a quelques nouvelles filles, mais elles sont toutes plus jeunes. Ils vont acquérir d'autres chevaux et construire un grand manège, si bien qu'on aura le droit de monter, mais ils attendent la fin de l'hiver pour démarrer les travaux.

Le Dr Kami, l'assistante sociale d'ici, pense que je devrais intégrer une fac avec un programme d'équitation. Quand je serai prête. Peut-être que tu pourrais toi aussi faire ça ? Les universités ont leurs propres circuits de championnats. Tu n'en serais pas exclu. Ça pourrait être sympa. S'il te plaît, dis-moi que tu montes toujours. Tu peux encore entrer dans la légende !

Tu me manques. Désolée si ça m'a pris autant de temps pour t'écrire. Désolée d'être ici et toi là-bas. Mais je pense que ma place est ici, pour le moment.

Ma mère affirme que je suis exactement comme mamie Jo. Je ne crois pas que ce soit un compliment dans sa bouche, mais j'ai vraiment adoré mamie Jo, alors ça ne peut pas être la pire des choses. Ma vieille amie Ann Ware, que mes parents trouvaient si géniale, est en cure de désintox en ce moment. Mes parents divorcent, au fait. La vie est bizarre.

Désolée, je deviens lugubre.

Le jour de la sortie shopping, je suis allée à la librairie et j'ai trouvé ce livre d'images que mamie Jo me lisait souvent quand j'étais petite. C'est l'histoire d'un âne qui trouve un caillou magique[1] et qui se transforme en rocher

---

1. *Sylvestre et le caillou magique*, William Steig, trad. de Michelle Nikly, Albin Michel Jeunesse, 2006.

quand un lion est sur le point de le dévorer. Il ne peut pas redevenir un âne, sauf s'il tient le caillou magique, mais maintenant qu'il est un rocher il ne peut plus rien tenir. Je pense que je suis peut-être ce rocher. Faut juste que je trouve un moyen d'attraper ce caillou.

Maintenant, tu sais vraiment que je suis cinglée.

On est censées parler aux chevaux ici, leur confier nos problèmes. On m'a affectée à un vieux cheval de trait appelé Arnold, mais je vais toujours dans l'ancien abri de Red et j'écoute sa radio, et je lui parle dans ma tête. En t'écrivant cette lettre, j'imagine que je te parle aussi.

T'inquiète pas, t'es pas forcé de répondre.

J'ai envie de te dire quelque chose de profond, un truc pour que tu te souviennes de moi, au cas où on ne se revoie plus jamais. Béatrice aurait cité un poète. Red aurait cité une chanson, s'il avait pu citer quoi que ce soit. Mamie Jo se serait juste servi un autre Old Fashioned. J'ai pas envie d'avoir l'air triste ou cinglée, ou que t'aies l'impression que je réclame quelque chose, parce que c'est pas le cas. Je crois que je vais te le dire tout simplement. Je pense que tu le sais déjà. Je t'aime, moi aussi.

Merritt

Mise en pages : PCA
44400 Rezé

MARQUIS

Québec, Canada

Imprimé au Canada
Dépôt légal : avril 2016
ISBN : 978-2-7499-2643-8
LAF : 2059